10|18

12, avenue d'Italie - PARIS XIIIe

Du même auteur
dans la collection 10/18

AU JEU DE LA MORT, n° 2482
LA MORT EN HABIT NOIR, n° 2483
LE RIDEAU TOMBE, n° 2507
L'ASSASSIN ENTRE EN SCÈNE, n° 2533
LA CLINIQUE DU CRIME, n° 2562
ET VOUS ÊTES PRIÉS D'ASSISTER AU MEUTRE DE..., n° 2592
MORT EN EXTASE, n° 2620
UN VRAI CRIME D'ARTISTE, n° 2636
UN PIÈGE POUR MISS C., n° 2669
L'ASSASSIN AUX FLEURS, n° 2685
LA MORT EN EMBUSCADE, n° 2717
MEURTRE EN COULISSES, n° 2741

CROISIÈRE MORTELLE

PAR

NGAIO MARSH

Traduit de l'anglais
par Roxane Azimi

10 18

INÉDIT

« Grands Détectives »
dirigé par Jean-Claude Zylberstein

Titre original :

A Clutch of Constables

ISBN 2-264-02364-3

A Audrey et Guy
avec toute mon affection

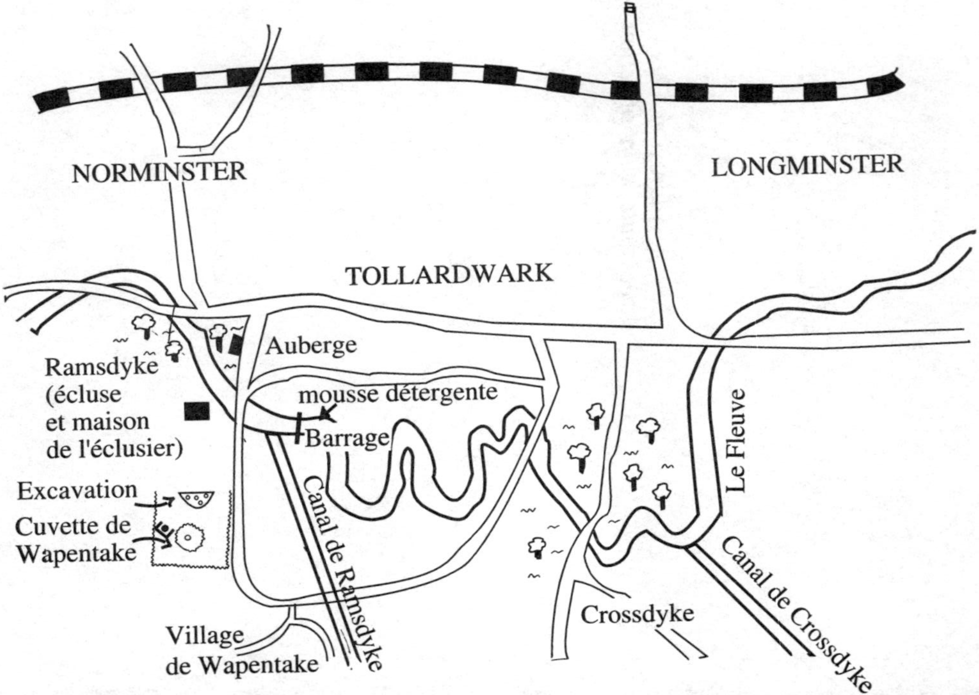
NORMINSTER
LONGMINSTER
TOLLARDWARK
Auberge
Ramsdyke
(écluse
et maison
de l'éclusier)
mousse détergente
Barrage
Excavation
Cuvette de
Wapentake
Canal de Ramsdyke
Village
de Wapentake
Le Fleuve
Crossdyke
Canal de Crossdyke

LISTE DES PERSONNAGES

Liste des passagers du Zodiac

Mme Roderick Alleyn
Miss Hazel Rickerby-Carrick
M. Caley Bard
M. Stanley Pollock
M. Francis Natouche, docteur en médecine
M. Earl J. Hewson
Miss Sally-Lou Hewson
Le révérend J. de B. Lazenby

Équipage du Zodiac

James Tretheway, skipper
Mme Tretheway, cuisinière et hôtesse
Tom Tretheway, mousse

Personnages rencontrés à Tollardwark

Jno. Bagg, négociant
Mme Bagg, sa mère
M. et Mme John Smith, un couple de motards

Police

Superintendant Albert Tillottson, commissariat de Tollardwark
Agent Cape, commissariat de Tollardwark
Superintendant R. Bonney, commissariat de Longminster
Agents locaux

Superintendant Roderick Alleyn, Bureau d'investigation criminelle, Londres
Inspecteur Fox, B.I.C., Londres
Brigadier Bailey, B.I.C., Londres
Brigadier Thompson, B.I.C., Londres

1.

S'INSCRIRE À L'INTÉRIEUR

– Jampot était un professionnel, déclara Alleyn. Le mot « travail » s'applique parfaitement à ses activités. Il prévoyait tout dans les moindres détails, en laissait le moins possible au hasard, tirait satisfaction de ses occupations et acceptait, sans trop s'y attarder, les risques du métier. Le maintien ou l'abolition de la peine de mort n'y changeait rien : il devait considérer les meurtres qu'il commettait comme une nécessité regrettable. Ses talents étaient à la hauteur de ses agissements. Il était doué de ses mains ; il avait la passion du travail bien fait, une intelligence exceptionnelle d'une précision mathématique et une imagination pratique alliée à un sang-froid remarquable. Pour couronner le tout, c'était un imitateur hors pair. On ne devient pas imitateur, c'est un don inné. Depuis son enfance, Jampot savait non seulement imiter à merveille les tics, l'élocution et le comportement social des personnages les plus divers, mais il semblait connaître d'instinct la façon dont ils réagiraient dans une situation donnée. Pas étonnant, ajouta Alleyn, qu'il nous ait menés en bateau aussi longtemps. C'était un grand artiste.

Alleyn parcourut du regard son auditoire : six rangées de têtes tondues. Les plus stupides étaient-ils aussi stupides qu'ils en avaient l'air, le front plissé, les yeux ternes, la bouche molle ? Et celui qui se penchait en avant au deuxième rang, qui arrivait de la police en uniforme avec un dossier exceptionnel, se montrerait-il digne de sa réputation prometteuse ? « Les protecteurs de la population, pensa Alleyn. Si seulement les gens les considéraient comme tels ! »

– J'ai choisi l'exemple de Jampot, reprit-il, parce qu'il représente un morceau d'anthologie dans l'histoire du crime. Il réunit à lui seul toutes les caractéristiques que l'on trouve séparément chez les autres assassins. Son vrai nom, croyez-le ou non, est Foljambe.

Le garçon à la tignasse roussâtre qui se penchait en avant pouffa de rire. Quelques-uns de ses camarades eurent un sourire incertain et s'essuyèrent la bouche. Deux d'entre eux parurent interloqués, et les autres, mal à l'aise.

– C'est du moins ce qu'il dit, poursuivit Alleyn, et, à défaut d'autres noms, appelons notre Jampot Foljambe. Il est né à Johannesburg, a reçu une bonne éducation, et même, semble-t-il, a étudié la médecine deux années durant ; mais dès son plus jeune âge, il a été ce qu'on nomme communément un « mauvais garçon ». Son sobriquet [1] lui vient de ses comparses sud-africains : il a été adopté par la police de part et d'autre de l'Atlantique. A Paris, toutefois, on le surnomme *le Folichon* [2].

« Je voudrais commencer mon histoire au moment de son incroyable évasion d'une prison bolivienne, qui a eu lieu le 7 mai, il y a deux ans de cela...

Deux de ses auditeurs prirent des notes. Il avait été invité à donner une conférence lors d'un cycle de formation de dix semaines à l'École de la police.

– Par la plus curieuse des coïncidences...

La voix grave d'Alleyn prit une intonation narrative.

– ... j'ai été personnellement impliqué dans cette

1. *Jampot* signifie « pot de confiture ». *(N.d.T.)*
2. En français dans le texte. *(N.d.T.)*

affaire. Par personnellement, j'entends en tant qu'individu, aussi bien en tant que policier. Il se trouve que ma femme...

I

« ... il faut surtout signaler, à propos de cette admirable exposition, que, bien qu'il s'agisse d'une rétrospective, rien n'est définitivement joué. Le peintre, qu'on situerait volontiers au-dessus de tous ses contemporains, continuera à sonder et à explorer : pour son plaisir, et pour le nôtre. »

– O mon Dieu, mon Dieu, marmonna le peintre en question, reposant furtivement le journal, comme si elle l'avait volé.

Elle quitta la salle à manger, régla sa note, s'arrangea pour venir chercher ses bagages juste avant de prendre le train de Londres, et sortit faire un tour.

Son hôtel n'était pas très loin du fleuve. Le soleil d'été éclairait les immuables boutiques victoriennes, parmi lesquelles se dressait, çà et là, un building. Des flèches gothiques et un hôtel de ville balourd émergeaient de la brume matinale. Leur tournant le dos, elle descendit en direction du fleuve.

A mesure qu'elle s'en approchait, les ruelles pavées se firent plus étroites. Elle passa devant une boulangerie qui sentait le pain frais, un mont-de-piété et un magasin de pièces détachées d'occasion. Au fond, entre les maisons, on voyait miroiter le fleuve. Lorsqu'elle put enfin l'embrasser du regard, elle le trouva beau. Non pas majestueux ou pittoresque, mais vivant et vrai comme une certitude. « Rue du Port », lut-elle. En bas, toutes sortes d'embarcations étaient amarrées au quai.

A mi-chemin, elle tomba sur le bureau de la Compagnie riveraine de navigation de plaisance. Ses vitres étaient constellées d'annonces jaunies avec les dates de départ des différentes croisières. Pendant qu'elle les consultait, un homme en bras de chemise, paraissant énorme dans ce petit espace confiné, se fraya un passage jusqu'à la fenêtre et y colla une nouvelle affichette.

En l'apercevant, il sourit et recula. Elle lut le message :

> Le *Zodiac*. Annulation de dernière minute.
> Cabine individuelle disponible.
> Départ aujourd'hui. S'inscrire à l'intérieur.

Tout autour, il y avait les photographies du *Zodiac* et des lieux qu'il visitait. Au fond, on voyait la carte du fleuve et des canaux : Ramsdyke, Bullsdyke, Crossdyke. Il s'agissait d'une croisière de cinq jours entre Norminster et Longminster, aller et retour. Les passagers dormaient et mangeaient à bord. La campagne, disait la brochure qui traînait par terre, était riche en évocations historiques. Et quelqu'un qui aimait les belles phrases avait ajouté : « Cinq jours hors du temps. »

Elle avait passé un été épuisant, travaillant pour son exposition, à l'ouverture de laquelle elle allait devoir assister dans quelques semaines, d'abord à Paris, puis à New York. Son mari se trouvait aux États-Unis ; son fils suivait des cours à Grenoble. Elle songea au long voyage en train, à la morne arrivée, à l'été étouffant de Londres et à la maison vide et confinée. Par la suite, elle eut l'impression de s'être conduite comme un enfant dans un conte de fées. Elle poussa la porte, et, ce faisant, entendit une voix dans sa tête, qui disait : « Je vais passer cinq jours hors du temps. »

II

« Il n'y a pas, écrivit Miss Rickerby-Carrick, de limite à mon inénarrable infamie. »

Elle jeta un coup d'œil distrait sur la pointe de son porte-mine et s'éclaircit la gorge.

> « Prenons, par exemple, ma philanthropie. Ou plutôt, puisque je ne dédaigne pas le langage parlé, mon penchant pour les B.A. »

– Non ! s'exclama-t-elle à voix haute. C'est trop mesquin, les B.A. Trop mesquin.

Elle fit une nouvelle pause, désarçonnée à l'idée que ces observations n'étaient pas entièrement originales. Tournant la tête, elle croisa le regard d'une femme mince vêtue de bleu marine, qui, tout comme elle, était assise sur sa valise.

– Les B.A., répéta Miss Rickerby-Carrick. Une expression cocasse, ne trouvez-vous pas ?

– Ma foi... ça dépend du contexte.

– Vous avez l'air perplexe.

– Ah bon ? répondit Troy Alleyn, l'air effectivement perplexe. Excusez-moi. J'étais à mille lieues d'ici.

– J'aurais bien aimé, moi, être à mille lieues d'ici. Ou plutôt non, rectifia Miss Rickerby-Carrick. Erreur, encore une fois. J'aurais aimé être à mille lieues de *moi-même*. Sans blague, ajouta-t-elle. Pour employer une autre expression parlée.

Et elle se remit à écrire.

Sa compagne la considéra avec attention, semblant prendre des notes à sa manière. Le tableau qui s'offrait à ses yeux était moins drôle que confus. L'ensemble manquait de coordination. Le tailleur bordeaux, le gilet fatigué et le bonnet de laine semblaient s'être accrochés par inadvertance à la silhouette de leur propriétaire. Elle avait aussi une étrange manie de découvrir ses dents et de retrousser les coins de sa bouche comme dans un sourire, alors qu'elle ne souriait pas. Sa main, qui serrait le porte-mine, était arthritique.

Au-dessus de leurs têtes, les nuages moutonnaient

doucement dans le ciel d'été. Une brise légère fronçait la surface de l'eau ; une ou deux barques se balançaient près du quai. Le bateau de plaisance le *Zodiac* n'avait pas encore paru : son arrivée était prévue pour midi.

– Mon nom, dit Miss Rickerby-Carrick, est Rickerby-Carrick. Prénom : Hazel. « Célibataire de cette paroisse. » Et vous, comment vous appelez-vous ?

– Alleyn.

– Madame ?

– Oui.

Après un instant d'hésitation, et puisque son interlocutrice semblait attendre, Troy marmonna, embarrassée, son prénom :

– Agatha.

– Agatharallen, fit Miss Rickerby-Carrick sur un ton tranchant. C'est drôle. Je croyais que vous étiez K.G.Z. Andropoulos, cabine numéro 7.

– Cette cabine a été retenue par quelqu'un nommé Andropoulos, mais il a annulé sa réservation à la dernière minute. Ce matin, en fait. Comme j'étais là... pour affaires, j'ai vu l'annonce au bureau de la compagnie, et je me suis inscrite. Sur un coup de tête.

– Ça alors !

Il y eut une longue pause.

– Nous sommes donc compagnons de voyage ? « Vagabonds d'eau douce » ? observa Miss Rickerby-Carrick, citant la brochure.

– A bord du *Zodiac* ? En effet, opina Troy, espérant se montrer suffisamment amicale.

Miss Rickerby-Carrick plissa les yeux et découvrit ses dents.

– Formidable !

Elle contempla Troy, puis revint à ses notes. Une luxueuse limousine déboucha dans la ruelle pavée. Un chauffeur en uniforme en descendit, s'avança vers le quai, survola le paysage d'un regard hautain, retourna vers la voiture, parla au passager invisible sur la banquette arrière et reprit sa place au volant.

« Quand j'examine en profondeur les mobiles qui me gouvernent, écrivait Miss Rickerby-Carrick sur son carnet, je me sens atterrée. Ainsi, dans mon cercle (indubitablement restreint), j'ai la réputation de quelqu'un de gentil, de bon, de charitable. J'adore ma réputation. Les gens viennent pleurer dans mon giron. Et j'aime ça. Je suis très bonne en matière de bonté. Qu'elle est *bonne*, Hay Rickerby-Carrick, dit-on autour de moi. Je me mets en quatre pour entretenir ma réputation. Je suis prête à tous les sacrifices. Je pense aux autres dans les bus, renonce à m'asseoir dans le métro et cède ma place dans les files d'attente. Je rends visite aux personnes âgées, je console les affligés, et si ça leur déplaît, c'est tant pis pour eux. Ma propre gentillesse m'emplit de stupéfaction. Ah, pauvre de moi ! » écrivit-elle, immensément satisfaite.

Deux gouttes tombèrent sur les pages de son carnet. Elle renifla bruyamment, avec délectation.

« Va-t-elle continuer comme ça pendant cinq jours ? pensa Troy. Serait-ce une toquée ? Mon Dieu, et en plus, elle est enrhumée ! »

– Pardon, dit Miss Rickerby-Carrick. J'ai attrapé un petit *rhube*. Agrhm !

Elle émit un son catarrhal et oublia de refermer la bouche. Troy commençait à se demander s'il n'y avait pas un train direct pour Londres avant la fin de la journée.

– Vous voudriez savoir, fit Miss Rickerby-Carrick d'une voix pâteuse, ce que j'écris, assise sur ma valise. Il n'y a pas longtemps, j'ai entrepris de tenir un journal. Je l'appelle mon confessionnal portatif.

– Ah oui ? répondit Troy, désemparée.

Un homme au physique agréable apparut dans la ruelle pavée. Il portait un costume en tweed et une casquette. Outre un sac à dos, ses bagages comprenaient une boîte carrée munie d'une bandoulière et un objet recouvert de toile qui aurait pu passer pour une raquette de tennis difforme. A la vue des dames, il ôta sa casquette. Il était blond, avec une coquetterie dans l'œil, des taches de rousseur et un sourire timide. L'ensemble ne manquait pas de charme.

– Bonjour, dit-il. Nous allons voyager ensemble, je suppose.

Troy acquiesça. Miss Rickerby-Carrick, les yeux et le nez bien pris, hocha la tête, sourit et renifla. Elle hochait la tête avec beaucoup d'application.

– Aucun signe du *Zodiac* pour le moment, dit le nouvel arrivant. O mon Dieu, ajouta-t-il, ça va être un gouffre à plaisanteries, je le sens. Nous allons tous en faire avec la régularité d'un horaire des marées.

Après quelques instants de réflexion, Miss Rickerby-Carrick rit aux éclats. Il lui jeta un bref coup d'œil, puis regarda attentivement Troy.

– Je m'appelle Caley Bard.

– Moi, je suis Troy Alleyn, et voici Miss Rickerby-Carrick.

– Vous m'avez dit Agatha, remarqua Miss Rickerby-Carrick. Agatharallen.

Troy se sentit rougir.

– C'est mon vrai prénom, marmonna-t-elle. L'autre, c'est une sorte de plaisanterie... mon mari...

Sa voix mourut. Le regard scrutateur de M. Bard l'embarrassait infiniment, surtout lorsqu'il se posa pensivement sur la vieille boîte à peinture à ses pieds. Néanmoins, il se contenta d'un « Ah, mon Dieu ! » prononcé sur un ton pédantesque. Et quand elle leva les yeux avec appréhension, il la gratifia d'un clin d'œil. Tout cela était fort déconcertant.

Elle fut tirée d'embarras par l'arrivée d'un jeune homme et de son amie sur une moto apocalyptique. Le soleil de midi faisait étinceler les clous qui ornaient leur tenue, transformant leurs combinaisons de cuir et leurs bottes en caramel. De sous leurs casques, leurs cheveux, collés par la graisse et la poussière, tombaient en désordre sur leurs épaules. La machine passa en pétaradant devant la limousine en stationnement et s'arrêta. Les deux jeunes gens mirent pied à terre et s'adossèrent à la moto, tout en mâchant du chewing-gum. « Rien n'est aussi insolent que l'expression de quelqu'un qui mastique de la gomme », pensa Troy. En même temps, elle aurait voulu fixer les motards sur le papier en quelques coups de crayon brefs et appuyés.

– Croyez-vous... ? hasarda-t-elle à voix basse.

– Ça m'étonnerait qu'ils soient tentés par le vagabondage d'eau douce, répliqua M. Bard.

– De toute façon, ils n'ont pas de bagages.

– Peut-être n'en ont-ils pas besoin. Peut-être dorment-ils tels quels ?

– Vous pensez ? Avec tous ces clous métalliques ?

– Oui, évidemment, répondit M. Bard.

Les deux jeunes gens allumèrent des cigarettes, tirèrent une bouffée et exhalèrent la fumée en regardant dans le vide. Ils n'avaient pas échangé un seul mot.

Miss Rickerby-Carrick les contempla d'un air exalté et nota :

> « ... deux représentants de notre Jeunesse Libérée. Pourrait-on les comparer à des gladiateurs ? Cette comparaison leur plairait-elle ? Serais-je capable de m'entendre avec eux ? M'apprécieraient-ils ? Me trouveraient-ils *sympatica*, ou bien est-ce *sympatico* ? Hélas, voilà que je recommence. Ma pauvre petite vieille, tu es incorrigible ! »

Elle plaqua énergiquement le point d'exclamation, referma son porte-mine d'un geste définitif et demanda à Troy :

– Comment êtes-vous venue ici ? Moi, j'ai pris le car depuis Birmingham.

– Moi, je suis venu en voiture, dit M. Bard. De Londres. Je suis arrivé hier soir, et je suis descendu dans une auberge.

– Moi aussi, fit Troy. Mais je suis venue en train.

– Il y a un train de Londres qui arrive ce matin, observa Miss Rickerby-Carrick. A 11 h 45.

– Je sais. Mais je... il y avait... j'avais un rendez-vous, marmonna Troy.

– Pour vous faire une toile, par exemple ? suggéra négligemment M. Bard, sans s'adresser à quelqu'un en particulier. Ou quelque chose de ce genre ?

Troy se tourna vers lui, mais il était perdu dans la contemplation du fleuve.

– Moi, je me suis fait une ou deux toiles, poursuivit-il. Pas hier soir. Ce matin. Ce fut un plaisir.

– Une *toile* ! s'exclama Miss Rickerby-Carrick. Ce matin ! Vous voulez parler du cinéma ?

Mais avant que M. Bard ne pût s'expliquer, si toutefois il en avait l'intention, deux taxis s'engagèrent l'un après l'autre dans la ruelle pavée et débarquèrent leurs passagers.

– Tiens ! Ce doit être le train de Londres, remarqua Miss Rickerby-Carrick, l'air triomphant.

Parmi les nouveaux arrivants, le premier fut un homme d'apparence banale, âgé d'une quarantaine d'années. Sous un imperméable retenu à la taille par une ceinture, il portait un complet à rayures, qui allait certainement s'avérer abominable au grand jour. Il fallait ajouter à cela une chemise mauve et une cravate rose bonbon. Ses cheveux étaient coupés court, dégageant la nuque et les oreilles. Il avait un visage taillé à coups de serpe et des yeux clairs. Tandis qu'il s'approchait, l'allure désinvolte, une valise en carton à la main, Troy s'aperçut qu'il boitait et qu'un de ses souliers avait une semelle compensée.

– Bonjour, tout le monde, fit l'homme. Belle journée, hein ?

Troy et M. Bard acquiescèrent.

– Très belle ! Très belle ! répéta Miss Rickerby-Carrick, une note extatique dans la voix.

– Moi, c'est Pollock, annonça le nouveau venu avec aisance. Stan.

M. Bard fit les présentations. M. Pollock répondit par de brefs hochements de tête.

– Ça baigne, déclara-t-il. Exactement ce qu'il nous fallait.

– Nous allons bien nous amuser, dit Miss Rickerby-Carrick sur un ton éperdu qui se teinta de stupeur.

Son regard s'était posé sur le passager du second taxi, qui, leur tournant le dos, était en train de régler sa course. C'était un colosse habillé avec une grande distinction, celle de la haute société. Son chapeau, son pardessus, ses chaussures impeccables étaient d'une élégance si classique que Troy fut surprise – choquée presque – de constater qu'il semblait porter des gants noirs, comme un croque-mort dans un roman de Dickens. A quelques mètres de distance, sa voix de stentor résonna comme le son d'une grosse cloche :

– Merci. Bonne journée.

Il saisit sa valise et se retourna. Le bord de son chapeau lui cachait une partie du visage, sans l'obscurcir plus qu'il ne l'était déjà. Le dernier arrivant était un homme de couleur.

Miss Rickerby-Carrick poussa une exclamation. M. Bard, après un rapide coup d'œil, continua de parler à Troy. M. Pollock ouvrit de grands yeux, émit un léger sifflement et se détourna, l'expression fermée. Les deux motards, pour une raison connue d'eux seuls, éclatèrent d'un rire déplaisant.

L'homme avança, souleva son chapeau pour saluer le groupe et alla se poster à l'extrémité de l'embarcadère, face au fleuve, silhouette incongrue mais imposante et distinguée, sur un fond de barques, d'eau miroitante et de bâtisses couvertes de placards publicitaires.

– Nous sommes déjà cinq, dit Troy précipitamment. Il n'en reste plus que trois.

– Dont un qui occupe sans doute cette luxueuse auto, répondit M. Bard. En passant, j'ai essayé de regarder à l'intérieur, mais je me suis heurté à un journal ouvert.

– D'après vous, serait-ce un homme ou une femme ?

– Oh, un homme, un homme. Une grosse main manucurée. Le chauffeur n'est pas du genre loquace. Allons, qui choisiriez-vous ? Nous avons le choix entre deux noms sur la liste des passagers. Qu'en pensez-vous ?

Il désigna la silhouette près du fleuve.

– Dr Natouche ? M. J. de B. Lazenby ? Qui est qui ?

– Je penche pour J. de B. L. dans la limousine, fit Troy. Avec un nom aussi magnifique.

– Vraiment ? Non, moi, je pense le contraire. Je mettrais le Dr Natouche dans la voiture. Spécialiste dans quelque domaine ésotérique d'une des branches les plus impénétrables de la médecine. Honoraires astronomiques. Quant à notre ami, là, sur la jetée, je le verrais originaire de La Barbade. Il possède une chaîne hôtelière et se nomme Jasper de Brabazon Lazenby. Voulez-vous qu'on parie ?

– Et quel serait l'enjeu ? s'enquit Troy.

– Si je gagne, vous prendrez un verre avec moi avant le déjeuner. Si vous gagnez, ce verre, je vous l'offre.

– Non, mais, dites donc ! s'exclama Troy.

M. Bard rit intérieurement.

– On va voir. Je crois que je...

Il sourit à Troy et, sans achever sa phrase, longea l'embarcadère.

– Allez-vous vous joindre à nous ? l'entendit-elle demander. Je suis sûr que oui.

– A bord du *Zodiac* ? répliqua la voix tonnante. En effet.

– Si nous nous présentions ?

Tout le monde tendit l'oreille.

– Natouche.

– Dr Natouche ?

– Absolument.

M. Bard inclina imperceptiblement la tête en direction de Troy.

– Moi, je suis Caley Bard.

– Ah ! J'ai, comme vous, consulté la liste des passagers. Bonjour, monsieur.

– Venez, fit Caley Bard, que je vous présente les autres. Nous étions justement en train de faire connaissance.

– Si vous voulez. Merci.

Ils se retournèrent. M. Bard était grand, mais le Dr Natouche l'écrasait. Le soleil qui dansait sur l'eau déformait leurs silhouettes, les nimbant d'un halo mouvant. Tandis que les deux hommes, le pâle et le foncé, se rapprochaient, Troy, éblouie, pensa : « Mes craintes ne sont sûrement pas fondées. Tout ira bien, à moins que M. Pollock n'ait un sale caractère ou que la Rickerby-Carrick ne se montre trop saoulante. Tout se passera bien. » Elle leva les yeux sur la ruelle : les motards étaient là, immobiles à l'exception de leurs mâchoires, le regard rivé sur le quai.

Elle tendit la main au Dr Natouche, qui s'inclina légèrement, d'un geste formel. Ses cheveux crépus, coupés ras, grisonnaient aux tempes. Sa peau n'était pas vraiment noire, mais d'un brun chaud aux reflets violine. Il avait les traits fins et réguliers.

– Madame Alleyn, dit le Dr Natouche.

Miss Rickerby-Carrick, ainsi que Troy l'avait redouté, fit preuve d'une exubérance excessive. Elle secoua la main du Dr Natouche de bas en haut, riant sottement :

– Oh ! ho ! mais c'est formidable !

M. Pollock, les mains dans les poches, s'était éloigné en boitillant, échappant ainsi aux présentations.

Comme personne n'avait apparemment rien à dire, Troy demanda hâtivement au Dr Natouche s'il était venu par le train de Londres. Il répondit qu'il arrivait de Liverpool, ajouta quelques généralités, lui sourit et, inclinant brièvement la tête, partit flâner le long du quai.

– C'est incroyable, déclara M. Pollock à la cantonade. Ils ne disent rien ; comme ça, on ne peut pas se plaindre.

– Ils ne disent rien ? s'étonna Miss Rickerby-Carrick. Je ne comprends pas.

– Au moment de la réservation.

Il pointa le menton en direction du Dr Natouche.

– Pour qu'on sache à quoi s'attendre.

– Oh, mais *il ne faut pas* ! chuchota-t-elle. Il ne faut pas penser ça. Je vous assure.

– Une croisière de luxe, hein ? C'est ce qu'on nous a dit. Première classe. Tout confort. Ce n'est pas comme ça que je vois les choses. Pas avec ce genre de compagnie. Si j'avais su, je ne serais pas venu. Du tout.

– Quelle drôle d'idée ! observa M. Bard sur un ton léger.

– C'est vous qui le dites, rétorqua M. Pollock, courroucé.

Il se tourna vers Troy, espérant peut-être trouver en elle une alliée.

– Moi, j'estime que c'est une insulte vis-à-vis des dames.

– Allons, allons, répliqua Troy avec toute la bonhomie dont elle se sentait capable. Certainement pas. N'est-ce pas, Miss Rickerby-Carrick ?

– Oh, bien sûr que *non*.

– Je sais de quoi je parle, affirma M. Pollock à voix haute.

Troy regarda nerveusement la silhouette lointaine sur le quai.

– Je suis propriétaire. Dès que ces gens-là s'installent dans un quartier... croyez-moi, il ne reste plus que des taudis. Aussi simple que ça.

– Monsieur Pollock, cet homme est un docteur, fit Troy.

– Sans blague ? Docteur ? En quoi ?

– En médecine, répondit M. Bard. Vous devriez consulter la liste des passagers, mon cher.

– On peut raconter n'importe quoi, assura M. Pollock sombrement. N'importe quoi. Moi, j'aurais très bien pu me faire passer pour une Excellence.

Troy pouffa de rire, et il lui lança un regard noir. Puis son expression se détendit.

– On ne m'aurait pas cru, ajouta-t-il, mais tout de même.

Le jeune homme à la moto appuya sur son klaxon. *Taa-ta-ta-ta. Ta-taa.* Lui et son amie regardaient le coude formé par le fleuve.

Un bateau venait d'en surgir. Un bateau tout blanc. Un drapeau vert et rouge flottait à la proue, tandis qu'à l'arrière il arborait un pavillon incarnat. Le soleil illuminait ses cuivres ; des rideaux rouges ornaient les fenêtres de son salon. Bientôt, on put distinguer son nom, peint en lettres dorées à la proue : *Zodiac.*

Le carillon d'une église voisine sonna midi.

– Le voilà, dit M. Bard. Pile à l'heure.

III

Le *Zodiac* accosta. Un jeune garçon d'une quinzaine d'années l'amarra adroitement au quai. Le skipper quitta la timonerie pour faire ses adieux aux passagers : on entendit ceux-ci le remercier, exprimant le regret que le voyage ne fût pas plus long. Ils passèrent devant le groupe qui attendait. Une femme, croisant le regard de Troy, déclara :

– C'est fantastique, vous verrez.

Et un homme dit à sa femme, avec une nostalgie presque excessive pour une escapade de cinq jours :

– Nous revoilà sur la terre ferme, la barbe.

Quand ils furent tous partis, les nouveaux passagers s'approchèrent du *Zodiac*, où ils furent accueillis par le skipper, un homme sympathique à la mise soignée. Il portait une chemise blanche, un pantalon bleu marine, une cravate et la traditionnelle casquette à visière.

– Vous avez sûrement hâte d'embarquer, fit-il. Tom !

L'adolescent entreprit de monter les bagages sur le pont. Le skipper offrit la main aux dames. Miss Rickerby-Carrick en fit grand cas :

– Oh, mon Dieu ! Merci. Oh, merci !

Et elle bondit en avant.

Elle avait la manie d'agripper son pull caca d'oie comme si, pensa Troy, elle portait son argent dans une escarcelle autour du cou et qu'elle cherchait constamment à s'assurer qu'il était toujours là.

Après avoir descendu un petit escalier assez raide, ils poussèrent une sorte de portillon et se retrouvèrent au salon. De là, une autre volée de marches menait à la coursive où se trouvaient les cabines. Sur sa gauche, un hublot donnait sur la cuisine, située au niveau inférieur. Là, une femme blonde était en train de préparer des plats de salade et de viande froide. Elle portait un tablier empesé par-dessus une robe de coton noir. Ses cheveux couleur de blé étaient tirés en arrière et noués en un chignon luisant. Tandis que Troy regardait en bas, elle se retourna et leva la tête.

– Bonjour, fit-elle avec un sourire éblouissant. Le déjeuner est dans une demi-heure. Le bar sera ouvert d'ici quelques minutes.

Le bar était situé à bâbord, près de l'entrée.

L'adolescent descendit, portant la valise et la boîte à peinture de Troy.

– Par ici, je vous prie.

Elle le suivit sur le pont inférieur. La cabine numéro 7, la troisième à tribord, mesurait exactement le double de sa couchette. Elle comprenait un placard, un lavabo et un hublot près du plafond. Les rideaux et le couvre-lit étaient rouge cerise ; dans un verre, sur une étagère, il y avait un géranium au milieu de quelques brins de fougère et de fleurs des champs. Troy en fut enchantée. Le garçon posa sa valise sur la couchette, et sa boîte à peinture, au-dessous. Pour une raison inexplicable, elle n'osa pas lui donner un pourboire. Mais lui n'hésita pas. Il la gratifia d'un sourire qui fut la réplique exacte de celui de la femme blonde et sortit. « C'est son fils, pensa Troy. Ils sont tous probablement de la même famille. Le skipper doit être le père. »

Elle défit sa valise, la rangea sous la couchette, se lava les mains et s'apprêta à retourner au salon. A cet instant, entendant des voix dehors, elle s'agenouilla sur la couchette et regarda par le hublot. Celui-ci était juste à la hauteur du premier pont, et elle aperçut, tout près d'elle, les guêtres luisantes et les souliers vernis de l'élégant chauffeur. Dans ses mains gantées, il tenait deux valises. Il s'éloigna, cédant la place à un pantalon gris clérical, qui s'immobilisa devant le hublot. Dans le cadre triangulaire formé par les jambes, Troy vit, comme dans un film aux effets recherchés, les deux motards gainés de cuir noir, qui continuaient à fixer l'embarcadère en mastiquant. Elle eut l'absurde impression qu'ils la dévisageaient, elle. Le jeune garçon du *Zodiac* venait de les rejoindre, quand un taxi les lui dissimula tous. Les jambes disparurent. La portière du taxi s'ouvrit, mais l'attention de Troy fut détournée par des coups bruyants frappés à sa porte. Elle s'assit à la hâte sur sa couchette.

– Entrez !

Le visage animé de Miss Rickerby-Carrick apparut dans l'entrebâillement de la porte.

– C'est le paradis ! déclara-t-elle. Une douche et *deux* W.-C. ! Nous sommes gâtés, hein ?

Et elle partit, avant que Troy n'eût le temps de répondre.

Dehors, il y eut un remue-ménage.

– C'est juste, *stouard*, fit une voix féminine, nous avons tout un tas de matériel photographique. Je pense que je vais utiliser la numéro 3 comme salle de réception, tandis que la numéro 6 pourra contenir mon frère et tout le barda. O.K. ? O.K., Earl ?

– Sûr. Sûr.

La numéro 6 était voisine de la cabine de Troy. Elle entendit des bruits de rangement, ponctués d'avertissement sur la fragilité du matériel proférés avec une bonhomie manifeste. La voix masculine répéta à plusieurs reprises :

– Sûr. Parfait. Parfait.

Il y eut une vaine tentative de donner un pourboire au jeune garçon. Troy l'entendit dire :

– Merci quand même.

Il sortit. Il y eut un silence, puis la femme s'exclama :

– Tu vois les choses comme moi ?

– Tant pis, répondit l'homme. On ne pouvait pas savoir.

Troy consulta sa liste des passagers. M. Earl J. et Miss Sally-Lou Hewson venaient d'arriver. Elle rangea ses affaires et monta au salon.

Tout le monde était là, à l'exception des trois derniers arrivants. Le Dr Natouche était en train de lire un journal dans son coin, un verre de bière à portée de la main. Miss Rickerby-Carrick, en conversation avec M. Pollock, était assise sur la banquette qui partait de l'entrée et s'arrêtait sous les fenêtres. M. Caley Bard, qui, manifestement, attendait Troy, lui rappela aussitôt qu'elle devait prendre un verre avec lui.

– Le martini de Mme Tretheway est tout à fait remarquable.

Cette dernière se tenait derrière le petit bar, entourée comme il se doit de bouteilles et de verres illuminés par les rayons du soleil. Un rayonnement semblable émanait de sa personne : elle resplendissait.

M. Pollock lui jetait des œillades répétitives, un demi-sourire aux lèvres. Miss Rickerby-Carrick la contemplait avec une sorte d'émerveillement anxieux. M. Bard, lui, exprima son admiration en termes très caractéristiques, ainsi que Troy devait le constater plus tard.

– Le bar des Folies-Bergère n'a plus qu'à fermer ses portes, glissa-t-il à Troy. Manet aurait changé ses habitudes de buveur. D'ailleurs, vous pourriez lui en remontrer.

Il s'inclina légèrement devant Troy avec un sourire entendu.

– Vous devriez essayer.

– Je vous en prie, fit-elle précipitamment.

Il rit et se pencha par-dessus le comptoir pour régler leurs consommations. Mme Tretheway adressa à Troy un regard « de femme à femme », accompagné de son fabuleux sourire.

Même le Dr Natouche baissa son journal et contempla gravement Mme Tretheway durant quelques secondes.

Au-dessus du bar figurait une inscription encadrée, dactylographiée d'une main incertaine :

LES SIGNES DU ZODIAQUE

En tête du Cortège céleste avancent
Le Bélier, le Taureau et les Divins Jumeaux.
Après le Crabe vient le Lion,
Puis la Vierge et la Balance,
Le Scorpion, l'Archer et la Chèvre,
L'Homme qui porte l'Arrosoir
Et les Poissons aux écailles claires.

– Charmant, n'est-ce pas ? observa M. Bard. Qu'en pensez-vous ?

– La magie des noms propres, acquiesça Troy. Surtout ces noms-là. Ça marche à tous les coups.

– Quelqu'un m'a donné ça au cours d'une croisière, dit Mme Tretheway. Ça vient d'un livre pour enfants, paraît-il.

– Le ton y est, en tout cas. Un peu incantatoire, comme il se doit, répondit Troy.

Elle eut soudain envie de peindre les douze signes et de placer les vers au milieu. Peut-être avant la fin de la croisière...

– Pour les faire rimer, remarqua Mme Tretheway, il aurait fallu dire « la Chaire ». « Le Scorpion, l'Archer et la Chaire. »

Elle posa leurs verres sur le bar. Sa main frôla les doigts de M. Bard.

– Vous allez vous joindre à nous, j'espère, fit-il.

– Une autre fois, mais merci quand même. Je dois m'occuper de votre déjeuner. C'est un buffet froid aujourd'hui. Chacun n'aura qu'à se servir.

Elle se dirigea vers le guichet qui donnait sur la cuisine. Tom, le jeune garçon, qui était en bas, passa les plats à sa mère, et elle les disposa sur les tables qui avaient été rapprochées et recouvertes d'une nappe blanche.

– Quand vous voulez, dit Mme Tretheway. Je vous en prie, servez-vous.

Elle retourna au bar et agita une clochette.

Sans consulter Troy, M. Bard commanda deux autres martinis. Ce n'était pas la boisson préférée de Troy et, de toute façon, elle l'avait trouvée beaucoup trop forte la première fois.

– Non, merci, vraiment, fit-elle. Pas pour moi. Je vais déjeuner.

– Soit, répliqua-t-il. Remettons ça à l'heure de l'apéritif. Jusque-là, observons l'abstinence.

Il vint alors à l'esprit de Troy que M. Bard lui faisait purement et simplement la cour. Aussi flatteuse que cette perspective pût être, elle ne cadrait guère avec son projet de s'offrir cinq jours de vadrouille anonyme dans les eaux intérieures britanniques. De toute évidence, M. Bard l'avait percée à jour. Il avait visité le matin même son exposition, au vernissage de laquelle elle était venue assister la veille. Il avait été suffisamment finaud pour deviner qu'elle ne voulait pas être reconnue. Apparemment, il était disposé à la tourmenter et, partant, à s'en faire une sorte de complice. M. Bard était un taquin.

Il y avait une place à côté du Dr Natouche, à l'extrémité de la banquette circulaire. Troy se servit en salade et en viande froide et s'assit près de lui. Il se souleva, s'inclinant brièvement devant elle.

– J'espère que vous êtes bien installée, dit-il. Pour ma part, je trouve les conditions d'hébergement parfaites.

Il émanait quelque chose d'exceptionnel du Dr Natouche, décida Troy. Il avait une présence extraordinaire. Pliant soigneusement son journal, il le posa à côté de son assiette. Troy baissa les yeux et se vit en train de serrer la main de la personnalité qui avait inauguré son exposition. Était-ce possible que le Dr Natouche ne l'eût pas reconnue sur la photographie ? « Franchement, pensa-t-elle, je ne devrais pas y accorder tant d'importance. Si encore j'étais une star de cinéma ! Mais qui s'intéresse aux peintres ? Le problème est que je ne sais jamais quoi dire aux gens qui ne sont pas de la partie et qui me parlent de ma peinture. Je perds mes moyens et m'entends balbutier des imbécillités. »

Le Dr Natouche, toutefois, ne fit pas la moindre allusion à la peinture. Il parla de la pluie et du beau temps, des journées à venir, s'exprimant un peu à la façon d'une brochure touristique.

– Il y aura des lieux d'un grand intérêt historique, observa-t-il calmement.

Il s'était écarté pour laisser à Troy davantage d'espace. Elle sentait la distance qui les séparait comme si elle l'avait mesurée en centimètres.

– Et le cadre est tout à fait charmant, conclut le Dr Natouche.

Sur ce, M. et Miss Hewson firent leur apparition. Tous deux étaient des prototypes de touristes américains sans prétention. Miss Hewson était blondasse, courtaude et trapue. Son frère, un grand maigre, portait des lunettes et une prothèse auditive. Tout en eux était hygiénique et fonctionnel.

– Nous en avons mis du temps pour nous installer, déclara Miss Hewson. Excusez-nous, tout le monde.

Mme Tretheway, derrière son bar, les présenta à l'assistance ; accueillis par les sourires et les murmures des Anglais, ils répétèrent affablement les noms des uns et des autres, imités dans ce rituel par le Dr Natouche. Troy se demanda s'il n'était pas américain lui aussi, mais elle ne décela nulle trace d'accent dans sa voix. Serait-il antillais ? africain ? pakistanais ?

– Il en manque encore un, annonça Miss Rickerby-Carrick, tout en engouffrant goulûment sa salade. Vous n'êtes pas les derniers.

Elle était en train de parler énergiquement aux Hewson qui paraissaient quelque peu déroutés. Elle désigna un exemplaire de la liste des passagers posé sur la table. Troy avait déjà remarqué que le nom de K.G.Z. Andropoulos avait été barré en face de la cabine 7, sans que le sien y eût été substitué. M. Bard se chargea de réparer cet oubli.

– Autant tout faire dans les règles de l'art.

Il avait orthographié son nom correctement en y ajoutant obligeamment les simples initiales A.T. Elle ne put s'empêcher de le regarder : en retour, il la gratifia d'un nouveau clin d'œil.

– Si on essayait de deviner ? chuchota Miss Rickerby-Carrick, enjouée. Comment va-t-il être ? D'après vous ?

Elle pointa le doigt sur le nom de M. J. de B. Lazenby et parcourut la salle d'un regard espiègle.

L'entrée de l'intéressé leur épargna la peine de répondre.

En un sens, songea Troy, leur attente fut déçue. M. Lazenby était un homme d'Église.

Ce fut aussi une surprise, car on associe rarement les ecclésiastiques, à l'exception des plus hauts dignitaires, avec des limousines de luxe et des chauffeurs en uniforme. M. Lazenby ne respirait pas particulièrement l'opulence. C'était un homme assez grand, au teint rose et aux cheveux clairsemés ; il portait des lunettes noires, un costume gris clérical, un pull-over bleu et l'inévitable col de pasteur.

De sa place derrière le bar où, aux yeux de Troy, elle apparaissait comme une sorte d'oracle, Mme Tretheway nomma le nouveau venu, ajoutant raisonnablement qu'il n'allait pas manquer de découvrir qui était qui.

– Certainement, certainement, répondit M. Lazenby d'une voix vaguement pastorale où perçait l'accent des antipodes.

– Mais, s'écria Miss Rickerby-Carrick, ce n'est pas indiqué sur la liste. Ce n'est pas marqué « Révérend »... pourquoi ?

– Sans doute, répliqua M. Lazenby en se servant, parce que j'ai réservé ma place par lettre. De Melbourne. Je n'ai pas dû déclarer mon état.

Il lui sourit, se recueillit, baissa la tête un instant, esquissa une croix miniature sur son chandail et s'assit à côté de M. Pollock.

– Ça a l'air délicieux, dit-il.

– Très bon, répondit M. Pollock sans aucune expression, se servant en pickles.

Le déjeuner se poursuivit au milieu d'une conversation décousue. Des bribes d'information furent échangées. Les Hewson arrivaient de *Tabard Inn* à Stratford-upon-Avon où, le samedi soir, ils avaient vu une représentation de *Macbeth* qu'ils avaient jugée curieuse. M. Lazenby avait séjourné chez l'évêque de Norminster. M. Pollock avait pris le train de Londres pour Birmingham où il était descendu à l'hôtel *Osborn*. Miss Rickerby-Carrick et le Dr Natouche étaient venus directement de chez eux. Miss Hewson émit la supposition que son frère et elle n'étaient pas les seuls non-Britanniques à bord. Bien que sa remarque s'adressât à M. Lazenby, elle visait manifestement le Dr Natouche, qui ne réagit pas. M. Lazenby s'embarqua dans un discours sur l'Australie et le Commonwealth. Lui aussi s'était tourné légèrement vers le Dr Natouche mais, à cause de ses lunettes noires, il était impossible de savoir s'il le regardait vraiment.

– Ma parole, déclara Miss Hewson, je n'y comprends rien, à ce Commonwealth. Il est britannique, et pas vous ; vous avez la reine d'Angleterre, mais vous n'allez pas crier sur les toits que vous êtes monarchistes. Ces distinctions sont sans doute trop subtiles pour mon esprit obtus d'Américaine. Qu'en dis-tu, mon grand ? demanda-t-elle à M. Hewson.

– Pardon, ma grande ?

Miss Hewson répéta sa remarque en articulant soigneusement dans l'appareil de son frère qui prit aussitôt un air débonnaire et vaguement sarcastique.

Miss Rickerby-Carrick se mêla à la conversation, clamant confusément son admiration pour la monarchie et combien elle regrettait la perte de l'Empire.

– Je sais, on ne doit pas dire ça, fit-elle avec un coup d'œil entendu à l'intention de Troy, de M. Pollock et de M. Bard, mais, par moments, on ne peut pas s'en empêcher. Évidemment, je suis *tout à fait* pour la liberté, les droits civiques et l'intég...

Elle s'interrompit avec l'expression de quelqu'un qui venait de parler trop vite, rougit et se pencha éperdument vers le Dr Natouche.

– Pardonnez-moi, bredouilla-t-elle. Bien sûr, je ne suis pas au courant. Enfin, ai-je raison de croire... ?

Le Dr Natouche croisa les bras et attendit quelques instants avant de répondre :

– Vous vous demandez si je suis un citoyen britannique ? Je le suis. Comme vous le voyez, j'appartiens à une minorité ethnique. J'exerce à Liverpool.

Sa voix était olympienne, et son attitude, parfaitement détachée.

Le silence qui suivit fut rompu par le skipper, qui descendit en crabe au salon.

– Eh bien, mesdames et messieurs, j'espère que vous êtes tous bien installés. Nous allons larguer les amarres dans quelques minutes. Vous trouverez un certain nombre de renseignements dans les dépliants de bord. Nous ne sommes pas très amateurs de micros et haut-parleurs sur le *Zodiac*, mais je suis entièrement à votre disposition pour toutes les questions que vous voudrez bien me poser. Les prévisions météo sont bonnes, bien qu'à cette époque de l'année nous ayons souvent affaire au Rampant : c'est ainsi qu'on nomme le brouillard fluvial dans la région. Il tombe généralement la nuit et peut être assez épais. Cet après-midi, nous allons remonter le Fleuve jusqu'à l'écluse de Ramsdyke. Nous zigzaguerons beaucoup, ce qui peut paraître déconcertant à certains. Vous avez dû remarquer, à propos, que dans ce coin nous n'appelons jamais le fleuve par son nom. Pour les gens d'ici, il reste simplement le Fleuve. C'est à travers ce pays que l'archevêque Langton [1] a poursuivi le roi Jean sans Terre. Mais longtemps avant cela, les Romains ont tracé le canal de Ramsdyke, en addition au Fleuve. On circulait beaucoup par voies d'eau, à l'époque. Comme il nous faut du temps pour franchir l'écluse, vous aurez peut-être envie de jeter un coup d'œil sur la cuvette de l'autre côté de la digue. C'est là que siégeaient les tribunaux de Wapentake sous le règne des Plantagenêts. Précurseurs de nos juges itinérants. Vous ne pouvez pas la rater. C'est à cinq minutes à pied. Je vous remercie.

Il hocha brièvement la tête et remonta sur le pont. Un murmure approbateur s'éleva parmi les passagers.

1. Stephen Langton, archevêque de Canterbury, participa à la promulgation de la Grande Charte (1215), imposée au roi Jean sans Terre. *(N.d.T.)*

– Ma foi, s'exclama M. Bard, voici un début intéressant et prometteur. Un beau petit panachage de faits : le reste est laissé à l'imagination. Magnifique ! Madame Alleyn, vous avez fini de déjeuner. Venez sur le pont assister au départ.

– Je pense que nous devrions tous monter, dit Troy.

– Oh *oui*, oui ! cria Miss Rickerby-Carrick. Allons-y, les gars !

Elle se moucha avec vigueur et se précipita vers l'escalier. Une pancarte annonçait en haut : « Attention à la dernière marche. » Mais elle l'ignora, plongea la tête la première vers le portillon, et on l'entendit s'agiter en gloussant de surprise de l'autre côté. M. Hewson glissa à sa sœur :

– Je la trouve unique.

– C'est peut-être une curiosité locale, répondit Miss Hewson.

Et tous deux prirent un air vaguement sarcastique.

Inexplicablement, Troy ressentit de l'irritation à leur égard ; elle était tout aussi agacée par Miss Rickerby-Carrick qui, visiblement, allait porter sur les nerfs de toute la compagnie. M. Pollock, par exemple, marmonna après sa sortie précipitée :

– Incroyable, non ?

M. Bard leva les yeux au ciel à l'intention de Troy, et suivit les autres sur le pont. M. Lazenby, qui n'avait pas terminé, brandit sa fourchette pour signifier qu'il les rejoindrait plus tard.

Se levant, le Dr Natouche regarda le quai par les hublots du salon. « Comme il est grand », pensa Troy. Plus grand que son mari, qui mesurait plus d'un mètre quatre-vingts. « Il attend que nous soyons tous en haut. » Elle se retrouva à côté de lui.

– Est-ce la première fois que vous faites une croisière, docteur Natouche ?

– Oui. C'est une expérience nouvelle pour moi.

– Pour moi aussi. Je suis là sur un coup de tête.

– Vraiment ? Vous avez dû éprouver le besoin de

faire une pause après toutes les contraintes de vos activités publiques.

– En effet, opina Troy, ravie qu'après tout il eût entendu parler de son exposition et qu'il l'eût reconnue. C'est une vraie course d'obstacles, ces solennités.

– Certaines de vos œuvres sont très belles, dit le Dr Natouche. Je les ai vues avec grand plaisir à Londres.

– Ah oui ? J'en suis heureuse.

– Nous sommes en train d'appareiller, si telle est l'expression exacte. Voudriez-vous monter ?

Troy sortit sur le pont. Tom, l'adolescent, avait détaché les amarres et les enroulait prestement. Le skipper se tenait à la roue du gouvernail. Les machines du *Zodiac* se mirent en marche. Le bateau s'éloigna de l'embarcadère, se dirigeant vers le milieu du Fleuve.

Les motards étaient toujours dans la ruelle. Troy vit le jeune Tom leur adresser furtivement un signe. Ils levèrent la main en réponse. La jeune fille grimpa sur la selle ; le garçon démarra au Kick, et leur engin rugit dans un vacarme assourdissant. La moto bondit et disparut en pétaradant dans la ruelle.

Le Dr Natouche arriva, suivi de M. Lazenby. Les huit passagers, alignés près du bastingage, regardèrent les rives changer d'allure et s'éloigner. Flèches et buildings, toits mansardés et la coupole écrasée de l'hôtel de ville de Norminster n'étaient déjà plus qu'un souvenir. Lentement, leurs contours bougèrent, s'étrécirent ; et le *Zodiac* mit le cap sur l'écluse de Ramsdyke.

2.

WAPENTAKE

– Il opérait à grande échelle au Proche-Orient, dit Alleyn. Avec les gros caïds de la drogue, dont un avec lequel il s'est fâché et qui a dû le balancer. De la drogue, il est passé au trafic de toiles de maître : certaines affaires retentissantes à Paris portent sa signature. Il obtenait des certificats d'authenticité pour de bonnes copies dans les galeries et chez les veuves des peintres célèbres. Puis il s'est rendu à New York pour écouler le fruit de ses activités : à ce moment-là, Interpol a commencé à s'intéresser à lui. Il faut dire qu'à l'époque, il ne tombait pas sous le coup de la Circulaire bleue, ce qui signifie...

Les souliers du garçon blond à la mine éveillée, assis au deuxième rang, raclèrent le plancher. Il esquissa un geste et sembla manifester un certain empressement.

– Je vois que vous savez, dit Alleyn.

– Oui, m'sieu. La Circulaire bleue internationale signifie qu'Interpol n'arrive pas à déterminer l'identité du criminel.

– C'est exact. Néanmoins, le filet se resserrait de plus en plus, et, en 1965, Jampot a jugé bon de s'expatrier en Bolivie. Là, pour une fois, il est allé trop loin et a échoué en prison. Il se serait déguisé en femme, paraît-il, dans un but criminel. Il s'est échappé de prison, ainsi que je l'ai expliqué, en mai de l'année dernière ; un peu plus tard, il a débarqué d'un cargo espagnol en Angleterre avec un passeport sur mesure. Le Yard n'avait alors aucune accusation spécifique à lui mettre sur le dos, bien que son nom ait été mentionné à de nombreuses reprises lors du congrès de San Francisco. Il avait certainement déjà pris contact avec ses acolytes britanniques ; l'un d'eux lui avait réservé une place à bord du *Zodiac* pour une croisière à la fin de l'été. L'objet de cette manœuvre deviendra clair un peu plus loin.

« À ce stade, je voudrais attirer votre attention sur un élément précis qui désavantageait Jampot. Ce faisant, je vous donne un indice. A l'époque dont nous parlons, nous ne disposions pas d'un signalement précis du personnage, dont la seule photographie nous avait été fournie par la police bolivienne. Ses oreilles étaient cachées par une chevelure abondante ; la bouche se dissimulait sous une belle moustache ; et le reste du visage, sous une barbe opulente et très soignée. Nous savons, à présent, qu'un signe particulier de son apparence le distinguait des autres mortels. Dois-je vous rappeler qu'il s'agit... ?

Le garçon à l'air éveillé assis au deuxième rang esquissa un nouveau geste.

– Absolument, acquiesça Alleyn.

Et il mit le reste de la classe dans la confidence.

– Je suis en mesure de vous brosser le tableau complet de cette petite croisière apparemment anodine, poursuivit-il, car ma femme m'a longuement écrit à ce sujet. Dans sa première lettre, elle me disait...

I

« Et voilà, écrivit Troy. Tout a été décidé en deux temps, trois mouvements, et je pense ne pas regretter d'avoir vu l'annonce dans la vitrine de la Compagnie de navigation de plaisance.

« D'habitude, c'est toi qui griffonnes dans les cabines, les trains et les chambres d'hôtel : à présent, je m'y mets aussi. La seule chose qui me chiffonne, c'est de ne pas recevoir de lettres de toi durant ces cinq jours. Je vais poster celle-ci à Ramsdyke et, avec un peu de chance, elle te parviendra à New York pendant que je serai à Longminster, à mi-chemin de mon périple. A ce rythme-là, elle voyagera deux mille fois plus vite que moi ; ça, c'est de la relativité, non ? Je t'écris assise dans une chaise longue. Tu ne peux pas t'imaginer combien la notion du temps change, quand on est sur le Fleuve ; combien la campagne, toute proche pourtant, paraît lointaine. Il y a bien des voitures et des camions qui sillonnent les ponts et les routes principales, les avions à réaction qui vrombissent au-dessus de nos têtes, mais ils font partie d'un autre monde. Vraiment.

« Notre monde à nous est aquatique : ici, tout est tourbillons, roseaux et berges détrempées. A ses confins, tout bouge et évolue d'une manière bizarre et totalement déroutante. Tu connais mon sens de l'orientation. Eh bien, la configuration de nos rivages me dépasse complètement. Il y a ici un vaste complexe hydro-électrique : pendant une bonne partie de l'après-midi, il a dérivé lentement d'une moitié de notre univers à l'autre. Le voyant disparaître à bâbord, on se dit : c'est fini. Et juste à ce moment-là, il resurgit à tribord. Quelquefois, on s'en approche, puis on s'en éloigne ; il y a eu un instant spectaculaire où l'on est passé tout près et on a vu des Lilliputiens qui s'affairaient à mi-hauteur de l'édifice. Oui, chéri, je sais. Un cours d'eau, c'est sinueux.

« A l'exception de la centrale électrique, la campagne est déserte, comme partout ailleurs en Angleterre, et plate, plate, plate. A en croire le skipper, elle a été laminée par l'Histoire. Les

Roses Rouge et Blanche [1]. Les Cavaliers [2] et les Têtes rondes. Les prêtres et les barons. Tous ont foulé ce pays aux pieds des siècles durant. Sais-tu que Constable a passé un été ici, à peindre ? Les clochers des églises, les villages minuscules et, naturellement, les écluses.

« Comme notre route tortueuse nous mène, semble-t-il, vers la mer, nous allons rester coincés à chacune d'elles, immanquablement.

« Quant aux passagers, j'ai déjà essayé de te les présenter. Nous ne sommes pas plus mal assortis, sans doute, que n'importe quel groupe de huit personnes qui auraient décidé de passer cinq jours hors du temps sur le Fleuve. À part Miss Rickerby-Carrick, qui me fait grimper au plafond (tu sais à quel point je ne supporte pas les rhumes de cerveau persistants) et le Dr Natouche, qui est noir, notre petite troupe n'a rien d'extraordinaire.

« Je ne suis pas la seule à trouver la pauvre Miss R.-C. un peu pénible. Dans son empressement à ne pas se montrer raciste, elle assiège le Dr N. avec la délicatesse d'un bulldozer. Je l'ai vu frémir, il y a deux minutes, devant une nouvelle charge de cavalerie. M. Bard vient de dire qu'un coup d'œil dans l'inconscient de Miss R.-C. révélerait plus de méandres que le *Zodiac* n'en négocie durant toute la saison. Si seulement elle pouvait se taire, de temps à autre. Mais non, c'est au-dessus de ses forces. Elle a une amie proche de Birmingham, nommée – c'est incroyable, je n'arrive pas à me le rappeler – Mavis quelque chose, dont nous entendons parler à tout bout de champ. Ce que Mavis pense, ce qu'elle dit, comment elle réagit, comment elle

1. Allusion à la guerre des Deux-Roses (1455-1485). *(N.d.T.)*

2. Partisans royalistes sous Charles Ier pendant la révolution d'Angleterre, par opposition aux parlementaires appelés Têtes rondes. *(N.d.T.)*

s'est remise (avec des séquelles) de son opération (laquelle, on ne nous l'a pas précisé par pudeur). Maintenant, nous redoutons tous les phrases qui commencent par : " Ma meilleure amie, Mavis. " Néanmoins, je ne pense pas qu'elle soit stupide. Elle est juste un brin toquée. Les Américains, de toute évidence, la prennent pour une folle, mais une folle typiquement britannique. C'est très exaspérant. Elle tient un journal : " tient " dans le sens propre du terme car elle l'a toujours sur elle et elle n'arrête pas de griffonner. J'avoue, à ma grande honte, que je serais curieuse de savoir ce qu'elle y écrit. Dieu que je suis ignoble !

« Je n'aime pas beaucoup M. Pollock. Il est trop sec, trop pâle, et semble nous prendre pour des imbéciles (moi, M. Bard et, bien sûr, la pauvre Miss R.-C.) parce que nous ne partageons pas son aversion pour les gens de couleur. Évidemment, s'ils chantent le calypso toute la nuit dans les taudis qu'il doit leur louer à prix d'or et qu'ils abreuvent d'insultes et de suggestions obscènes les petites jeunes filles blanches, ça ne rehausse pas le niveau. Mais les locataires blancs, ne font-ils jamais la même chose, eux ? Et quel rapport, nom d'un chien, avec le Dr Natouche dont le niveau frise la perfection ? L'ennui, dans cette affaire entre Blancs et Noirs, est que personne ne peut dire : " Je n'aime pas trop les Noirs ", comme on dit : " Je n'aime pas trop les Écossais du Sud, ou les Gallois, ou les Australiens, ou les habitants des Midlands, ou les Américains, ou la Ligue des loyalistes britanniques ou le *Readers' Digest*. " Personnellement, les Noirs m'attirent (le Dr Natouche est terriblement séduisant), mais tant que les gens ne pourront pas exprimer leur sympathie ou antipathie de façon naturelle, le malentendu persistera. En tout cas, j'ai du mal à rester polie envers M. Pollock quand il se conduit comme le plus vulgaire des racistes.

« Il n'est pas le seul à faire preuve d'hostilité. Hostilité ? C'est sans doute le mot juste, mais j'ai failli écrire " crainte ". J'ai l'impression que Pollock, les Hewson et même M. Lazenby, tout pasteur qu'il est, considèrent le Dr Natouche avec une sorte de crainte.

« Nous allons aborder notre deuxième écluse : Ramsdyke, je crois. A tout à l'heure.

« *Plus tard* (une demi-heure environ) : Ramsdyke. Un incident. Nous étions tous sur le pont. Notre Tom et les éclusiers s'affairaient chacun de leur côté. Moi, j'avais remarqué en face un joli chemin, une auberge, quelques ormes magnifiques, un gué et un étang. Je me suis écriée : " Oh, regardez ! Des Constable partout [1]. L'endroit en fourmille. Il y en a toute une flopée ! "

« Rory, on aurait dit que quelqu'un venait de faire tomber un énorme pavé dans l'eau. Tout le monde s'est figé, sur le qui-vive. Du moins – c'est difficile à décrire – *une personne* en particulier, mais je ne sais pas qui, car aucun des passagers n'a bougé. Finalement, le Dr Natouche a demandé, passablement surpris : " La police, madame Alleyn ? Où ça ? Je ne les vois pas. " Je me suis expliquée et, pour la première fois, il est parti d'un formidable éclat de rire. Pollock m'a dévisagée, bouche bée. Caley Bard a dit : " J'ai cru que mes péchés m'avaient enfin rattrapé. " M. Lazenby a trouvé la méprise cocasse, et les Hewson se sont gratté la tête. Miss Rickerby-C. (ses amis l'appellent Hay, Dieu du ciel !) a attendu un bon moment, puis s'est mise à rire comme une hyène. Je ne sais toujours pas lequel

1. *Constable :* en Angleterre, sergent de ville. Ne pas confondre avec John Constable, peintre anglais (1776-1837). *(N.d.T.)*

d'entre eux (ou peut-être étaient-ils plusieurs) a été cloué au sol par ma remarque. Qui plus est, j'ai l'impression, absurde, que mon explication a davantage gêné... que mon observation initiale. Et, pour couronner le tout, je n'arrive pas à me débarrasser du sentiment que je participe à une sorte de pantomime. A l'instar de ces rêves que font les comédiens, quand ils se retrouvent sur une scène inconnue où se joue une pièce dont ils n'ont jamais entendu parler.

« Est-ce stupide ? Non ? Bizarre ? Non ?

« Je t'écrirai à nouveau de Tollardwark. L'exposition était O.K. : disposition et éclairage corrects. La galerie a acheté un truc noir et rose, et sept toiles plus petites se sont vendues le premier soir. Ensuite, ce sera Paris le 31, et New York en novembre. Chéri, si, et seulement si, tu as une minute, je te serais très reconnaissante de passer au Guggenheim pour leur dire que... »

II

Troy aimait bien les haltes aux écluses. Ainsi qu'elle l'avait remarqué dans sa lettre, Ramsdyke était un endroit charmant : une maison coquette, un modeste terrain, le chemin de halage, un pont sur le Fleuve et le canal de Ramsdyke lui-même, une ligne nette et miroitante tracée à travers les marécages. En face, on apercevait le paysage « à la Constable », et, plus loin, un barrage. Le *Zodiac* s'approcha doucement de l'écluse, mais, avant qu'il ne s'enfonçât, Troy sauta à terre, posta sa lettre et suivit la direction indiquée par le bras tatoué du skipper.

– Vingt minutes, cria-t-il.

Elle leva la main en réponse, traversa le chemin de halage et gravit un talus herbeux.

Elle arriva dans un pré bordé de murs de pierre :

sur sa gauche, une voie étroite semblait mener vers le pont. C'était la chaussée romaine mentionnée dans la brochure. Troy se souvint qu'elle venait du village de Wapentake, situé d'après sa carte à deux kilomètres de l'écluse. Elle longea le pré légèrement vallonné, au-delà duquel on voyait des arbres et un clocher lointain.

L'air embaumait la terre, l'herbe et une odeur à peine perceptible de feu de bois. Enchantée, Troy se sentit si heureuse que, dans sa béatitude, elle se retrouva dans la cuvette de Wapentake dont avait parlé le skipper, sans qu'elle s'en fût rendu compte.

C'était une sorte de dépression circulaire, nommée parfois la Marmite – expliquait la brochure –, tapissée d'herbe, de mousses et de fougères. A l'époque des Plantagenêts, les chevaliers du comté s'y réunissaient tous les quinze jours pour rendre la justice, telle qu'ils l'entendaient en ce temps-là. Si jamais la liste était longue, se demanda Troy, veillaient-ils tard dans la nuit, à la lueur des torches ?

Plus bas, à proximité de l'écluse, se trouvait une excavation relativement récente : creusée sans doute pour en extraire du gravier, dont le sol regorgeait, ou alors par des archéologues amateurs. Comme elle avait entamé la colline, la saillie qui surplombait cette excavation était grossièrement soutenue par des pieux avec une vieille porte en bois en guise de toit. Le bois vermoulu avait l'air de pourrir. « Dommage pour le paysage », pensa Troy.

Elle s'assit dans la cuvette de Wapentake et imagina qu'elle trônait sur une espèce de banc, taillé à même le sol sept siècles plus tôt. « Je suis nulle en histoire, songea-t-elle, mais j'aime bien la sentir dans mes tripes. » Et elle peupla le décor de silhouettes au profil de médaille, aux robes colorées comme des vitraux avec, çà et là, des reflets d'acier.

Elle commença même à réfléchir à un dessin très schématique : sombre, empli de figures hiératiques rendant la justice. Un souffle d'air tiède parcourut l'herbe, souleva ses cheveux. Le Dr Natouche apparut sur le talus.

Il était nu-tête et avait troqué son veston de tweed contre un pull-over jaune. A la vue de Troy, il s'arrêta net, impressionnant de par sa taille et sa couleur, dans le cadre paisible d'un paysage aquatique. Troy lui fit signe.

– Venez, appela-t-elle. C'est la cuvette de Wapentake.

– Je vous remercie.

Il descendit rapidement et regarda autour de lui.

– J'ai lu un excellent exposé dans notre petite brochure, dit-il. C'est donc ici qu'ils siégeaient, ces types du temps jadis.

Il était curieux de l'entendre employer un mot du langage parlé.

– Vous devriez vous asseoir, vous aussi, suggéra Troy, désireuse de voir sa tête et son torse, en pull-over jaune, sur un arrière-plan de mousses et de fougères.

Il obtempéra, redressant les épaules et posant ses mains sur ses genoux. Ses dents et le blanc de ses yeux formaient deux notes éclatantes dans le tableau qu'il offrait à Troy.

– Vous cherchez à illustrer l'incongruité, fit-il.

– J'aimerais bien vous peindre. Vous sentez-vous réellement incongru ? Tout ceci vous est donc totalement étranger ?

– Non, pas vraiment.

Ils se turent, et Troy ne trouva rien d'embarrassant dans leur silence.

Une alouette chanta à tue-tête au-dessus d'eux ; des voix paisibles leur parvinrent de l'écluse. De l'autre côté du talus, on apercevait le toit de la timonerie du *Zodiac*, qui commença à s'abaisser lentement. Ils entendirent Miss Rickerby-Carrick pousser un cri et rire.

Une moto vrombit au loin, explosa, réduisit sa vitesse et s'arrêta.

– A croire que ce sont encore les mêmes, observa Troy.

Le Dr Natouche se leva.

– Ce sont eux. Je les vois. Le même couple. Ils agitent la main.

– Incroyable, répondit-elle indolemment. Que viennent-ils faire par ici ?

– Ils visitent peut-être la région. Nous ne sommes pas très loin de notre point de départ, vous savez.

– J'ai tendance à l'oublier. C'est fou ce qu'on peut changer de perception, quand on est sur l'eau.

Troy arracha un brin de fougère et le fit tourner entre ses doigts. Le Dr Natouche se rassit.

– Mon père était éthiopien, annonça-t-il. Il est arrivé dans ce pays avec une mission il y a cinquante ans et a épousé une Anglaise. Je suis né et j'ai été élevé en Angleterre.

– Êtes-vous jamais allé dans votre propre pays ?

– Une fois. Je fais figure d'étranger là-bas. Et, tout comme mon père, je me suis marié avec une Anglaise. Je suis veuf. Ma femme est morte il y a deux mois.

– Est-ce la raison pour laquelle vous avez entrepris cette croisière ?

– Nous devions la faire ensemble.

– Je vois, dit Troy.

– Cela lui aurait bien plu.

– Ça vous a créé des problèmes, d'être comme vous êtes ? Noir ?

– Bien sûr. Très bonne question, madame Alleyn. On sait parfaitement que tout le monde se la pose intérieurement.

– Je suis heureuse, répliqua Troy, que vous ne l'ayez pas jugée déplacée.

– Je me sens totalement à l'aise avec vous, décréta le Dr Natouche, un peu comme s'il disait à un patient que celui-ci se portait bien et procurant à Troy un plaisir similaire. Totalement, répéta-t-il après une pause. Je ne crois pas, madame Alleyn, qu'un de vos faits et gestes puisse un jour changer cet état de choses.

Miss Rickerby-Carrick surgit en haut du talus.

– Hou-hou ! cria-t-elle. Comment est-ce, par là ?

– Très agréable, répondit Troy.

– Fantastique.

Elle partit au trot dans leur direction, tout en se mouchant au passage. Tout à coup, Troy eut pitié d'elle. Y avait-il à Birmingham des gens, en dehors de Mavis, qui appréciaient réellement la compagnie de Miss Rickerby-Carrick ?

Le Dr Natouche se mit debout, réprimant un soupir.

– Je vois un portail qui donne sur le chemin. A mon avis, il est temps de rentrer. On pourrait passer par là, si vous le voulez bien.

– Allez-y, marmonna Troy. Je crois que je vais l'attendre.

– Vraiment ? Comme il vous plaira.

Il resta quelques instants, salua poliment Miss Rickerby-Carrick, puis s'éloigna à grandes enjambées.

– N'est-ce pas un amour ? pantela Miss Rickerby-Carrick. Il est très attachant, ne trouvez-vous pas ?

– Il a l'air gentil.

Malgré toute sa bonne volonté, Troy n'avait pas pu s'empêcher de répondre sèchement.

– Je pense que tout le monde devrait faire un effort. Ça me ronge. Surtout quand je vois quelqu'un comme M. Pollock. Je l'ai réprimandé, vous savez, à cause de son attitude. Ça m'arrive de houspiller les gens. « Ce n'est pas parce qu'il a une autre pigmentation, ai-je dit, qu'il faut le croire différent. » Ils ne sont *pas* différents. Vous n'êtes pas d'accord ?

– Non, répondit Troy, je ne suis pas d'accord. Ils sont différents. Profondément.

– Oh ! Comment pouvez-vous dire ça !

– Parce que je le pense. Ils diffèrent en substance des Anglo-Saxons. Tout comme les Slaves. Ou bien les Latins.

– Ah ! Dans ce sens-là...

Miss Rickerby-Carrick éclata d'un rire discordant.

– Je vois, je vois. Vous reconnaissez donc que nous devrions faire un effort particulier ?

– Écoutez, Miss Rickerby-Carrick...

– Oh, je vous en prie, appelez-moi Hay.

– Euh... oui... je vous remercie. Vous savez, je doute que le Dr Natouche apprécie les efforts particuliers. Franchement, ça m'étonnerait.

– *Vous*, vous avez l'air de bien vous entendre avec lui, observa Miss Rickerby-Carrick avec humeur.

– Ah oui ? Ma foi, je le trouve intéressant.

– Ah, vous voyez ! s'écria Miss Rickerby-Carrick, jubilant pour une raison inconnue.

Un silence prolongé s'ensuivit.

Elles entendirent la moto démarrer et traverser le pont ; son vrombissement décrut à mesure qu'elle s'éloignait en direction de Norminster.

Un à un, les passagers apparurent dans le pré. M. Pollock arriva le dernier en traînant sa grosse chaussure à semelle compensée. Les Hewson étaient bardés d'appareils photo, tandis que Caley Bard portait une boîte en bandoulière et un filet à papillons.

C'était donc *ça*, pensa Troy. Quand tout le monde fut rassemblé, les Hewson prirent en photo la cuvette de Wapentake et la même vue avec leurs compagnons de voyage assis gauchement en cercle. M. Lazenby compara l'endroit – sans grande conviction, sentit Troy – à un lieu de rassemblement des aborigènes dans l'arrière-pays australien. M. Pollock lut sa brochure, puis contempla l'original d'un air vaguement dégoûté.

Caley Bard rejoignit Troy.

– Voilà où vous vous êtes enfuie, murmura-t-il. Moi, je me suis fait coincer par cette créature extravagante. Elle veut lancer une campagne intitulée « Soyons gentils avec Natouche ».

– Je sais. Que lui avez-vous répondu ?

– Qu'à force d'être gentil avec Natouche, je vais finir par l'indisposer. Allons, parlez-moi de cet endroit. Je suis allergique aux dépliants et j'ai oublié ce que le skipper nous a raconté. Allez-y, je vous écoute.

Troy ne prit pas la peine de relever cette effronterie.

– Vous êtes donc chasseur de papillons ? demanda-t-elle.

– C'est exact. Un simple amateur. Trouvez-vous ce hobby sinistre ? En tout cas, il a une réputation sinistre. Il y a eu ce film terrifiant, et puis, dans *Le Chien des Baskerville*, quelqu'un qui se baladait dans le Dartmoor avec un filet piégeur et du poison.

– Dans les « pour » il y a Nabokov.

– En effet. Mais, *vous*, vous êtes contre. Je le vois bien.

– Les papillons, je les préfère vivants et en plein vol. Avez-vous remarqué les deux motards ? On dirait qu'ils nous poursuivent.

– Ce sont des amis du jeune Tom, semble-t-il. Ils viennent de Tollardwark, où nous allons passer la nuit. Saviez-vous que ça se prononce Toll-ark ? Il nous faudra une heure ou plus pour y arriver par le Fleuve, alors qu'à pied, c'est tout près de Ramsdyke. Vous vous rendez compte, une chatte n'y retrouverait pas ses petits !

– Je n'ai pas envie de marcher : je me suis installée dans l'espace-temps aquatique.

– Oui, ce serait certainement dommage de rompre le rythme. Tiens, ce doit être pour nous.

Le *Zodiac* avait fait retentir trois brefs coups de sirène. Ils y retournèrent à la hâte et le trouvèrent qui attendait dans le bief aval.

Le barrage de Ramsdyke se dressait à bâbord. Au-dessous des cascades d'eau verte, la surface du fleuve était recouverte de mousse : une mousse qui formait des pics et des îlots ; une mousse irisée qui scintillait dans les rayons du soleil de fin d'après-midi, qui se désagrégeait, flottait comme une brume diaprée et s'évanouissait dans l'air.

– Oh ! cria Miss Rickerby-Carrick, extasiée. Regardez, comme c'est joli ! Regardez, *regardez* donc ! insista-t-elle, s'adressant aux uns et aux autres. Qui aurait cru que notre bon vieux fleuve puisse écumer comme dans un conte de fées ? On dirait un rêve, n'est-ce pas ? *N'est-ce pas ?*

– Plutôt un jour de lessive, Miss Rickerby-Carrick, observa Mme Tretheway à travers le portillon. C'est du détergent ; il y a une usine derrière les arbres. Le thé est servi au salon, ajouta-t-elle.

– Oh, *non* ! se lamenta Miss Rickerby-Carrick.

Un flocon de mousse atterrit sur le bout de son nez.

– Ça alors ! fit-elle, courroucée.

Et elle descendit au salon, suivie de ses compagnons.

– Comme il est vrai, remarqua Caley Bard, que la beauté est dans l'œil du spectateur.

Il s'adressait à Troy, mais ce fut le Dr Natouche qui lui répondit :

– A mon avis, pas tant dans l'œil que dans l'esprit. Je me souviens, au cours d'une promenade dans les bois, avoir regardé dans un ravin : j'y ai aperçu soudain une tache rouge incarnat. Tiens, me suis-je dit, voilà un superbe champignon qui ronge secrètement l'air et la terre. Vous savez, un de ces champignons que l'on a tendance à considérer comme diaboliques ? Je suis descendu pour le voir de plus près et j'ai découvert une vieille boîte de conserve avec une étiquette rouge. Le tableau s'en est-il trouvé enlaidi ?

Il s'était tourné vers Troy.

– A mon sens, non, répliqua-t-elle. La couleur était belle, et elle a produit son effet.

– On en revient, n'est-ce pas, déclara Caley Bard, au vieux Florentin au nez bourgeonnant. C'est à croire que le peintre raffolait des points noirs, bosses et autres crevasses.

– En effet, dit Troy.

– Ainsi, si jamais une charogne – un poisson ou un chat crevé – surgissait au milieu de cette écume, et si sa couleur et sa forme se mariaient agréablement avec le reste du décor, ce serait un bon sujet de tableau et, par conséquent, quelque chose de beau ?

– Vous m'enlevez les mots de la bouche, rétorqua Troy, caustique.

M. Bard contempla sa bouche pendant quelques secondes.

– Me voilà bien avancé, souffla-t-il dans sa barbe.

Il se détourna, et Troy pensa aussitôt avoir mal entendu.

La voix de Miss Rickerby-Carrick claqua comme un drap mouillé.

– Oh, ne vous arrêtez pas. Continuez. Je vous en prie, continuez. Je ne veux pas perdre un seul mot de ceci. Car je pense exactement la même chose. La Beauté est partout. En tout, cria-t-elle en gesticulant, frôlant au passage les lunettes de M. Lazenby. « La Beauté, c'est la Vérité. La Vérité, c'est la Beauté. » Voilà tout ce qu'il y a à savoir.

– C'est très finement observé, Miss Rickerby-Carrick, commenta gentiment M. Hewson.

– Moi, je ne suis pas d'accord, protesta sa sœur. J'ai très souvent rencontré une Vérité qui n'était pas belle à voir. Mais alors, pas du tout.

M. Pollock, depuis longtemps silencieux, poussa un gros soupir, et, comme gagnés par sa morosité, les autres passagers se turent.

Quelqu'un – M. Lazenby, peut-être – avait laissé un journal sur la banquette, celui-là même où Troy avait vu sa propre photographie. Comme elle ne mangeait rien, elle le prit et, n'ayant rien trouvé d'intéressant, tourna distraitement une page.

> « Un homme découvert étranglé.
>
> « Le cadavre d'un homme étranglé a été découvert hier soir à 20 heures dans un apparte-

ment de Cyprus Street, dans Soho. Il s'agirait d'un trafiquant de tableaux, que la police, au cours de son enquête, a identifié comme K.G.Z. Andropoulos. »

La liste des passagers était toujours sur la table. Troy regarda le nom que Caley Bard avait remplacé par le sien.

Elle se leva d'un mouvement si abrupt que plusieurs de ses compagnons se tournèrent vers elle. Laissant tomber le journal, elle regagna sa cabine. « Si personne ne l'a lu, se dit-elle après réflexion, je n'ai aucune raison de le signaler. Quelle horrible nouvelle ! »

Et puisque, apparemment, personne n'avait remarqué l'article, elle décida de se débarrasser du journal, désireuse par la même occasion de faire disparaître sa photo, avant qu'elle ne tombât sous les yeux des autres. Elle entendait déjà Miss Rickerby-Carrick s'exclamer : « Vous êtes tous les deux là-dedans : vous et l'homme assassiné qui avait réservé votre cabine. Vous vous rendez compte ! » Elle prit son carnet de croquis et retourna au salon.

Le journal s'était volatilisé.

III

Troy resta quelques minutes au salon afin de rassembler ses idées. Ses compagnons de voyage continuaient à boire placidement leur thé. Elle monta sur le pont. Le skipper se tenait à la barre.

– Tout va bien, madame Alleyn ? demanda-t-il.

– Tout va bien, je vous remercie.

Elle alla s'installer dans un fauteuil.

Il n'y avait presque plus de détergent sur le fleuve. Le *Zodiac* voguait vers le soir en fendant les eaux claires, bordées de prairies basses et de bouquets d'arbres.

Troy se mit à dessiner les signes du zodiaque, les disposant en cercle et leur donnant un aspect fantasque. Au centre, elle pourrait placer le petit poème de Mme Tretheway et, plus tard, ajouter des touches de couleur.

Elle entendit vaguement un soudain brouhaha en provenance du salon. Quelque temps après, une ombre tomba sur sa main. C'était, de nouveau, Caley Bard. Troy ne leva pas les yeux. Il traversa le pont et s'appuya à la rambarde, lui tournant le dos.

– Je crains que vous ne soyez démasquée. Lazenby a repéré votre photo dans le journal de ce matin. Moi, j'aurais gardé le silence.

– Je vous crois.

– La Rickerby-Carrick est tout excitée, hélas !

– Zut.

– Et les Hewson sont ravis car ils ont lu un article sur vous dans le magazine *Life* : ils savent donc que vous êtes O.K. et célèbre. Ils ne comprennent pas comment ils ne vous ont pas reconnue.

– Pas de chance.

– Pollock, curieusement, n'a pas l'air d'ignorer votre notoriété. Lazenby lui-même dit qu'en Australie, on vous considère comme l'égale de Drysdale et de Dobell.

– C'est gentil de sa part.

– Voilà la situation : vous pourrez continuer à faire ce que vous faites là, sans qu'on s'exclame autour de vous et qu'on vous souffle dans le cou. Du moins, j'espère que vous pourrez continuer.

– Je ne fais rien d'extraordinaire, marmonna Troy.

– Incroyable ! lança-t-il légèrement.

– Quoi donc ?

– Que vous soyez aussi timide, vis-à-vis de votre travail. Vous !

– Eh bien, c'est plus fort que moi. Soyez un ange, taisez-vous.

Elle l'entendit s'esclaffer et déplier une chaise

longue. Puis elle sentit l'odeur de sa pipe. « Visiblement, pensa-t-elle, ils n'ont pas repéré le passage sur Andropoulos dans le journal. » Mais elle n'en fut pas convaincue.

Le Fleuve décrivait à présent des méandres si serrés que le paysage semblait tournoyer autour du *Zodiac* à la façon d'un diorama. Le clocher de Wapentake avançait et reculait, tout comme celui, plus haut, du bourg de Tollardwark, dont ils s'approchaient avec une lenteur infinie, tantôt le laissant dans leur sillage, tantôt se dirigeant droit sur lui. L'eau s'était assombrie sous le ciel changeant. Toutes sortes de créatures aquatiques commençaient à se manifester à la tombée de la nuit : rats d'eau, campagnols, crapauds, poissons, ainsi que des insectes, des libellules en particulier. Une fois, levant les yeux de son croquis, Troy entrevit une paire d'oreilles se découpant sur le ciel : « Tiens, voici messire Lièvre. » Une procession de canards passa devant le *Zodiac*. Dans les bosquets, l'air vibrait du pépiement strident et incessant des oiseaux.

De temps à autre, Troy s'arrêtait pour regarder les signes qui prenaient forme sous sa main. Elle s'était amusée à leur attribuer les traits de ses compagnons de voyage. Les Divins Jumeaux, c'étaient, évidemment, les Hewson ; M. Pollock, à cause de son boitillement, serait le Crabe. Le signe du Taureau aurait pu convenir à Miss Rickerby-Carrick, qui avait tendance à foncer en avant, tête baissée, mais Troy décida que la Vierge serait plus appropriée. Les cornes bovines allèrent donc au motard déchaîné. En raison du piquant de ses propos, elle attribua le Scorpion à Caley Bard. Et M. Lazenby ? Il semblait avoir une très mauvaise vue : ses lunettes noires lui donnaient une expression aveugle, comme celle de la Justice ; or la Justice porte toujours une Balance. La Balance irait donc à M. Lazenby. Quant au Dr Natouche, il ne pouvait que briller au firmament : Sagittaire l'Archer aux épaules carrées et à l'arc bandé. Elle se mit à dessiner l'Archer à son image. Mme Tretheway était difficile à caser, sauf peut-être, à cause de leur connotation érotique, à l'enseigne des Poissons aux écailles claires. Troy observa le skipper à la barre, notant le jeu des muscles sous la chemise immaculée et la tignasse bouclée qui s'échappait de la casquette. Une virilité aussi manifeste, décida-t-elle, appartenait au Bélier ; quant au Tom-à-tout-faire, il pourrait être l'Homme qui portait l'arrosoir. A court de passagers, elle releva l'un des sourcils du Lion, lui donnant ainsi le visage de son mari. « Moi, il me reste la Chèvre, pensa-t-elle, et ça me convient parfaitement. »

Un à un, les passagers, à l'exception du Dr Natouche, sortirent sur le pont. Chacun à sa façon, et avec plus ou moins de bonheur, ils firent preuve de tact à l'égard de Troy. Les Hewson échangèrent un sourire et allèrent s'asseoir avec leurs brochures et leurs exemplaires du *Readers' Digest.* M. Lazenby tourna ses lunettes noires vers Troy, hocha la tête à trois reprises et poursuivit majestueusement son chemin. M. Pollock fit comme si elle n'était pas là ; néanmoins, posté derrière elle, il contempla à loisir ce qu'elle dessinait par-dessus son épaule.

Miss Rickerby-Carrick fut parfaite. Lorsqu'elle eut franchi, comme toujours avec difficulté, le portillon, elle s'arrêta pour parler au skipper, tout en balayant le pont du regard jusqu'à ce qu'elle eût inclus Troy dans son champ de vision. Puis, laissant le skipper, elle se mordit coquettement la lèvre et avança sur la pointe des pieds. Quand elle fut à la hauteur de Troy, elle se baissa et lui glissa à l'oreille :

– Ne me mettez pas là-dedans.

Après quoi, elle s'éloigna gaiement vers sa chaise longue.

La scène commençait à devenir franchement ridicule. Pivotant sur elle-même, Troy aperçut M. Pollock tout près d'elle. Les yeux mi-clos, il était en train de regarder son dessin, avec l'air de quelqu'un qui savait. L'espace de quelques instants, ils se firent face. Puis il se détourna, balançant sa jambe infirme.

– Auriez-vous reçu une invitation à un vernissage privé, monsieur Pollock ? s'enquit Caley Bard, une note de colère dans la voix.

Il y eut une pause. M. Pollock finit par énoncer d'une voix contrainte :

– Charmant. Très joli !

Et il se retira à l'autre bout du pont.

Troy referma son carnet et, afin de prévenir la crise qui semblait poindre, parla aux uns et aux autres du paysage.

Le *Zodiac* atteignit l'écluse de Tollard à 18 h 15 et s'amarra pour la nuit.

3.

TOLLARDWARK

– A ce moment-là, dit Alleyn, j'étais en route pour Chicago, d'où je devais me rendre à San Francisco. Nous étions en train de mettre au point, avec les Américains, un plan d'action conjoint afin de faire face à la recrudescence des faux sur le marché des œuvres d'art. Nous étions pratiquement certains que Jampot était mêlé à une affaire de copies de tableaux, et que la même bande dirigeait un trafic de drogue bilatéral. Les lettres que ma femme m'a écrites au cours de sa croisière m'ont manqué à New York ; elles ont donc été réexpédiées à Chicago, puis à San Francisco. Quand je les ai lues, j'ai pris contact avec le Yard.

I

Lundi.
Tollardwark.
22 h 15.

« ... Cette lettre arrivera sans doute en même temps que celle que j'ai postée à Ramsdyke ce matin. Je l'écris de ma cabine à mon retour de Tollardwark, où nous avons passé notre première soirée, et je vais tâcher d'exposer les événements comme toi tu le fais, avec concision mais en détail. Je suis sûre qu'avec le recul, ils vont paraître parfaitement anodins.

« A vrai dire, je te parle de ces petits incidents insignifiants parce que je sais, mon chéri, que tu ne me regarderas pas de haut, et aussi parce que, d'une manière détournée, j'ai l'impression qu'ils sont liés à tes préoccupations du moment. Mais je peux également me tromper.

« Te souviens-tu de ce jeu idiot, où l'on s'amusait à inventer des rimes sur le thème général des catastrophes ? " T comme le Tigre qui sur tous l'emporta. Mais que tient-il dans sa gueule ? C'est le pull d'Agatha ! "

« Parfois, au cours de cette escapade par ailleurs charmante, ton Agatha à toi a le sentiment d'entendre des bruits de pas dans la jungle.

« En fait, ça a commencé ce soir, à Tollardwark... »

II

Ils s'amarrèrent à la sortie du bourg, et, après le dîner, les passagers partirent l'explorer. Afin de parer à une offensive directe de Miss Rickerby-Carrick, et sans doute aussi de Caley Bard, Troy, qui avait son propre programme, s'éclipsa de bonne heure. Il y avait, à la capitainerie, une cabine de téléphone à l'usage des passagers. Ne voyant personne sur le quai, Troy s'y engouffra.

Ce numéro-là avait un avantage, pensa-t-elle. On l'obtenait très rapidement. Quelques secondes plus tard, elle disait :

– L'inspecteur Fox est-il dans son bureau ? Pourrais-je lui parler ? Mme Roderick Alleyn à l'appareil.

Et, presque aussitôt :

– Compère Fox ? Ici Troy Alleyn. Écoutez, vous devez sûrement être au courant, mais au cas où vous ne le seriez pas... c'est à propos de l'affaire de Soho, qui est dans le journal. Cet homme devait embarquer sur le...

Elle lui exposa les faits aussi brièvement et précisément qu'elle put, mais à peine avait-elle survolé la situation qu'il l'interrompit :

– C'est très gentil à vous, madame Alleyn, fit la voix bourrue qu'elle connaissait si bien. Très intéressant. Il se trouve que je travaille sur cette affaire. Vous appelez donc de Tollardwark ? C'est vous qui occupez la cabine restée libre ? Et vous téléphonez d'où ?... Je vois... Oui.

Il y eut une pause.

– Oui, nous avons eu hier des nouvelles de New York. Il est très content de son séjour là-bas.

– *Comment ?* s'exclama Troy. Qui ? Vous voulez parler de Rory ?

– Oui, madame Alleyn. J'ai été ravi de vous entendre. Nous vous préviendrons, bien sûr, s'il y a le moindre changement. Ce serait aussi bien si vous ne me répondiez pas, enchaîna M. Fox, imperturbable. Ce sont sans doute des précautions inutiles, mais pourriez-vous passer, discrètement, au commissariat de Tollardwark d'ici, disons, une demi-heure ? Si nécessaire, vous direz que c'est pour vous renseigner au sujet de votre fourrure, égarée à l'exposition. Très content d'avoir eu de vos nouvelles. Mon filleul va bien ? Allez, au revoir.

Troy raccrocha vivement et fit volte-face. A travers la vitre opaque de la porte de la cabine, elle aperçut une silhouette indistincte qui recula précipitamment. Elle sortit et tomba sur M. Lazenby qui attendait à l'entrée de la capitainerie.

– Vous avez fini de téléphoner, madame Alleyn ? s'enquit-il, jovial. C'est tout bon. J'y vais, alors. Faut que j'appelle l'évêché de Norminster. J'y ai passé une semaine : comme ça, j'en aurai terminé avec les affaires. Vous ne connaissez pas l'évêque, par hasard ?

Non ? Un type formidable, très hospitalier. Un obscur pasteur australien, il l'a reçu en grand tralala. L'auto, le chauffeur, tout. Vous allez visiter les lieux ?

Troy répondit par l'affirmative. M. Lazenby remarqua que, d'après l'évêque, l'église paroissiale valait largement le détour. Sur ce, il alla téléphoner.

Inexplicablement troublée, Troy longea une rue pavée qui l'amena sur la place du marché de Tollardwark.

Elle la trouva charmante, sans cet air apprêté qui caractérise la plupart des sites protégés de la campagne anglaise, même si, d'après le dépliant du *Zodiac*, elle avait été jalousement préservée du rafistolage maladroit des restaurateurs acharnés du début du siècle. Mais rien, ajoutait la brochure, ne pouvait replacer dans leurs niches les têtes, les mains, les feuilles et les fioritures délicates, démantibulées par les zélateurs rigoristes de Cromwell. Néanmoins, l'auberge du XIVe siècle avait été remise en état, et l'église de Saint-Crispin-des-Champs, dotée par Lady Godiva, était parfaitement conservée. Comme pour le prouver, au moment où Troy traversait la place, les cloches du beffroi se mirent à carillonner à toute volée.

Il n'y avait pas grand monde dehors. Troy hésitait à demander le chemin du commissariat de police. Elle fit le tour de la place, apercevant çà et là ses compagnons de voyage. M. et Miss Hewson se tenaient dans un passage sombre, examinant la vitrine d'une boutique aux lumières éteintes. M. Pollock se promenait autour de l'église, tandis que Miss Rickerby-Carrick franchissait à reculons la grille du cimetière. Tout ce petit monde ressemblait fort aux personnages de la *commedia dell'arte*, auxquels la place du marché servait de toile de fond. A nouveau, Troy eut l'impression indéfinissable de participer à une mascarade.

Caley Bard aurait certainement voulu explorer Tollardwark en sa compagnie ; et elle ne fut pas surprise de le voir, à l'autre bout de la place, pousser les portes des *Armes de Northumberland* d'un air mélancolique. En d'autres circonstances, elle se serait volontiers jointe à lui. Elle avait presque fini le tour de la place et cherchait un passant auquel s'adresser, quand, arrivée à la dernière porte, elle vit la familière lanterne bleue.

La porte pivota derrière elle, étouffant le son des cloches, et elle se retrouva dans un univers à part, sentant le linoléum, le désinfectant et l'uniforme. Un brigadier de garde demanda aussitôt :

– Madame Alleyn ? Le superintendant vous attend. Je vais le... ah, vous êtes là, monsieur. Voici Mme Alleyn.

Elle ne fut pas étonnée de trouver un homme grand, à la carrure athlétique, qui commençait juste à prendre de l'embonpoint. Il avait des yeux brillants, et son accueil sentait la bienveillance professionnelle.

Il serra chaleureusement la main de Troy.

– Tillottson. Enchanté de vous connaître, madame Alleyn.

Le superintendant Tillottson la conduisit dans son bureau.

– Je suis ravi de rencontrer l'épouse de Roderick Alleyn. Ici, on le considère un peu comme le père Fouettard à cause de son manuel : vous pouvez le lui répéter, ça ne me dérange pas.

Il rit de bon cœur et posa les paumes de ses mains sur son bureau.

– Je viens de m'entretenir avec M. Fox, du siège, et il m'a suggéré d'avoir un brin de causette avec vous. Alors, si vous n'y voyez pas d'inconvénient...

Il lui fit reprendre habilement les événements de ces huit dernières heures, et elle fut surprise de l'importance qu'il sembla attacher aux détails. Comme s'il avait perçu sa réaction, il entreprit de lui expliquer de quoi il retournait.

– Cet individu, K.G.Z. Andropoulos, a eu à

maintes reprises maille à partir avec le Yard. Comme vous vous en doutez, il était d'origine grecque. Il a été mêlé à tout un tas de combines : un peu de drogue par-ci, un peu de recel par-là, une affaire de trafic de tableaux dans Cyprus Street ; on a découvert son corps dans l'appartement qui est juste au-dessus. Ce n'était pas un personnage très important, mais il a rendu service au Yard en devenant indic, après s'être brouillé avec une grosse légume du milieu. Un caïd international nommé Foljambe, plus connu sous le nom de Jampot, qui nous intéresse de très près.

– Je sais, dit Troy. Rory m'en a parlé.

– Ça ne m'étonne pas. Il y a de fortes chances pour que Jampot soit derrière cette affaire de Cyprus Street ; donc la moindre piste en rapport avec Andropoulos doit être suivie.

– Y compris jusqu'à la cabine numéro 7 à bord du *Zodiac* ?

– Absolument. Nous aimerions savoir, madame Alleyn, pourquoi ce type, Andropoulos, a eu l'idée saugrenue de réserver une place pour une croisière. Et surtout, si l'un des passagers a un lien quelconque avec lui. Apparemment, Teddy Fox...

– *Qui ?* s'exclama Troy.

– L'inspecteur Fox, madame. Nous avons débuté ensemble dans le métier. Edward Walter Fox.

– Je le savais sans doute. Mais oui, bien sûr que je le savais. Nous avons coutume de l'appeler compère Fox. C'est un ami très proche.

– Il paraît. Eh bien, il n'est pas très rassuré de vous savoir avec toute cette bande à bord du *Zodiac*. Il se demande ce que le superintendant en chef – votre époux, madame Alleyn – va en penser. Il est en route pour le congrès de Chicago, et Ted Fox voudrait éventuellement essayer de le joindre.

– Oh, *non* ! s'écria Troy. Sûrement pas.

– Ma foi, je trouve que c'est aller un peu loin, mais que voulez-vous ? Ted Fox vous a interrompue tout à l'heure, quand vous lui parliez de l'embarcadère, car on ne peut jamais savoir avec les cabines publiques. Il est du genre prudent, Ted, comme vous avez dû le remarquer, et très minutieux.

– En effet.

– Il est en train de suivre une piste dans l'affaire Andropoulos qui va peut-être le conduire sur le continent. On vient juste de le rappeler de Londres. En attendant, il m'a demandé de m'occuper de votre petit problème. Il faudra que nous jetions un œil sur la liste des passagers. Mais parlons d'abord de ces deux incidents que vous m'avez racontés. D'une part, vous avez eu l'impression que quelqu'un a reçu un choc, quand vous avez dit qu'il y avait des Constable partout. D'autre part, vous avez lu l'article sur Andropoulos dans le journal, que vous avez laissé sur une banquette avant de retourner dans votre cabine. Après réflexion, vous avez décidé de confisquer le journal, mais il n'était plus là. Exact ? Bien. En ce qui concerne le premier incident, n'est-il pas naturel que des gens, occupés à admirer tranquillement le paysage, réagissent un peu vivement quand on leur annonce que l'endroit fourmille de policiers ? C'est l'expression que vous avez employée, n'est-ce pas ? Toute une flopée de Constable, avez-vous dit. Vous parliez du peintre. Eux, ils ont compris la police.

– Oui, c'est vrai. Mais ils n'ont pas réagi tout de suite. Miss Rickerby-Carrick s'est exclamée ; Miss Hewson aussi, et Caley Bard a dû dire : « De quoi parlez-vous ? » ou quelque chose comme ça. Mais j'ai senti fortement que quelqu'un avait eu un choc. Je... Mon Dieu, ajouta Troy impatiemment, ça paraît complètement stupide. Ne faites pas attention à ce que je raconte !

– Voulez-vous que nous examinions le second point, alors ? La disparition du journal ? N'est-il pas possible, madame Alleyn, qu'après votre départ, quelqu'un ait ramassé le journal et soit tombé sur le passage en question ? Il aurait très bien pu avoir la même réaction que vous : vouloir le liquider pour ne pas inquiéter les autres passagers. Ou même pour vous épargner le désagrément de savoir que vous occupiez la cabine d'un homme assassiné. Enfin, l'équipage aurait simplement pu jeter le journal à la poubelle.

– Je me sens vraiment idiote, dit Troy. Vous avez entièrement raison. J'aurais mieux fait de me taire et de ne pas déranger le pauvre compère Fox.

– Oh non, répliqua Tillottson aussitôt. Pas du tout. Nous sommes ravis d'apprendre cette histoire de la réservation. Bien sûr, nous l'aurions su tôt ou tard, mais ça nous fait gagner du temps. Nous vous sommes très obligés.

– Pensez-vous, monsieur Tillottson, que l'un d'eux puisse avoir un rapport quelconque avec cet homme, Andropoulos ?

Tillottson contempla fixement la surface de son bureau.

– Non, répondit-il après une pause. Il n'y a aucune raison à cela. Cette nuit, vous restez à Toll'ark, n'est-ce pas ? Demain, c'est Crossdyke ? Puis Longminster ? Bien. Puisque maintenant, grâce à vous, j'ai la liste des passagers, nous allons la contrôler, rien que pour faire plaisir à M. Fox.

Tillottson parcourut les informations que Troy lui avait données sur ses compagnons de voyage. Puis il s'approcha de la porte.

– Brigadier, voulez-vous vérifier : Rickerby-Carrick, Hazel. Miss. Birmingham. Natouche. Docteur. G.F. Liverpool. S.H. Caley Bard, Londres. Pollock, samedi et dimanche, hôtel *Osborn*, Birmingham. Hewson. Deux Américains. *Tabard Inn.* Stratford.

Troy se leva.

– Je ne veux pas vous retenir plus longtemps.

– Ça ne vous ennuie pas de patienter deux secondes, madame Alleyn ?

Tillottson consulta l'annuaire et composa un numéro.

– Allô, l'évêché ? Ici le commissariat de Toll'ark. Désolé de vous déranger. On nous a rapporté un passeport australien. Au nom de Bollinger. Et comme il me semblait qu'un Australien... ah ? Oui ? Lazenby ? La semaine dernière ? Je vois. Ce n'est pas le sien, alors. Excusez-moi. Merci.

Il raccrocha et, souriant à Troy, lui demanda si elle pouvait l'aider à retracer les origines des autres passagers. Elle avait entendu les Hewson parler d'Appolo, dans le Kansas, et de l'hôtel *Balmoral* dans Cromwell Road. Caley Bard, semblait-il, exerçait le métier de répétiteur. M. Stanley P.K. Pollock, cockney, possédait des biens immobiliers à Londres : où, elle n'en avait pas la moindre idée. Le superintendant prit des notes. Le brigadier entra, annonçant qu'il avait tout vérifié et que tout était O.K. Le Dr Natouche exerçait à Liverpool depuis sept ans déjà. Miss Rickerby-Carrick était un membre bien connu d'une organisation de travailleurs sociaux bénévoles. Les autres passagers venaient tous des endroits qu'ils avaient mentionnés. Et voilà, dit le superintendant. Tandis que Troy lui serrait la main, il expliqua qu'il y avait un poste de police au village de Crossdyke, et que, s'il arrivait quelque chose avant le lendemain soir, il lui saurait gré d'y passer pour lui donner un coup de fil. Ou alors, s'il était libre, il irait faire un tour sur place lui-même.

– Si je puis me permettre, ajouta M. Tillottson comme après réflexion, ne cherchez pas de signes louches dans la conduite des uns et des autres. Vous en trouverez toujours, et ça vous gâchera vos vacances. Vous allez visiter Toll'ark ? Je crois que je vous ai pris assez de votre temps. Bonsoir, et merci beaucoup. Vraiment.

Troy sortit dans la rue. Les cloches avaient cessé de sonner. Tout était calme. Si calme qu'elle sursauta lorsqu'une moto démarra au loin dans un bruit d'explosion. Le vacarme familier décrut progressivement, et tout redevint silencieux.

« Mais enfin, pensa Troy, toutes ces machines infernales doivent se ressembler. »

III

La nuit était descendue sur Tollardwark. La place du marché était peuplée d'ombres, et seul le clocher de Saint-Crispin luisait faiblement aux dernières lueurs du couchant. Les pas sonnaient creux dans les ruelles sombres, et les voix des quelques passants attardés ne faisaient qu'accentuer l'impression de vide.

Troy adorait se trouver dans une ville inconnue au crépuscule. C'était le moment qu'elle aurait choisi entre tous pour arriver quelque part. Aucun passager n'était en vue : ils avaient dû regagner le *Zodiac*, sauf peut-être Caley Bard, qui pouvait poursuivre sa visite de la ville aux *Armes de Northumberland* dont les fenêtres brillaient d'une lueur accueillante derrière leurs traditionnels rideaux rouges.

Troy décida de revenir au bateau par un chemin différent de l'aller. Elle emprunta donc un passage étroit aux pavés inégaux. Le Fleuve miroitait à l'autre bout ; elle ne pouvait pas se perdre. Au début, elle passa entre deux rangées de vieilles maisons mitoyennes, dont une ou deux aux boiseries apparentes, avec un étage en surplomb. Croyant entendre l'écho de ses propres pas, elle s'arrêta pour écouter. L'autre bruit cessa aussitôt ; mais était-ce vraiment un écho ou bien quelqu'un qui longeait également la ruelle ? Elle se retourna. Il faisait beaucoup trop sombre pour distinguer quoi que ce soit. Elle reprit sa route, et l'écho, si toutefois c'en était un, ne la suivit pas.

Il y avait désormais des espaces vides entre les maisons, comme si l'on en avait démoli quelques-unes. Pour cette raison peut-être, le passage semblait interminable. La lune s'était levée. De noir, pensa Troy, le tableau était devenu tout encre et peinture luminescente, parcourue de lueurs et d'ombres mouvantes. Au milieu, le fleuve scintillait comme du vif-argent. Le chemin descendait en pente raide. Troy accéléra l'allure. Au bout de l'allée, elle aperçut la masse indistincte d'une maison ou d'une grange.

Derrière elle, les pas résonnèrent à nouveau, se rapprochant peu à peu. Ce n'était certainement pas un écho.

On eût dit qu'elle gravissait la pente au lieu de la descendre, tant son cœur cognait dans sa poitrine.

Se rappelant le conseil de M. Tillottson, elle résista à l'envie de courir. Au moment où elle arrivait près de la bâtisse au bout du passage, deux silhouettes surgirent de l'ombre. Un cri involontaire échappa à Troy.

– Tiens, c'est vous, madame Alleyn ? fit Miss Hewson. Earl, c'est madame Alleyn !

– Eh oui, opina son frère. Ça va, madame Alleyn ? Il fait drôlement noir par ici. Les éléments progressistes de Tollardwark n'ont pas encore dû inventer l'éclairage public. Ils en sont au stade de l'allumeur de réverbères.

– Dieu que vous m'avez fait peur ! dit Troy.

Ils se répandirent en excuses. Elle-même ne se sentait pas rassurée dans le noir, déclara Miss Hewson ; elle ne se serait risquée nulle part sans son frère. Celui-ci annonça que Miss Hewson raffolait des antiquités et que cette bâtisse avait tout l'air d'une brocante. Ils avaient donc essayé d'examiner le contenu de ses vitrines. Et ils avaient découvert nombre d'objets exquis, intervint la sœur. Une ravissante boîte à ouvrage sur pieds. Des tas de portefeuilles. Et puis – pas de chance – leur lampe de poche s'était éteinte.

– J'adore les vieux tableaux, madame Alleyn, s'écria Miss Hewson. Les gravures. Les illustrations victoriennes. Ces mignonnes petites filles avec des chatons et des bouquets. Les scènes de guerre. Vous voyez ce que je veux dire ?

– Ma sœur peint des panneaux pour paravents, expliqua M. Hewson avec indulgence. C'est très joli, ce qu'elle fait. Elle commence même à être connue.

– Écoutez-le ! s'exclama sa sœur. Parler de mes paravents à Mme Alleyn !

Troy, dont le cœur avait repris son rythme normal, répondit qu'elle aussi admirait les paravents victoriens et que les Hewson pourraient certainement explorer Tollardwark lors du voyage de retour.

– Je parie que ma sœur va foncer vers cette vieille bicoque avant qu'on ait fini d'accoster, dit M. Hewson. On y va, les filles ?

Il les prit chacune par le bras quand des pas se firent entendre à nouveau, tout près. M. Hewson fit pivoter ses compagnes.

Un homme invisible venait vers eux dans l'obscurité ; costume et souliers de couleur claire sans mains ni visage. Miss Hewson poussa un cri d'orfraie.

– Docteur Natouche ! s'exclama Troy.

– Je regrette infiniment, tonna-t-il, de vous avoir fait peur. Je vous aurais interpellée, mais je ne savais pas que c'était vous. J'ai donc attendu que vous vous éloigniez. Puis, juste à l'instant, j'ai entendu votre voix. Je suis vraiment navré.

– Il n'y a pas de mal, docteur, répliqua M. Hewson avec raideur.

– Bien sûr que non, fit Troy. J'étais exactement comme vous, docteur Natouche. J'ai failli appeler, mais je me suis dit que vous pouviez être un autochtone offusqué ou bien un sinistre rôdeur.

Le Dr Natouche sortit une lampe de poche à peine plus grande qu'un crayon.

– La lune s'est levée, dit-il, mais il fait quand même sombre.

L'espace d'un instant, la lumière tomba sur une enseigne délabrée qui portait l'inscription : « Jno. Bagg : négociant. »

– Allez, viens, dit Miss Hewson à son frère.

Il lui prit le bras et se tourna vers Troy.

– Nous ne passerons pas à quatre, déclara-t-elle. Vous n'avez qu'à ouvrir la marche.

Elle-même resta aux côtés du Dr Natouche.

Le chemin qui longeait le fleuve s'avéra traître. Une sorte de mousse avait envahi les pavés. Miss Hewson glissa et se cramponna à son frère avec un cri qui effaroucha une bande de canards. Indignés, ceux-ci se jetèrent bruyamment à l'eau.

S'exclamant sur les caprices de la nature, les Hewson poursuivirent leur route en trébuchant. Troy perdit l'équilibre et fut adroitement rattrapée par le Dr Natouche.

– Je crois que vous devriez prendre mon bras, dit-il. Mes semelles ont l'air de résister. Nous avons choisi un mauvais chemin pour rentrer.

Son bras était un bras de professionnel : solide et vigoureux. Il se mouvait avec une aisance absolue, tout comme ses ancêtres, pensa Troy, qui avaient dû évoluer, pieds nus, dans quelque paysage invraisemblable. Lorsqu'elle glissa une fois ou deux, la main de son compagnon se referma brièvement sur son avant-bras, et elle vit ses longs doigts s'enfoncer dans le tissu blanc de la manche.

Le chemin s'était amélioré, mais elle sentit qu'il serait impoli de se dégager tout de suite. Le Dr Natouche parlait placidement des beautés de Tollardwark. Il s'exprimait à la façon d'un dépliant touristique, songea Troy avec indulgence. Un grand contentement l'envahit. « Pourquoi me faire du souci ? se dit-elle gaiement. J'adore cette croisière. »

Miss Hewson se retourna et demanda après un instant d'hésitation :

– Ça va, madame Alleyn ?

– Parfaitement bien, je vous remercie.

– Voici le *Zodiac*, annonça M. Hewson. Nous sommes arrivés, les filles.

Avec ses lumières de bord et ses fenêtres éclairées

aux rideaux cerise, le bateau avait l'air réellement accueillant.

– Que c'est joli ! lança Troy, le cœur léger.

Le bras du Dr Natouche se contracta légèrement, puis se détendit et se retira, sous l'œil attentif des Hewson. M. Hewson aida les dames à monter à bord et les escorta au salon, qui était désert.

Baissant soigneusement la voix, Miss Hewson observa négligemment :

– J'espère que ce n'était pas trop gênant pour vous, ma chère. Earl et moi ne pouvions rien faire, n'est-ce pas, Earl ?

Elle dut remarquer l'expression stupéfaite de Troy, car elle ajouta :

– Évidemment, nous ne savons pas ce que vous autres, Britanniques, ressentez...

– Je ne ressens rien, répliqua Troy maladroitement. Je ne vois pas de quoi vous parlez.

– Ah oui ? fit M. Hewson. Ne me dites pas que vous ne faites aucune différence ici, en Angleterre. Justement, j'ai lu la semaine dernière...

– Je n'en doute pas, monsieur Hewson, mais honnêtement, nous ne sommes pas tous comme ça.

– Vraiment ? dit-il. Vraiment ? Attendez un peu d'avoir un problème comparable, madame Alleyn. Vous n'avez encore rien vu. Rien du tout.

– Passons, déclara Miss Hewson. Oh, là là ! ce que j'ai hâte de retrouver mon lit !

– Bonne nuit alors, madame Alleyn, conclut M. Hewson sur un ton guindé. C'est un privilège d'avoir fait votre connaissance.

Troy s'entendit leur répondre avec bien plus de chaleur qu'elle n'en manifestait normalement, sans doute parce qu'elle souhaitait que tout se passât agréablement à bord du *Zodiac*. Ragaillardis, les Hewson décrétèrent qu'il fallait de tout pour faire un monde et allèrent se coucher.

Troy attendit quelques instants, puis gravit l'escalier et regarda par-dessus le portillon.

Le Dr Natouche se tenait sur le pont arrière, contemplant Tollardwark qui se détachait sur le ciel nocturne. Il avait le don, pensa Troy, de s'isoler dans l'espace.

– Bonne nuit, docteur Natouche, fit-elle doucement.

– Bonne nuit. Bonne nuit, madame Alleyn, rétorqua-t-il aussi bas que sa voix de stentor le permettait. On eût dit qu'il jouait du tambour en sourdine.

Troy écrivit une lettre à son mari. Il était presque minuit quand elle l'eut terminée.

« Quelle longue, longue journée ! » songea-t-elle en grimpant sur sa couchette.

IV

Elle sombra presque instantanément dans un sommeil profond, qui fut troublé, quelque temps plus tard, par des bruits extérieurs. En émergeant, elle rêva de scieries, de marteaux-piqueurs et de dentistes. Quand elle ouvrit les yeux, son rêve persista : un vacarme rythmique tout proche, derrière sa tête, qui pénétrait par son hublot... partout. Sa cabine, inondée de clair de lune, offrait l'image d'un havre de paix. Mais de l'autre côté du mur, dans la cabine numéro 8, Miss Rickerby-Carrick ronflait avec une virtuosité inégalée. Troy n'avait jamais rien entendu de tel. Le tintamarre qu'elle produisait ressemblait autant aux ronflements ordinaires que l'Ouverture *1812* au *Gai Laboureur*. C'était insupportable, monstrueux.

Elle demeura couchée en proie à une panique incrédule, partagée entre le fou rire et la consternation, tandis que les sifflements succédaient aux explosions. Une porte claqua à l'autre bout du couloir. Celle de Caley Bard, sans doute. Puis, dans la cabine numéro 6, M. Hewson se laissa tomber de sa couchette et alla frapper chez sa sœur. Troy entrouvrit sa propre porte.

De toute évidence, Miss Hewson était réveillée. Le frère et la sœur se concertèrent pitoyablement dans le couloir. Troy entendit Miss Hewson répondre :

– O.K., mon grand. Vas-y, réveille-la. Mais, moi, je n'ai rien à voir là-dedans.

Une autre porte, la numéro 5, s'ouvrit, et un « Chut ! » impérieux résonna dans le couloir. Puis la porte se referma promptement. C'était M. Lazenby. Et enfin, M. Pollock se joignit à la mêlée.

– S'il vous plaît, messieurs-dames, lança-t-il, furibond. Faites-moi une faveur. J'ai la curieuse habitude de vouloir dormir la nuit !

La pause qui suivit fut superbement comblée par Miss Rickerby-Carrick.

– Seigneur Dieu ! dit M. Pollock. Ça s'est échappé du zoo ou quoi ?

Brusquement, Troy tambourina sur le mur.

Miss Rickerby-Carrick renifla bruyamment et répondit :

– Oui-i-i ?

Puis ce fut le silence. Après trente secondes d'une attente méfiante, les autres passagers regagnèrent leurs cabines.

Troy s'assoupit et dormit, lui sembla-t-il, très longtemps, jusqu'au moment où elle fut réveillée en sursaut par Miss Rickerby-Carrick elle-même, dressée au pied de son lit, telle la première Mme Rochester [1], à laquelle, d'ailleurs, elle ressemblait vaguement en cet instant. Son rhume paraissait s'être aggravé.

– *Ma chère* madame Alleyn, chuchota Miss Rickerby-Carrick. Je vous supplie de me pardonner. Je suis terriblement navrée, mais vraiment, je n'en peux plus ! Des heures *entières* sans dormir. Je... j'ai eu un choc. A Tollardwark. Je ne peux pas vous en parler... enfin... demain peut-être. Mais je n'arrive pas à dormir et je ne trouve plus mes cachets. Auriez-vous par hasard de l'aspirine ? Je m'en veux énormément de

1. Personnage de *Jane Eyre* de C. Brontë. *(N.d.T.)*

vous avoir réveillée, mais je perds la tête quand je n'arrive pas à dormir... je... j'ai eu un choc. Un choc épouvantable.

– Ce n'est rien, dit Troy. J'ai de l'aspirine. Voulez-vous allumer, s'il vous plaît ?

Après avoir allumé, Miss Rickerby-Carrick revint se pencher sur Troy. Par-dessus son pyjama bleu foncé, elle portait une robe de chambre violette. Un objet se balançait autour de son cou peu appétissant. En oscillant, il heurta le nez de Troy.

– Oh, excusez-moi. Excusez-moi.

– Ce n'est pas grave. Si seulement je pouvais me lever, je vous donnerais l'aspirine.

Pendant qu'elle cherchait les comprimés, Miss Rickerby-Carrick chuchotait, infatigable :

– Vous devez vous demander ce que c'est. Je vais vous le dire. C'est une histoire romantique, assurément. Il ne me quitte jamais. Vous allez être surprise, confessa-t-elle dans un soupir. Sérieusement. C'est un trésor de famille. Je vous le jure. Mon grand-père... chirurgien... le tsar... Fabergé. Je vous le promets !

Troy avait retrouvé l'aspirine.

– La voici. Vous savez, à mon avis, vous ne devriez pas trop en parler.

– Oh... mais à *vous* !

– Vraiment. Pourquoi ne le gardez-vous pas dans un coffre ?

– Vous parlez comme un agent d'assurances.

– Ça ne m'étonne pas.

– C'est mon porte-bonheur, déclara Miss Rickerby-Carrick. Je suis incapable de m'en passer. J'ai essayé, une fois, et j'ai aussitôt dégringolé un escalier en béton. Vous vous rendez compte !

– Eh bien, à votre place, je n'en parlerais pas.

– C'est ce que m'a dit Miss Hewson.

– Oh, mon Dieu ! s'exclama Troy, découragée.

– Elle s'intéresse énormément aux antiquités.

– Le lui avez-vous montré ?

Miss Rickerby-Carrick acquiesça coquettement, hochant sa tête échevelée et se mordillant la lèvre inférieure.

– Vous ne devinerez jamais ce que ça représente. Le dessin, j'entends. Imaginez-vous la coïncidence !

Elle rapprocha son visage de celui de Troy et souffla :

– Les signes du zodiaque ! En diamants, rubis et émeraudes. Là !

– Et si vous alliez vous coucher ? suggéra Troy avec lassitude.

Miss Rickerby-Carrick la contempla fixement et s'éclipsa.

Lorsque, à 8 heures du matin, Mme Tretheway lui apporta une tasse de thé, Troy eut l'impression d'avoir rêvé les incidents de la nuit. Au petit déjeuner, les Hewson et M. Pollock tinrent un conciliabule inaudible sur Miss Rickerby-Carrick. Caley Bard demanda ouvertement à Troy si elle aimait la *Petite musique de nuit*, et M. Lazenby lui enjoignit de rester correct. Comme à l'accoutumée, le Dr Natouche s'abstint de prendre part à la conversation. Au milieu de la matinée, Miss Rickerby-Carrick se retira sur le pont. Là, l'air fort perturbé et reniflant abominablement, elle écrivit son journal.

Toute la matinée, le *Zodiac* poursuivit paisiblement sa route. Après le déjeuner, M. Lazenby surprit tout le monde en arrivant en maillot de bain, avec un matelas pneumatique qu'il gonfla pour s'allonger au soleil. « Chez nous, en Australie, c'est comme ça », observa-t-il. M. et Miss Hewson s'enhardirent jusqu'à aller enfiler des shorts et des chemises à fleurs. Le Dr Natouche avait déjà revêtu un impeccable costume de lin bleu, et Caley Bard, un pantalon de coupe classique avec une chemise en coton. Troy s'installa au salon pour terminer son dessin qu'elle agrémenta çà et là de quelques touches de pastel. A présent, chaque signe offrait une ressemblance loufoque avec le personnage auquel il avait été attribué. Le Scorpion avait le regard oblique de Caley Bard. La Vierge s'apparentait à une version vaporeuse et éthérée de ce qu'aurait pu être Miss Rickerby-Carrick. Les Hewson, *stylisés* [1], rapprochaient leurs têtes à l'effigie des Jumeaux. Nu, les yeux bandés, M. Lazenby, élégamment en retrait, tenait les plateaux de la Balance. Quelque chose dans les yeux pédonculés du Crabe évoquait la mine arrogante de M. Pollock. Mme Tretheway, sculpturale dans sa splendeur, présentait les Poissons sur un plateau céleste. Le Bélier tenait la roue du gouvernail entre ses sabots, et Tom, le Verseau, transportait de l'eau dans un baquet. Les mèches courtes et brunes de Troy tombaient sur le front de la Chèvre, tandis que la mine ironique de son mari transparaissait sous le masque du Lion. Le Taureau fanfaron chevauchait sa moto. Superbement seul, le sombre Archer bandait son arc. Le tableau amusait Troy, mais elle soupira à l'idée de calligraphier le poème.

Les Hewson, qui traversaient le salon, dévorés de curiosité tout en affichant une discrétion ostentatoire, demandèrent la permission de jeter un coup d'œil. A la suite de quoi, tout le monde à l'exception du Dr Natouche se massa autour de Troy.

– Non, mais regardez ce que vous avez fait avec des bouts de craie et une goutte d'encre ! s'exclama Caley Bard. C'est de la magie !

Il s'étrangla, éclata de rire et regarda ses compagnons.

– Ne voyez-vous pas ? s'écria-t-il. Ne voyez-vous pas ce qu'elle a fait !

Après quelques instants de réflexion, chacun reconnut... plus volontiers les autres que lui-même. A trois reprises, Troy était tombée juste. Il s'avéra que les Hewson étaient jumeaux, nés, par une chance extraordinaire, sous le signe des Gémeaux, Miss Rickerby-Carrick, rougissante, comme le fit remarquer

1. En français dans le texte. *(N.d.T.)*

plus tard Caley Bard, dans sa pudeur, confessa qu'elle était Vierge. Elle paraissait toujours effrayée et ne quittait pas Troy des yeux.

– Natouche, appela Caley Bard, il faut que vous veniez voir ça.

Le Dr Natouche descendit aussitôt. Troy lui tendit son dessin et l'entendit rire pour la seconde fois.

– C'est beau et amusant en même temps, dit-il en le lui rendant. Je sais bien qu'on ne doit pas comparer à la légère le travail de deux grands artistes, mais, à mon avis, le seul de vos contemporains à traiter le sujet de la sorte serait peut-être Erni [1].

– Bien vu, commenta Caley Bard.

– Je voudrais placer le poème au centre, fit Troy, mais je suis nulle en calligraphie. Ça me prend un temps fou, pour un résultat lamentable. Personne ici ne serait capable de calligraphier ceci avec de jolis caractères néo-classiques ?

– Si, moi, répliqua M. Pollock.

Il se tenait juste derrière Troy, regardant le dessin par-dessus son bras.

– Je...

Il fit une pause, et, inexplicablement, Troy eut à nouveau le pressentiment d'une crise imminente.

– J'ai débuté là-dedans, dit Pollock, avec, dans la voix, comme une note d'excuse. Dans l'art commercial. Avant de me recycler dans l'immobilier. Je... si vous me montrez ce que vous désirez, je pourrai me débrouiller.

Il contemplait le dessin avec une expression des plus singulières : concentrée, admirative et aussi... honteuse peut-être ? Ou bien... se pouvait-il que M. Pollock eût peur ?

– Vous le feriez, vraiment ? répondit Troy avec chaleur. Merci infiniment. Je voudrais quelque chose de fantaisiste. Du Garamond, par exemple.

1. Hans Erni : peintre suisse né en 1909. *(N.d.T.)*

Le Dr Natouche avait un livre à la main dont le titre était imprimé en Garamond.

– Ce style-là, dit Troy, le désignant du doigt.

M. Pollock y jeta un coup d'œil à contrecœur, puis se pencha sur le dessin.

– Je peux le faire, répliqua-t-il. Fantaisiste ou pas.

Et il ajouta dans sa barbe quelque chose comme :

– Je peux copier n'importe quoi.

– Vous êtes bien sûr de vous, remarqua M. Lazenby à voix haute. N'est-ce pas, monsieur Pollock ?

Et Caley Bard s'exclama :

– Franchement, Pollock, comment osez-vous !

Il y eut un bref silence.

– Ce n'est qu'une suggestion, marmonna Pollock. Pas besoin de monter sur vos grands chevaux.

– Moi, j'accepte avec plaisir, déclara Troy. Tenez, je vous laisse la place.

Elle s'écarta de la table et, après quelques instants d'hésitation, il s'y assit.

Troy monta sur le pont où Caley Bard la rejoignit bientôt.

– Vous n'y êtes pas allé de main morte avec le petit homme, dit-elle.

– Il m'agace. Je le trouve bigrement désinvolte vis-à-vis de votre travail.

– Allons donc !

– Parfaitement. Cette façon de vous souffler dans le cou ! Bonté divine, vous êtes *vous*. Vous êtes « Troy ». Comment ose-t-il !

– Allez, ça suffit.

– Avez-vous remarqué comme il est désagréable avec Natouche ?

– Oui. Mais vous savez, à mon avis, un affrontement direct est préférable à une attitude du genre « Tâchons d'être gentils ».

– Comme celle de la Rickerby-Carrick ?

– Si vous voulez. Oui.

– Vous savez, fit-il, si vous n'étiez pas à bord de ce brave *Zodiac*, je crois que j'aurais pris le large.

– Balivernes !

– Pas du tout. Qu'avez-vous fait hier soir ?

– J'avais un coup de fil à donner.

– Ça ne vous a pas pris toute la soirée.

Se souvenant de la suggestion de Fox, Troy, qui était piètre menteuse, mentit.

– C'était à propos d'une fourrure que j'avais oubliée à la galerie. J'ai dû me rendre au commissariat.

– Vous auriez mieux fait de venir au pub avec moi, grommela-t-il. Voulez-vous dîner avec moi demain soir à Longminster ?

Avant que Troy ne pût répliquer, Miss Rickerby-Carrick émergea d'en bas, l'air égaré, accoutrée de son peignoir violet. Ses jambes étaient nues et ses orteils arthritiques sortaient de ses sandales comme des racines. Elle portait des lunettes noires, un panama, un matelas pneumatique et son journal. Selon son habitude, elle s'arrêta pour bavarder avec le skipper, puis poursuivit son chemin : à l'extrême consternation de Troy, elle les évita, elle et Bard, avec la délicatesse d'un pachyderme, les gratifiant au passage d'un sourire entendu. Elle disparut à l'autre bout du pont, derrière une pile de chaises longues recouvertes d'une bâche.

– Elle n'est pas vraie, n'est-ce pas ? dit Troy. C'est un mythe.

– Qu'est-ce qu'elle écrit ?

– Son journal. Elle l'appelle son confessionnal portatif.

– Aimeriez-vous le lire ?

– C'est affreux à dire... mais oui, je voudrais bien y jeter un coup d'œil.

– Pour en revenir à demain soir. Que diriez-vous d'un dîner à terre, et en avant la musique ?

– Ne pourrions-nous pas en reparler plus tard ?

– Prudente, hein ? On ne sait jamais, il y aura peut-être autre chose de plus intéressant à faire.

– Pas exactement.

– Alors... quoi ?

– Nous ne savons pas ce que vont décider les autres, répondit Troy faiblement.

Puis :

– ... Je sais. Pourquoi ne pas proposer au Dr Natouche de se joindre à nous ?

– Il n'en est pas question. Vous ne manquez pas d'air, vous. Je vous invite à dîner en tête à tête, et...

Miss Rickerby-Carrick poussa un cri strident. Aussitôt, tout le monde se rassembla sur le pont. Le peignoir en désordre, elle se penchait par-dessus le bastingage, grimaçant et gesticulant.

– Mon journal ! s'exclama-t-elle. Arrêtez ! Je vous en supplie ! Mon journal !

Il ressortit de ses explications confuses qu'elle s'était baissée un peu trop en voulant scruter les profondeurs et, ce faisant, l'avait laissé tomber. Se lamentant avec une véhémence catarrhale, elle pointa en arrière, où son journal, grand ouvert, était en train de sombrer. Ses yeux et son nez coulaient abondamment.

Les Tretheway firent preuve d'une présence d'esprit remarquable. Le skipper fit lentement machine arrière. Tom alla chercher un long crochet qui servait à dégager les herbes aquatiques, et Mme Tretheway, placide, sortit pour essayer de calmer Miss Rickerby-Carrick.

Les moteurs coupés, le bateau se rapprocha à la dérive du journal de Miss Rickerby-Carrick. Tom enjamba le garde-corps et, s'y cramponnant de la main gauche, s'apprêta à le repêcher.

– Oh non ! hurla Miss Rickerby-Carrick. Pas comme ça ! Vous allez l'abîmer. Je vous en prie ! Non !

– Nom d'une pipe en bois ! rugit soudain M. Lazenby, à la stupeur générale.

L'air vaillamment résigné, il se leva de son matelas pneumatique, tourna le dos à l'assistance, et, après avoir ôté ses lunettes, plongea prestement dans le Fleuve.

Miss Rickerby-Carrick poussa un nouveau cri ; les autres passagers s'exclamèrent et s'alignèrent comme un seul homme à bâbord pour regarder M. Lazenby. Celui-ci émergea presque aussitôt avec le journal. Ses longs cheveux étaient plaqués sur ses yeux. Le skipper lui intima de regagner la berge et de marcher jusqu'à l'endroit où il y avait assez de fond pour que le *Zodiac* pût aborder. M. Lazenby s'exécuta, tenant le journal hors de l'eau. Il grimpa sur la rive et s'accroupit, secouant doucement le carnet et tournant ses pages. Ses mèches pendaient d'un côté, comme chez les jeunes gens qui hantaient Carnaby Street, lui cachant complètement l'œil gauche.

Miss Rickerby-Carrick laissa échapper de petits cris plaintifs entrecoupés de gloussements contrits et de remarques incohérentes sur la nature indélébile de son porte-mine. Incapable d'attendre le retour de M. Lazenby, elle se pencha dangereusement afin de recevoir le carnet de ses mains.

– Oh, ho, ho ! fit-elle. Mon pauvre vieux confident ! Hélas, hélas !

Elle remercia M. Lazenby avec effusion, l'implorant de ne pas attraper froid. Il la rassura, prit ses lunettes noires des mains de Troy qui les avait ramassées et se détourna pour les mettre. Quand il leur fit face à nouveau, ce fut comme s'il venait de rendosser sa dignité d'ecclésiastique.

– Je vais me changer, annonça-t-il. Le soleil britannique n'est pas aussi chaud que sur nos plages.

Sur ce, il descendit.

– Eh bien, dit Caley Bard, qui a dit que l'Église était en pleine décadence ?

Il y eut des murmures approbateurs, auxquels Troy ne se joignit pas.

Avait-elle vu, oui ou non, une fraction de seconde, dans la main gauche de M. Lazenby, un bout de papier trempé portant les traces d'un porte-mine ?

Tandis qu'elle s'interrogeait là-dessus, Miss Rickerby-Carrick, qui s'était accroupie sur le pont pour mesurer en gémissant l'ampleur des dégâts, se lamenta un peu plus fort.

Les autres s'interrompirent et se tournèrent vers elle avec la patience résignée qu'elle inspirait de manière si pathétique.

Cette fois, une expression différente s'était peinte sur sa figure : ce n'était ni angoisse ni excitation, mais, Troy l'aurait juré, de la panique. Sa peau parcheminée avait blêmi sous ses taches de rousseur. Elle contempla son journal ouvert et le referma pour réprimer le tremblement de ses mains.

– Ça va, Miss Rickerby-Carrick ? s'enquit Miss Hewson.

Elle hocha la tête, se remit péniblement debout et se précipita en bas, vers les cabines.

« Et ce coup-ci, se dit Troy, suis-je encore en train d'imaginer des choses ? »

A nouveau, elle avait éprouvé une étrange impression de silence et d'extrême tension, mais toujours sans pouvoir en déterminer l'origine.

« Qu'il le veuille ou non, le superintendant Tillottson va en entendre parler, décida-t-elle. On verra bien comment il réagira. En attendant... »

En attendant, elle alla dans sa cabine et écrivit une nouvelle lettre à son mari.

Une demi-heure plus tard, le *Zodiac* accostait à Crossdyke pour la fin de la journée et la nuit.

4.

CROSSDYKE

– Comme je vous l'ai expliqué, dit Alleyn, j'ai appelé le Yard de San Francisco. L'inspecteur Fox, chargé de l'affaire Andropoulos, était absent, mais après m'être renseigné, j'ai réussi à joindre le superintendant Tillottson à Tollardwark. Il m'a relaté ses entretiens avec ma femme. Il y avait là-dedans un détail qui m'alarmait bien plus que lui.

Alleyn surprit l'inévitable lueur dans l'œil du garçon du deuxième rang.

– Exactement, fit-il. En conséquence, j'ai rappelé le Yard, et on m'a dit que Foljambe se cachait en Angleterre. Apparemment, Andropoulos avait eu recours au chantage : il avait eu la bêtise de dire qu'il balancerait Jampot s'il ne recevait pas une gratification substantielle. En fait, il avait parlé à l'un de nos hommes comme on le fait généralement quand on n'arrive pas à se décider à cracher le morceau. Mais, à l'évidence, il faisait allusion à Jampot.

« Résultat : il a été assassiné.

« La méthode employée a été celle d'une pression soudaine et violente sur les carotides, méthode qui porte la signature de Jampot. C'est précédé parfois d'un coup de karaté, qui sans doute suffit à atteindre le but recherché, mais, aux yeux de Jampot, prudence est mère de sûreté.

L'Écossais du deuxième rang eut un sourire

complaisant. « Si je n'y prends pas garde, pensa Alleyn, ce gaillard finira par me mener par le bout du nez. »

– Il y a eu deux autres meurtres, reprit-il, l'un à Ismaïlia et l'autre à Paris, indiscutablement œuvre de Foljambe. Mais nous n'avions aucun moyen de l'épingler. D'après les dernières nouvelles, il s'était réfugié en France. On avait trouvé à côté du corps d'Andropoulos une enveloppe provenant d'une agence de voyages bien connue, qui contenait un ticket avec le prix des billets et des horaires de départ griffonnés au dos. C'était, ainsi que nous l'avons constaté plus tard, un coup monté par Jampot, qui a effectivement expédié M. Fox sur le continent. Ça lui ressemble tout à fait. J'ai déjà évoqué son talent – on pourrait même parler de génie – en matière de métamorphose. Mais je ne crois pas avoir signalé que, quand il s'en donne la peine, il a beaucoup de succès auprès des femmes, pas toutes, certaines. Non seulement il est capable de reproduire n'importe quel accent – d'Oxford à celui du Bronx en passant par l'Asie et l'Australie –, mais il semble adopter jusqu'à la mentalité qui va avec. Comme un acteur qui se glisse dans la peau du personnage qu'il interprète. Par parenthèse, il peut jouer les imbéciles comme personne. Le théâtre a sûrement perdu un grand comédien. Il aime bien la compagnie, ce qui pourrait vous paraître risqué, et possède nombre de compétences inattendues et originales qui, à l'occasion, lui rendent bien des services.

« Imaginez-vous donc la situation. Andropoulos a été assassiné, très certainement par Jampot, lequel Jampot se promène dans la nature. Andropoulos, qu'on voyait mal entreprendre une croisière de plaisance, devait embarquer sur le *Zodiac*. A présent, c'est ma femme qui occupe sa cabine. Il n'y a aucune raison au monde pour que l'assassin se trouve également à bord – à première vue, cette idée paraît totalement saugrenue – et pourtant... ma femme raconte que sa remarque innocente sur les « Constable » a plongé un ou plusieurs de ses compagnons dans une profonde consternation, que le journal où il était question du meurtre a été subtilisé par l'un des passagers ; qu'elle est pratiquement sûre que le révérend australien, qui porte des lunettes noires et dissimule son œil gauche, a chapardé une page du journal de la vieille fille excentrique ; qu'elle le soupçonne d'avoir écouté sa conversation téléphonique avec M. Fox, et qu'elle-même ne peut pas se défaire du pressentiment d'une catastrophe imminente. Mais un point de ce scénario invraisemblable se révèle à mon sens, aussi absurde que ça puisse paraître, plus inquiétant que tous les autres éléments réunis. Je me demande si l'un de vous...

Le garçon au deuxième rang avait déjà levé le doigt.

– Absolument, acquiesça Alleyn, lorsque le phénomène eut donné la réponse correcte avec un fort accent écossais. C'est juste. Souvenez-nous, par ailleurs, que je me trouve à quelque huit mille kilomètres de là, à San Francisco, où j'assiste à une conférence très importante. Que diable dois-je faire ?

Après quelques instants de réflexion, le doigt se dressa à nouveau.

– D'accord, d'accord, fit Alleyn. Je vous écoute.

I

Assise dans sa cabine, Hazel Rickerby-Carrick tournait avec difficulté les pages saccagées de son journal.

Sans être définitivement réduites en bouillie, elles étaient collées, boursouflées et déformées. Les feuilles s'étaient à moitié détachées du dos, et la couverture rouge avait déteint sur elles. Toutefois, leur contenu n'était pas totalement illisible.

Elle sépara ses notes de la veille de celles de l'après-midi.

« Voilà que je recommence, lut-elle avec morosité. Comme d'habitude, j'en fais toujours trop. Ça passe avec Mavis, mais pas avec ces gens-là... pas avec Troy Alleyn. Si seulement j'avais compris plus tôt qui elle était ! Ou alors, si j'avais su qu'elle occuperait la cabine d'à côté, je serais allée à l'exposition. J'aurais pu lui parler de ses tableaux. Bien sûr, je n'ai pas la prétention de m'y connaître en... »

Après réflexion, elle s'était abstenue d'aller jusqu'au bout de l'aphorisme. A l'aide d'une lime à ongles, elle décolla la page trempée et lut ce qu'elle avait écrit l'après-midi, juste avant que son journal ne passât par-dessus bord.

« ... je suis allongée sur mon matelas pneumatique, sur le pont, derrière une pile de chaises longues recouvertes d'une bâche, et je prends un bain de soleil. Sans doute suis-je gourde de me montrer aussi timide. Avec tout ce qu'on voit de nos jours ! C'est plus sain ainsi, et puis, un corps, c'est beau. *Beau*. Seulement le mien ne l'est pas tellement. Je vais décrire maintenant ce qui s'est passé hier soir. A Tollardwark. C'était si étrange et effrayant que je ne sais pas quoi faire. Je crois que je vais en parler à Troy Alleyn. Elle sera bien obligée de reconnaître que c'est assez extraordinaire.

« Je suis sortie de l'église et j'allais retourner sur le *Zodiac*. Je portais ce que les Hewson appellent des " tennis ". Avec des semelles en caoutchouc. Ainsi que cette chose en jersey bordeaux. J'ai donc dû passer inaperçue car il faisait noir comme dans un four. Vu que j'avais un caillou dans ma chaussure gauche et que ça me faisait mal, je me suis arrêtée dans l'embrasure d'une porte pour l'enlever. C'est alors que les autres sont arrivés. J'allais les interpeller quand ils ont fait une halte. Au début, je n'ai pas reconnu les voix car ils parlaient très bas. En fait, celui qui chuchotait, je ne l'ai pas reconnu *du tout*. Mais les autres ! Ont-ils vraiment dit ce que j'ai cru entendre ? Les premiers mots m'ont littéralement glacée. *Glacée*. J'étais clouée sur place. Frappée d'horreur. Je les entends encore. Ils... »

Elle était parvenue au bout de sa page. La prenant délicatement, elle glissa la lime à ongles au-dessous et la tourna.

Les pages qui contenaient la suite de son récit avaient disparu.

Les marges intérieures, à l'endroit où elles avaient été reliées ensemble, avaient échappé à l'immersion complète. D'après les fragments qui restaient, on voyait bien qu'elles avaient été arrachées. « Ce n'est peut-être rien, pensa-t-elle. En plongeant, M. Lazenby aurait pu tirer dessus. Le carnet était ouvert. Ce doit être ça. »

Pendant quelques minutes, Miss Rickerby-Carrick demeura parfaitement immobile. Une fois ou deux, elle passa ses doigts arthritiques sur ses yeux et son front, comme pour exorciser le démon de perplexité qui l'habitait.

« C'est un homme d'Église, se disait-elle. Un homme d'Église ! Il a séjourné chez l'évêque. Je pourrais le lui demander. Pourquoi pas ? Que peut-il bien me répondre ? Mais je vais en parler à Troy Alleyn. Elle sera bien obligée de m'écouter. Ça va l'intéresser. *Son mari !* se souvint-elle tout à coup. Son mari est un détective célèbre. *Il faut* que j'en parle à Troy Alleyn : après ça, elle voudra peut-être que je l'appelle Troy. Nous pourrions même devenir amies », songea la pauvre Hazel Rickerby-Carrick sans grande conviction.

Elle posa le journal gonflé d'eau sur l'étagère au-dessus du lit, où un rayon de soleil vint le caresser.

Une faiblesse nerveuse s'était emparée d'elle. Elle

se sentait terriblement oppressée, comme si sa tête était cerclée de fer et que sa cabine minuscule s'était resserrée autour d'elle. « Je ne dormirai pas ici, décida-t-elle. Je ne pourrai pas fermer l'œil, ou alors je ferai du bruit, et ils vont me détester. » Tandis qu'elle fourrageait dans un tiroir déjà encombré à la recherche de l'aspirine de Troy, une idée lumineuse lui vint à l'esprit. Elle dormirait sur le pont. Elle attendrait que les autres fussent couchés, puis elle sortirait son matelas pneumatique de sa bonne vieille cachette derrière la bâche, le gonflerait et dormirait, ainsi qu'elle se l'était formulé, « sous l'immensité de la voûte étoilée ».

« J'ai toujours eu l'habitude d'appeler les choses par leur nom », pensa-t-elle. Et, ayant retrouvé le tube d'aspirine, sans couvercle, dans sa trousse de toilette, elle prit deux comprimés, s'allongea sur sa couchette et se mit à échafauder des plans désastreux.

II

Pour Troy, la soirée à Crossdyke débuta à la manière d'une farce. Les passagers dînèrent de bonne heure pour pouvoir visiter le village et les ruines du pavillon de chasse où le roi Jean sans Terre s'était arrêté lors de sa malencontreuse escapade dans le nord.

Troy, qui commençait à avoir mal à la tête, espérait s'échapper encore plus tôt qu'à Tollardwark, afin de passer au poste de police avant que ses compagnons ne survinssent dans les parages. Tout le monde connaissait à présent l'histoire de la fourrure égarée : elle pouvait donc s'en servir comme prétexte, bien qu'elle eût préféré éviter toute explication.

Pendant tout le repas, Miss Rickerby-Carrick ne la quitta pas des yeux, à la grande consternation de Troy ; d'autant plus que Miss Rickerby-Carrick avait déclenché chez elle l'ouverture de ce que son mari avait appelé un jour ses Vannes de Compassion sans fond. Plus elle devenait agaçante, plus son rhume s'aggravait, plus la fixité de son regard était gênante, plus Troy la plaignait et moins elle supportait sa compagnie. Soit, pensait-elle, la malheureuse ne résistait pas à l'attrait de la notoriété, soit – hypothèse effarante – elle avait le béguin pour Troy elle-même. Ou était-ce possible, se demanda-t-elle soudain, que l'extravagante créature eût quelque chose à lui communiquer ?

Comme Miss Rickerby-Carrick avait à peu près autant de tact qu'un bulldozer, tout le monde au salon devait se douter de ce qui se tramait.

Déterminée à éviter le regard de sa tortionnaire, Troy croisa celui, ironique, de Caley Bard. Il lui adressa un clin d'œil, et elle baissa les paupières. M. Pollock considérait Miss Rickerby-Carrick avec aversion. Les Hewson arboraient tel un masque un air détaché. M. Lazenby et le Dr Natouche échangeaient des bribes d'informations sur les ruines médiévales.

A la fin du repas, Troy monta directement sur le pont. Elle allait descendre à terre lorsque Miss Rickerby-Carrick émergea d'en bas, l'interpellant d'une voix curieusement étouffée :

– Madame Alleyn ! S'il vous plaît ! Madame Alleyn !

Troy s'arrêta.

– Dites-moi, chuchota Miss Rickerby-Carrick en la rejoignant. Je... vous allez au village, n'est-ce pas ? Puis-je venir avec vous ? J'ai quelque chose...

Elle regarda autour d'elle, bien qu'elle sût, comme Troy, que les autres étaient en bas.

– Je voudrais vous demander un conseil. C'est très important. Je vous le promets.

– Eh bien... si vous le dites...

– *Je vous en prie !* Je vais juste aller chercher mon gilet. J'en ai pour une seconde. Jusqu'au village seulement. Avant que les autres ne sortent... c'est terriblement important. Parole de scout. *Je vous en prie.*

Elle rapprocha son visage hagard de celui de Troy, qui fit involontairement un pas en arrière.

– Soyez gentille ! murmura Miss Rickerby-Carrick. Il faut que je vous parle. S'il vous plaît !

Elle se tenait devant Troy, figure grotesque et pathétiquement vulnérable. Le pire, pensa Troy, était que, prise elle-même dans l'inextricable écheveau de prémonitions impalpables, elle ne savait pas, ne se décidait pas à trancher, si la panique qui se lisait dans ces yeux larmoyants reflétait l'angoisse qui planait sur cette croisière par ailleurs fort plaisante, ou si Miss Rickerby-Carrick s'apprêtait à lui déclarer sa flamme.

– S'il vous plaît, répéta cette dernière. Pour l'amour du ciel ! S'il vous plaît.

– Oui, bien sûr, répondit Troy, désemparée.

– Vous êtes un amour, s'exclama Miss Rickerby-Carrick, se précipitant vers l'escalier.

Là, elle entra en collision avec M. Pollock : il y eut une certaine confusion suivie d'excuses incohérentes avant qu'elle ne descendît et que lui ne sortît sur le pont.

Il rapportait à Troy les signes du zodiaque avec le petit poème calligraphié au milieu. Il s'en était tiré avec beaucoup d'habileté, et Troy le lui dit chaleureusement. Il répondit de sa voix inexpressive en avalant, selon son habitude, les consonnes, que tout le plaisir était pour lui. Après quoi, il s'attarda sur le pont, expliquant vaguement qu'il était passé de la création d'enseignes à l'imprimerie, mais que ça ne lui avait pas rapporté grand-chose. Ses remarques hachées s'entrecoupaient de drôles de petits bruits, rires gênés ou toussotements.

– Est-ce que vous peignez ? demanda Troy. Ou dessinez ?

Il s'empressa de l'assurer que non.

– Moi, un peintre ? Vous voulez rigoler ?

– J'ai cru comprendre, d'après la façon dont vous regardiez ce dessin...

– Vous avez mal compris, rétorqua-t-il avec une brutalité inattendue.

Troy ouvrit de grands yeux, et il rougit.

– Je m'excuse. Je suis assez rude de nature. Je ne peins pas. J'aime bien regarder, c'est tout.

– Pourquoi pas, répliqua Troy, pacifique.

Il sourit, repentant, et déclara qu'il était sans doute temps d'aller se plonger dans la vie nocturne de Crossdyke. Comme il s'apprêtait à redescendre d'abord, Troy le pria de garder le dessin.

En haut de l'escalier, il s'arrêta pour laisser passer Miss Rickerby-Carrick, qui surgit à la hâte du portillon, regarda le dessin que M. Pollock tenait à la main comme si c'était une bombe et courut vers Troy.

– Allons-y, fit-elle. S'il vous plaît, venez.

Elles durent faire un grand pas pour descendre du plat-bord sur le quai, exercice rendu comme toujours compliqué par Miss Rickerby-Carrick. Finalement, quand elle se fut ressaisie, elle agrippa le bras de Troy et se mit à balbutier.

– Vite. Je vais vous le dire avant qu'on ne nous interrompe. C'est à propos... à propos...

Elle passa sa main libre dans ses cheveux en désordre et bégaya de manière incohérente :

– ... à propos d'hier soir... et... et... oh, mon Dieu !... et...

– A propos de *quoi* ?

– Et... attendez... et...

Mais elle ne put jamais terminer. Elle inspira profondément, plissa les yeux et ouvrit la bouche comme pour éternuer, lorsqu'elles furent interpellées par derrière.

– Hep ! Un instant ! Que mijotez-vous là, toutes les deux ?

C'était M. Lazenby. Il sauta prestement à terre et rejoignit Troy.

– Pas question de laisser les dames se promener seules, décréta-t-il sur un ton enjoué. Il faudra que vous acceptiez la compagnie d'un homme au moins jusqu'au village.

Troy leva les yeux sur lui, et il la menaça d'un doigt espiègle. « Il m'a sauvée », pensa-t-elle, et, par un brusque changement d'humeur, elle eut soudain envie d'entendre les confidences de Miss Rickerby-Carrick. « Peut-être nous en parlera-t-elle à tous les deux. »

Mais Miss Rickerby-Carrick n'en fit rien. Seules quelques pressions et torsions de doigts traduisirent sa déconvenue. Pendant ce temps, M. Lazenby faisait subir un traitement similaire au bras gauche de Troy, qui commençait à se sentir comme Alice entre les Reines.

Une fois de plus, elle ressortit son histoire de la fourrure égarée, disant qu'elle passerait se renseigner au poste de police.

– Ils doivent sûrement se mettre en quatre pour vous, observa Miss Rickerby-Carrick. A cause... enfin... de votre mari.. et tout.

– Ah ! bouffonna M. Lazenby. Comment l'avez-vous deviné ? La police veille à chaque instant. Vous l'avez entendu hier, Miss Rickerby-Carrick. Le paysage grouillait de constables.

La main au creux du bras droit de Troy se mit à trembler.

– Elle parlait du peintre, murmura Miss Rickerby-Carrick.

– Ce n'était qu'une astuce. Elle est rusée comme pas deux, croyez-moi. Aucun de nous n'est en sécurité.

Les doigts sur le bras droit de Troy s'agitèrent tandis que ceux sur son bras gauche exercèrent une brève pression complice. « Hier soir, le Dr Natouche, pensa Troy, ce soir, ces deux-là. Et moi qui ne suis pas du genre à me promener bras dessus, bras dessous. »

Elle se dégagea aussi légèrement qu'elle le put, et,

tout en discutant à bâtons rompus, ils finirent par arriver au village. Caley Bard les y rattrapa, chargé de son attirail de chasseur de papillons. Troy n'avait plus la moindre envie d'écouter les divagations de la Rickerby-Carrick. Elle prêtait à peine l'oreille à ses phrases sans queue ni tête, débitées sur un ton saccadé :

– ... mon amie, Mavis... elle vous plairait... un esprit brillant... l'art... les sciences... même les papillons, monsieur Bard... pas pour moi... mon amie, Mavis... les Highlands... comme je regrette qu'elle ne soit pas là... Mavis...

Les paroles désordonnées se précipitaient, se bousculaient, s'interrompaient. Troy éprouvait un désir irrépressible de se retrouver seule avec son mal de crâne.

Ils s'approchèrent du poste de police devant lequel stationnaient une moto et une petite voiture.

– Voulez-vous que nous vous attendions ? demanda Bard. Ou non ?

– Non, vraiment, ça risque de prendre du temps. Il faudra sans doute téléphoner. Après, ajouta Troy, je crois que je vais retourner directement sur le *Zodiac*. J'ai un peu mal à la tête.

C'était le moins que l'on pût dire. Son mal de tête était en train d'enfler. Elle était sujette à des crises occasionnelles de migraine : des étoiles commençaient à danser dans son champ de vision, et ses tempes bourdonnaient.

– Oh, ma *pauvre* chérie, s'écria Miss Rickerby-Carrick. Voulez-vous que je vous accompagne ? Désirez-vous un somnifère ? Miss Hewson en a. Elle m'en a donné deux pour ce soir. Je vais vous attendre, d'accord ?

– Mais bien sûr que nous attendrons, susurra M. Lazenby.

Caley Bard déclara qu'à son avis Troy préférait sûrement rester seule et proposa aux autres d'explorer le village avec lui, après quoi il allait leur apprendre les rudiments de la chasse aux papillons. Troy se dit que c'était vraiment très noble de sa part.

– Ne laissez pas les flics vous embêter, fit-il. Prenez bien soin de vous. J'espère que vous finirez par récupérer votre vison.

– Merci.

Troy essaya de manifester sa reconnaissance sans éveiller les soupçons de Miss Rickerby-Carrick, qui la contemplait avec un sourire anxieux. Après avoir pris congé de ses compagnons, elle pénétra au poste de police, faisant ainsi un saut dans le temps ; tout comme la veille, ce fut le superintendant Tillottson qui l'accueillit, observant affablement qu'il passait par là au cas où il y aurait du nouveau. Elle lui parla (malgré sa tête qui éclatait et la pénible impression que les traits de son interlocuteur se dédoublaient) de M. Lazenby et de la page du journal, de l'étrange comportement de M. Pollock et de Miss Rickerby-Carrick. Une fois de plus, à mesure qu'elle les décrivait, les faits sombraient dans l'insignifiance.

Perché négligemment sur un bureau, les mains dans les poches, M. Tillottson répondit cordialement que tout cela ne semblait pas avoir grande importance. Troy opina. Elle n'avait qu'une envie : en finir au plus vite et regagner son lit.

– Mouais, fit M. Tillottson. Voilà toute l'histoire.

Puis, nonchalamment :

– Et ce type, Lazenby, avait la mèche sur l'œil droit comme un hippie, hein ? Drôle de coiffure pour un pasteur. Évidemment, il avait les cheveux mouillés.

– Sur l'œil gauche, rectifia Troy, tandis qu'une douleur fulgurante lui transperçait le crâne.

– Ah bon, l'œil gauche, répliqua M. Tillottson distraitement. Tiens. Et vous ne l'avez pas vu ? L'œil, j'entends ?

– Non. Il nous a tourné le dos au moment de remettre ses lunettes.

– P'têt' qu'il a été défiguré, remarqua M. Tillottson sur un ton léger. On ne sait jamais. Jim Tretheway est très sympathique, ne trouvez-vous pas ? Et il a une belle femme, hein ? Un couple attachant, les Tretheway.

– Très, acquiesça Troy en se levant, tenaillée par sa migraine.

Ils échangèrent une poignée de main. Comme après réflexion, M. Tillottson lui suggéra de passer « chez eux à Longminster », où le superintendant Bonney lui réserverait le meilleur accueil. « Un garçon charmant », ce fut ainsi que le décrivit M. Tillottson.

– Il n'est sûrement pas nécessaire que je le dérange, dit Troy.

Elle commençait à se sentir vraiment mal en point.

– Juste pour garder le contact, madame Alleyn.

Et il lui fit un croquis de Longminster, marquant l'emplacement du commissariat d'une croix.

– Allez au point X, plaisanta-t-il. Nous aurons peut-être des nouvelles pour vous. Il y a eu un léger changement dans le programme de votre époux. Nous nous ferons un plaisir de vous tenir au courant.

– Rory ! s'exclama Troy. Va-t-il rentrer plus tôt que prévu ?

– Je crois que tout n'est pas encore réglé, madame Alleyn.

– Parce que, s'il revient...

– Oh, ce ne sera pas pour tout de suite. Nous vous serons très obligés de passer au poste de Longminster. Allez, au plaisir.

A ce stade, Troy était prête à lui envoyer l'encrier le plus proche à la figure. Au lieu de quoi, elle lui dit au revoir et se dirigea, en proie à des spasmes nauséeux, vers le Fleuve. En chemin, sa migraine atteignit son point culminant. Elle se réfugia derrière un arbuste et ressortit quelques minutes plus tard, secouée mais en voie de guérison.

Son médecin avait émis l'hypothèse que ces crises

passagères étaient dues à la tension nerveuse et, pour la première fois, elle était encline à lui donner raison.

Elle aurait bien voulu voir les ruines au soleil couchant, mais son malaise l'avait fatiguée, et elle décida d'aller au lit de bonne heure.

Il ne semblait pas y avoir d'autres passagers à bord du *Zodiac*. Troy prit une douche, puis, vêtue de sa robe de chambre, s'agenouilla sur sa couchette pour contempler le paysage au crépuscule. Bientôt, elle vit reparaître ses compagnons. Sur une butte qui se dressait devant les ruines se profila la silhouette de Caley Bard avec son filet à papillons. Soudain, il le brandit en esquissant un entrechat comique. Il fut suivi par Miss Rickerby-Carrick. Troy vit leurs têtes se rapprocher au-dessus du filet et se dit : « Elle doit le rendre chèvre. » A cet instant, le Dr Natouche apparut sur le chemin. Miss Rickerby-Carrick prit un congé hâtif de Bard et, dans sa précipitation, dévala la pente sans toucher terre à la poursuite du docteur.

– Docteur ! Docteur Na-tou-ou-ouche !

Il fit une halte et attendit. Il était impossible, décida Troy, de l'imaginer autrement que digne. Miss Rickerby-Carrick l'aborda avec sa véhémence coutumière, et il l'écouta avec une expression professionnelle qu'on qualifie en général de grave et attentive.

« Se peut-il qu'elle le consulte ? s'étonna Troy. Ou alors, elle se confie à lui plutôt qu'à moi. »

A présent, elle lui montrait quelque chose qu'elle avait dans sa paume. Était-ce un papillon ? Tandis qu'ils se dirigeaient vers le *Zodiac*, Troy entendit la grosse voix du Dr Natouche :

– ... votre médecin traitant... quelque chose pour vous soulager... tout à fait possible.

« C'est bien une consultation », pensa Troy.

Ils quittèrent son champ visuel ; puis les autres passagers émergèrent des ruines. Ils firent signe à Caley Bard et descendirent la colline en file indienne, silhouettes noires se découpant sur un ciel vert délavé. A nouveau *commedia dell'arte*, songea Troy.

La soirée était très douce. Elle s'étendit sur sa couchette, sans allumer de peur que Miss Rickerby-Carrick ne passât prendre de ses nouvelles. Elle verrouilla même sa porte, se reprochant vaguement la mesquinerie de son geste. Comme toujours après une migraine, elle avait besoin de dormir. Elle rêva de voix, de quelqu'un qui grattait comme une souris à une porte. Le grattement persista et finit par la tirer de son sommeil. Elle hésita, puis, avec une exaspération hébétée, descendit du lit et ouvrit la porte.

Il n'y avait personne.

Le couloir était vide. Plus tard, elle eut le sentiment qu'à l'instant même où elle ouvrait sa porte, une autre porte s'était refermée tout doucement.

Elle attendit un peu. Tout était silencieux, et elle se demanda si, tout compte fait, elle n'avait pas rêvé ce grattement. Elle retourna se coucher et s'endormit d'un sommeil de plomb, qui fut troublé momentanément par un bruit de moteur.

III

Elle fut réveillée, alors qu'il faisait déjà jour, par un remue-ménage assourdi : des coups, des voix, des pas dans le couloir et des mouvements dans la cabine à côté, la numéro 8. Elle restait au lit, vaguement irritée par tout ce bruit, quand on frappa à sa porte, et quelqu'un tira sur la poignée.

Pleinement éveillée à présent, Troy cria :

– Un instant.

Et elle déverrouilla sa porte.

Mme Tretheway entra avec le thé.

– Il y a un problème ? demanda Troy.

Le sourire éblouissant de Mme Tretheway illumina son visage.

– Pas exactement. Tout dépend de la façon dont on le considère, madame Alleyn. Il semblerait que Miss Rickerby-Carrick nous ait quittés.

– *Elle est partie ?*

– C'est cela.

– Vous voulez dire que... ?

– Il devait être très tôt. Avant qu'on ne se lève ; or notre Tom était debout à 6 heures.

– Mais...

– Elle a fait sa valise et elle est partie.

– Sans avoir laissé de message ?

– Ma foi... si... elle l'a gribouillé sur un bout de journal. « J'ai été rappelée d'urgence. Désolée. Je vous écrirai. »

– Comme c'est curieux.

– D'après mon mari, quelqu'un a dû passer la prendre pendant la nuit. Des amis en voiture. Ou alors, elle a pu appeler Toll'ark ou Longminster pour avoir un taxi. La cabine téléphonique sur le quai est ouverte toute la nuit.

– En tout cas, c'est un drôle d'oiseau, marmonna Troy.

– Tout est peut-être pour le mieux, remarqua Mme Tretheway, radieuse. Et puis, la journée s'annonce très belle.

En arrivant au salon, Troy trouva ses compagnons moins intrigués par le départ de Miss Rickerby-Carrick qu'elle ne l'aurait cru ; visiblement, ils avaient déjà dû épuiser ce sujet.

Néanmoins, son apparition raviva leur intérêt, et on l'interrogea mollement : Miss Rickerby-Carrick avait-elle « dit quelque chose » à Troy ? Car, apparemment, elle n'avait « rien dit » à personne.

– Rien de cohérent, observa Caley Bard, acide. Point, à la ligne. Ce qui s'applique d'ailleurs au reste de sa conversation.

– Allons, monsieur Bard, je trouve que vous êtes un peu dur avec cette pauvre femme, protesta Miss Hewson.

– Je ne vois pas pourquoi nous devrions la traiter de « pauvre ».

– Mais si, dit Troy. On ne peut pas s'empêcher de penser à elle comme à la « pauvre Miss Rickerby-Carrick », ce qui la rend d'autant plus pathétique.

– Vous êtes adorable, répondit Caley Bard.

Troy l'ignora. Le Dr Natouche, qui n'avait pas dit un mot, la regarda dans les yeux et sourit avec tant de compréhension qu'elle ne sut si elle avait rougi ou pâli.

M. Lazenby servit un ou deux aphorismes professionnels, comme quoi Miss Rickerby-Carrick était la bonté même. M. Hewson, l'air caustique, remarqua qu'elle était un brin surexcitée, et M. Pollock l'approuva.

– Ce qu'elle peut causer ! fit-il. Seigneur Dieu !

« Ils sont tous ravis », pensa Troy.

Sur ce, elle monta sur le pont. Le *Zodiac* était toujours à Crossdyke, amarré en aval de l'écluse, mais Tom et son père s'étaient déjà attelés aux préparatifs du départ. Les machines se mirent en marche, quand Troy entendit le téléphone dans le bureau de l'éclusier. L'instant d'après, sa femme sortit en courant sur la digue.

– Skipper ! Attendez ! Un message pour vous.

– O.K. Merci.

Les machines se turent, et le *Zodiac* se rapprocha du quai. L'éclusier apparut, les mains en porte-voix.

– Service de taxis et de location de voitures de Longminster, cria-t-il. Un message pour vous, skipper. Miss Je-ne-sais-quoi Carrick leur a demandé de téléphoner. Elle a été rappelée au chevet d'une amie malade et espère que vous comprendrez. O.K. ?

– O.K. Salut, Jim. Merci.

Le skipper regagna sa cabine, faisant signe à Troy que tout allait bien. Le *Zodiac* reprit sa route en direction de Longminster.

Entre-temps, le Dr Natouche était monté sur le pont.

– Pourrais-je vous dire deux mots, madame Alleyn ?

– Oui, bien sûr, répondit Troy. Où ? Est-ce personnel ?

– Oui, plutôt. Allons par là.

Ils se retirèrent derrière la pile de chaises longues où ils tombèrent sur un matelas pneumatique de couleur orange.

Le Dr Natouche se baissa pour l'examiner, puis leva les yeux sur Troy.

– Je crois que Miss Rickerby-Carrick a dormi ici cette nuit.

– Ah bon ?

– Telle était, du moins, son intention.

Troy attendit la suite.

– Madame Alleyn, vous me pardonnerez, j'espère, de vous poser cette question. Du reste, vous n'êtes pas obligée d'y répondre. Miss Rickerby-Carrick vous a-t-elle parlé hier soir, après son retour sur le bateau ?

– Non. Je me suis couchée de bonne heure car j'avais la migraine.

– Je vous ai effectivement trouvé mauvaise mine.

– Ça n'a pas duré très longtemps. Il me semble qu'elle a dû... gratter à ma porte. Mais je m'étais endormie, et, quand j'ai ouvert, il n'y avait personne.

– Je vois. Elle m'a laissé entendre qu'elle avait quelque chose à vous communiquer.

– Je sais. Oh, là là ! fit Troy. Croyez-vous que j'aurais dû aller la voir dans sa cabine ?

– Non, non. Simplement, Miss Rickerby-Carrick vous tient en très haute estime, et j'ai pensé que, peut-être...

Il hésita, puis reprit fermement :

– Il faut que je vous dise : elle m'a parlé hier soir. De son insomnie. Miss Hewson lui avait donné des cachets, de fabrication américaine... et elle m'a demandé mon opinion là-dessus.

– Elle m'en a proposé un.

– Ah oui ? J'ai répondu que je ne les connaissais pas et lui ai conseillé de consulter son médecin, si son insomnie persistait. Compte tenu de sa performance sonore de la veille, je suppose qu'il doit s'agir en partie d'un mal imaginaire. Mais la raison pour laquelle je me permets de vous relater cet incident est la suivante : j'ai trouvé Miss Rickerby-Carrick au bord d'une crise nerveuse et émotionnelle. Ça m'a inquiété. Vous comprenez bien qu'elle ne m'a pas consulté sur ce point-là, sinon je n'aurais pas été en droit de vous répéter notre conversation. A mon avis, elle allait le faire, quand elle s'est interrompue et m'a laissé en proférant des paroles incohérentes.

– Croyez-vous qu'elle souffre... d'un déséquilibre mental ?

– Voilà une expression bien commode, qui en réalité ne signifie pas grand-chose. Je pense qu'elle était perturbée... ce qui ne nous en dit pas plus. A cause de ça, ce départ précipité au milieu de la nuit m'inquiète un peu. A tort, assurément.

– Avez-vous entendu le message téléphonique, à l'instant ?

– Oui. Une amie malade.

– Serait-ce Mavis ? s'exclama Troy.

Ils se dévisagèrent d'un air pensif. Et elle surprit l'ombre d'un sourire sur ses lèvres.

– Non, attendez, ajouta Troy. Nous sommes allés au village ensemble : M. Lazenby, elle et moi. J'avais la tête comme une marmite et j'écoutais à peine. Mais lui s'en souvient peut-être. Naturellement, elle n'a pas cessé de parler de Mavis. Il me semble l'avoir entendue dire que Mavis était dans les Highlands. Pensez-vous que Miss Rickerby-Carrick a pu sauter dans un taxi pour foncer dans les Highlands en pleine nuit ?

– Peut-être a-t-elle pris le train à Longminster ?

– Comment le savoir ? Quelqu'un a-t-il entendu quelque chose ? questionna Troy. On a bien dû venir la chercher à bord pour lui annoncer la nouvelle. Ça aurait pu déranger l'un ou l'autre.

– Ici ? A la poupe ? C'est trop éloigné de nos cabines.

– Oui, fit Troy, mais comment a-t-on su qu'elle était ici ?

– Elle m'a dit qu'elle allait prendre ses cachets et dormir sur le pont.

Troy se pencha pour ramasser un fragment de tissu rouge taché.

– Qu'est-ce que c'est ?

De ses longs doigts qui semblaient avoir été passés inégalement au bouchon noir, son interlocuteur saisit le morceau de tissu, le retourna et le déposa au creux d'une paume rosée.

– On dirait que ça vient de la reliure de son journal, observa Troy.

– Je pense que vous avez raison.

Il allait le jeter par-dessus bord, mais elle l'arrêta :

– Non... attendez.

– Quoi ?

– Eh bien... c'est que...

Elle rit, gênée.

– Je suis femme de policier ; ceci explique cela.

Il sortit son agenda et glissa le bout de tissu à l'intérieur.

– On s'affole probablement pour rien, déclara Troy.

Elle eut soudain l'envie irrésistible de confier ses craintes au Dr Natouche. Elle le voyait déjà incliner courtoisement la tête et l'écouter d'un air placide et légèrement distant... comme dans le cadre rassurant d'une salle de consultation. C'eût été un grand soulagement, en vérité, que de s'ouvrir au Dr Natouche. Elle cherchait déjà ses mots quand elle se rappela un autre auditeur attentif.

– A propos, madame Alleyn, avait dit le superintendant Tillottson avec son affabilité exaspérante, nous allons garder nos petites histoires pour nous, d'accord ? Simple précaution de routine.

Elle tint donc sa langue.

5.

LONGMINSTER

– L'un de ses principaux atouts, dit Alleyn, est sa capacité à inspirer confiance aux individus les plus inadéquats. Un policier bolivien a, paraît-il, reconnu, furibond, qu'il s'était surpris à parler à Jampot de son ulcère duodénal. Cette histoire, même si elle a été inventée, illustre bien les aspects les plus reluisants de la personnalité de Foljambe. Moralité : il y a toutes sortes de mauvais sujets, et il faut à un policier consciencieux parfois bien du temps avant de percer à jour le secret d'une existence peu avouable. Il est impossible d'étiqueter les criminels. Il est aussi erroné de croire qu'ils ne sortent jamais des limites de leur personnage que de s'imaginer que le milieu est peuplé de charmeurs qui volent ou tuent par accident.

« Foljambe était réputé autant pour son bon caractère que pour sa cruauté. Ses canons esthétiques sont très élevés. Son appartement parisien est, semble-t-il, un modèle de goût. Il aime l'argent par-dessus tout et prend plaisir à le gagner grâce à des pratiques criminelles. Même si un jour il héritait d'un million de livres, il y a des chances pour qu'il continue ses activités d'escroc. En écartant de son chemin tous les gêneurs potentiels.

« Comme je vous l'ai dit, les lettres de ma femme m'ont manqué à New York et ont été réexpédiées à San Francisco. Quand enfin je les ai reçues, il ne lui restait plus que deux nuits à passer à bord du *Zodiac*. Vous savez également que j'ai téléphoné au Yard où l'on m'a annoncé que M. Fox était en France, sur une piste toute chaude – du moins l'espérait-on – de Foljambe. J'ai donc joint M. Tillottson qui, compte tenu de la situation, était enclin à abandonner l'affaire. Moi, je l'étais beaucoup moins.

« Ceux d'entre vous qui sont mariés, poursuivit Alleyn, comprendront ma position. Nos épouses ne sont pas appelées à jouer les James Bond en jupon au sein de la police. L'idée même qu'elles puissent être impliquées dans notre travail paraît, vous me l'accorderez, tout à fait saugrenue. Or les lettres de ma femme, bien que faisant peu de cas de ses craintes, étaient suffisamment inquiétantes pour que j'eusse préféré la voir quitter le *Zodiac*. J'ai pensé dire à Tillottson qu'il lui demande de me rappeler, mais je l'ai manquée à Crossdyke. Par ailleurs, si jamais, par le plus incroyable des hasards, l'un de ses compagnons de voyage était mêlé d'une façon ou d'une autre à l'affaire Jampot-Andropoulos, la dernière chose à faire était de l'alerter en envoyant des messages de la police à tous les éclusiers, pour conseiller à ma femme de renoncer à sa croisière. Ma femme est un peintre connu, et tout le monde sait qu'elle a eu le malheur d'épouser un policier.

L'Écossais du deuxième rang ricana.

– Finalement, reprit Alleyn, j'ai informé Tillottson que ma mission allait s'achever plus tôt que prévu et que j'allais rentrer dès que possible. Je vous rappelle que j'ignorais alors la disparition de Miss Rickerby-Carrick. Autrement, j'aurais pris des mesures bien plus radicales. Mais à ce stade-là...

I

Il fallait bien l'avouer : la croisière était infiniment plus plaisante sans Miss Rickerby-Carrick.

De Crossdyke à Longminster, le soleil illumina les champs, les bosquets, les villages et les écluses. C'était le plus charmant des voyages. Tout le monde sembla s'épanouir. Les appareils photo des Hewson ne chômaient pas un instant. M. Lazenby et M. Pollock s'étaient découvert un goût commun pour la philatélie et montraient l'un à l'autre le contenu d'enveloppes fatiguées. Caley Bard fit à Troy un exposé sur les papillons, mais elle refusa tout net de voir le sphinx tête-de-mort qu'il avait attrapé la veille dans les collines de Crossdyke.

– Soit, répliqua-t-il gaiement. Ne le regardez pas, si ça risque de vous indisposer à mon égard. Pourquoi n'êtes-vous pas comme Hay ? Elle m'a dit qu'elle était membre de la S.P.A., mais que les lépidoptères ne comptaient pas.

– Vous l'appelez Hay ?

– Non. Et vous ?

– Non plus, bien qu'elle me l'ait demandé.

– Toujours aussi lointaine et inaccessible, à ce que je vois, observa-t-il.

Sans raison précise, Troy éclata de rire. Les agréments de ce troisième jour de croisière avaient apaisé ses appréhensions.

Même le Dr Natouche, découvrirent-ils, avait un hobby. Il aimait à dessiner des cartes. Questionné par Troy et Bard, il avoua qu'il essayait de dresser la carte de leur périple. Ce n'en était pas vraiment une, car elle n'était pas conçue de manière scientifique, mais il espérait la compléter après avoir consulté les cartes d'état-major. Troy se demanda s'il arrivait aux gens comme le Dr Natouche de rougir : elle était sûre que ce fut le cas, lorsqu'ils le persuadèrent de leur montrer son dessin.

Celui-ci avait été exécuté au crayon dur dans le style des cartes anglaises du XVIe siècle, avec de minuscules arbres et églises et des inscriptions minutieusement tracées.

Troy s'exclama de plaisir.

– Pensez donc, nous avons deux calligraphes à bord ! Monsieur Pollock, venez voir.

Pollock, qui était en train de discuter avec les Hewson, hésita, puis s'approcha en clopinant et regarda la carte, mais non le Dr Natouche.

– Très joli.

Et il retourna auprès des Hewson.

Troy avait tenté là un coup de poker. Depuis le début de la croisière, Pollock se retenait tout juste d'insulter le Dr Natouche. Il en était empêché non par les manœuvres dilatoires de Troy ou de Caley Bard, mais par l'attitude du Dr Natouche lui-même, qui évitait habilement de prêter le flanc à la malveillance de Pollock. A table, il s'arrangeait toujours pour s'asseoir à l'autre bout. Et, sur le pont, il s'était retiré à l'extrémité de la poupe, précédemment occupée par le matelas de Miss Rickerby-Carrick que le jeune Tom avait dégonflé avec des bruits fort peu ragoûtants.

Ainsi, comme le Dr Natouche n'offrait aucune prise aux insultes de M. Pollock, ce dernier s'était rabattu, glissa Caley Bard à Troy, sur une alliance acrimonieuse avec les Hewson ; on les voyait tenir des conciliabules ridiculement furtifs, sur les rapports interraciaux, sans doute.

Ces hostilités larvées ne semblaient guère troubler M. Lazenby. Il causait philatélie avec M. Pollock, discutait des tendances de l'art australien avec Troy lorsqu'il parvenait à la coincer et parlait joyeusement de la pluie et du beau temps avec le Dr Natouche.

Mais l'obstacle le plus efficace à toute manifestation de racisme de la part de M. Pollock était vraisemblablement son amitié avec les Tretheway.

Comme tous les hommes à bord, pensait Troy, M. Pollock était extrêmement sensible au charme de Mme Tretheway. Ce n'était pas étonnant. La réaction de Mme Tretheway, en revanche, surprenait davantage : les hommages de M. Pollock ne la laissaient visiblement pas indifférente. Elle semblait le trouver à son goût, mais pas au point d'éveiller l'inquiétude du skipper, puisque Troy les avait tous entendus convenir d'un rendez-vous dans un pub de Longminster. Ils se promettaient de passer une soirée d'enfer.

Troy elle-même était dans l'embarras. Elle ne pouvait décemment pas refuser de déjeuner ou de dîner avec Caley Bard à Longminster ; du reste, elle n'avait guère envie de refuser car elle appréciait sa compagnie et prenait ses avances purement verbales avec humour, ainsi qu'il semblait s'y attendre. Elle accepta donc de dîner avec lui, précisant qu'elle avait d'autres engagements dans la journée.

Il lui fallait se rendre au poste de police pour rencontrer l'accueillant superintendant Bonney. Elle sentait bien que la légende de la fourrure égarée commençait à perdre de sa crédibilité, mais, faute de mieux, elle était obligée de s'en contenter. Elle devait s'informer, expliqua-t-elle à Caley Bard, car on lui avait promis d'appeler la police de Longminster si cette satanée fourrure refaisait surface ; elle mentionna également une visite au directeur de la galerie locale et à un marchand de tableaux réputé.

– Très bien, répondit-il, j'accepte vos prétextes fumeux. Après tout, c'est la rançon de votre célébrité.

– Ce ne sont *pas* des prétextes fumeux, cria Troy.

Par la suite, elle décida de passer au moins à la galerie pour se donner bonne conscience. Sur ce, le Dr Natouche arriva avec une invitation extrêmement formelle, interrompant ainsi le cours de ses réflexions confuses.

– Vous avez certainement déjà organisé votre journée, déclara-t-il. Dans le cas contraire, sachez que j'ai invité un ami et sa femme à déjeuner aux *Armes de Longminster*. Lui, c'est Sir Leslie Fergus, un biochimiste de renom, qui se consacre aujourd'hui à la recherche. Nous avons fait nos études ensemble. Bien entendu, je serais ravi si, par extraordinaire, vous pouviez vous joindre à nous.

Contrairement à Caley Bard, qui l'avait allégrement mise au pied du mur, Troy constata que le Dr Natouche avait pris soin de lui laisser une totale liberté de choix. Elle répondit instantanément qu'elle serait enchantée de déjeuner aux *Armes de Longminster*.

– Vous m'en voyez très heureux.

Le Dr Natouche inclina légèrement la tête et se retira.

– Ma parole ! s'exclama Caley Bard qui avait écouté sans vergogne leur conversation. Mais vous êtes une petite futée !

– Je ne vois pas pourquoi vous dites ça.

– Vous n'avez pas voulu déjeuner avec moi.

– Je dîne avec vous, rétorqua Troy, agacée.

– Je vous demande pardon. Je me conduis comme un vieux barbon. Je ne recommencerai plus. Merci d'avoir accepté ce dîner. Profitez-en bien ; j'espère que vous passerez un excellent moment à l'occasion de ce déjeuner.

Les attentions de Caley Bard commençaient à lui inspirer quelques craintes.

« A mon âge, pensa-t-elle, ce genre de situation peut très vite tourner au ridicule. Je me demande dans quelle galère je me suis embarquée. »

Néanmoins, la journée fut réussie.

Ils atteignirent Longminster à 10 h 30. M. Lazenby et M. Pollock allaient se rendre directement en ville, d'où ils suivraient l'itinéraire indiqué dans la brochure du *Zodiac*. Les Hewson, qui avaient pensé se joindre à eux, poussèrent les hauts cris, quand le skipper remarqua que tout allait être fermé l'après-midi à Tollardwark, où ils devaient arriver à midi sur le chemin du retour.

Miss Hewson se répandit en lamentations. Toutes ces boutiques de brocante où elle était certaine de faire de merveilleuses trouvailles ! Mince alors ! Qui avait eu l'idée biscornue d'organiser cela ? Passer l'après-midi dans une ville fermée ! En vain, les Tretheway expliquèrent que le but de l'opération était de visiter en car une abbaye historique à huit kilomètres de Tollardwark. Les Hewson rétorquèrent en chœur que les abbayes, ils en avaient vu suffisamment pour le restant de leurs jours. Tout ce qu'ils désiraient, c'était explorer tranquillement les boutiques. Miss Hewson en avait vu quatre, tout à fait exquises... une en particulier, déclara-t-elle, prenant Troy à témoin.

Cela dura un certain temps. Finalement, Caley Bard, excédé, leur suggéra d'aller passer la journée à Tollardwark, qui n'était qu'à quelques kilomètres par la route. Il y avait des cars, dit Mme Tretheway, et la route, qui passait justement près de l'abbaye, était très pittoresque. Ou bien, ajouta le skipper, ils pouvaient louer une voiture.

Les Hewson se concertèrent avec morosité. Ils émergèrent de leur conciliabule ragaillardis. Leur choix s'était arrêté sur la location d'une auto. Ils consacreraient la moitié de la journée à Tollardwark et l'autre moitié à Longminster. On sentait bien, pensa Troy, que la navigation fluviale avait perdu son attrait intemporel à leurs yeux. Ils partirent apaisés, se demandant s'il n'était pas loufoque de passer quarante-huit heures à voyager d'un bourg historique à l'autre, alors qu'on pouvait en faire le tour entre le petit déjeuner et le dîner en gardant du temps pour les emplettes.

Caley Bard annonça qu'il allait se faire couper les cheveux et ensuite visiter le musée qui semblait contenir des spécimens de lépidoptères assez remarquables. Le Dr Natouche dit à Troy qu'il l'attendrait vers 13 heures, et les deux hommes se mirent en route ensemble.

Troy enfila un tailleur de lin, consulta le plan de M. Tillottson et s'en fut au commissariat central de Longminster voir le superintendant Bonney.

Elle n'aurait su dire si elle avait été surprise d'y trouver M. Tillottson.

Celui-ci lui expliqua qu'il était à Longminster pour une visite de routine. Il ne précisa pas s'il avait cherché à faire coïncider sa venue avec celle de Troy. Il se contenta de lui serrer la main avec sa cordialité coutumière et de lui présenter le superintendant Bonney.

M. Bonney était, lui aussi, un colosse, mais, chez lui, c'était davantage une question de charpente. Il avait des os énormes, surtout derrière les oreilles, autour des yeux et sur les poignets. Lorsqu'il souriait, ses gencives mêmes paraissaient noueuses. Il correspondait difficilement à l'image du « garçon charmant » qu'en avait dressée M. Tillottson.

Les deux hommes se montrèrent très affables. La première question de Troy fut pour son mari. Croyaient-ils qu'il risquait de rentrer plus tôt ? Parce que, si c'était le cas...

Ils répondirent, presque à l'unisson, qu'Alleyn avait téléphoné la veille au soir. Il aurait bien voulu parler à Troy ce matin, mais il craignait de manquer sa correspondance pour New York. Il espérait être de retour chez lui au début de la semaine suivante, mais cela dépendait de la conférence de clôture. Il l'embrassait, ajoutèrent-ils avec un grand sourire, et, si son sentiment de malaise persistait, il lui conseillait de quitter le bateau.

– Peut-être qu'un télégramme d'une amie malade... suggéra M. Tillottson.

Troy faillit lui rire au nez et demander si ce télégramme devait être signé « Mavis ».

Elle leur parla de Miss Rickerby-Carrick.

Ils écoutèrent très attentivement, ponctuant son récit de « ouais, ouais », de « ça alors » et de « tiens ! ». Quand elle eut terminé, M. Bonney jeta un coup d'œil sur son carnet où il avait griffonné quelques notes.

– Le service de taxis et de location de voitures de Longminster, hein ? fit-il. Je me demande lequel c'est, Bert. Il y a Ackroyd et il y a aussi Rutherford.

– On pourrait vérifier, Bob, hasarda M. Tillottson.

– Ouais, opina M. Bonney. C'est une idée.

Il composa un numéro, en présence de Troy qu'ils avaient priée d'attendre.

– Location de voitures Ackroyd ? Juste un petit renseignement concernant un appel. Vers 8 h 30, à l'écluse de Crossdyke. Un message qu'une cliente aurait transmis par téléphone à l'intention de Tretheway, le skipper du *Zodiac*. Pouvez-vous vérifier ? Merci.

Il y eut une pause durant laquelle M. Bonney contempla sans intérêt M. Tillottson, qui, lui, contemplait sans intérêt le vide.

– Je vois. Aucune trace ? Merci beaucoup. Dernière question, à propos d'une dame qu'on est venu chercher à l'écluse de Crossdyke pendant la nuit. Ouais. Quelqu'un de chez vous s'est-il rendu à Crossdyke ? Pouvez-vous vérifier ?

Il y eut une nouvelle pause.

– Merci, bye, dit M. Bonney en raccrochant.

Il composa trois autres numéros, répétant sa demande mot pour mot, chaque fois sans résultat.

– Il n'y a pas eu de voyages à Crossdyke, déclara M. Bonney, entre 18 h 45 hier soir et 11 heures ce matin.

– Tiens, tiens, dit M. Tillottson, très intéressant, pas vrai, Bob ?

Toutes les appréhensions de Troy, vaincues par l'ambiance détendue de la matinée, revinrent en force.

– La personne qui a appelé a donc donné une fausse identité, fit-elle.

M. Tillottson acquiesça, ajoutant qu'ils allaient s'informer auprès de l'éclusier de Crossdyke. Peut-être avait-il mal compris le message. Peut-être était-ce Miss Rickerby-Carrick qui avait téléphoné pour dire qu'elle avait loué une voiture.

– C'est possible, opina Troy.

– Quel genre de voix a-t-elle, madame Alleyn ?

– Elle est très enrhumée, et surexcitée par-dessus le marché. Elle a tendance à bafouiller et à parler avec emphase.

– Serait-elle par hasard du style excentrique ?

– Oui. Très excentrique.

M. Bonney demanda l'âge de Miss Rickerby-Carrick et, lorsque Troy répondit qu'elle avait la quarantaine, il prit un air entendu. Troy mentionna Mavis de Birmingham, qui se trouvait actuellement dans les Highlands. Mais quand ils lui demandèrent Mavis comment, et où dans les Highlands, elle fut obligée d'avouer qu'elle ne s'en souvenait plus. Elle se sentit stupide et se rappela les commentaires acides de son mari sur une certaine catégorie de témoins.

– Je suis vraiment désolée, dit-elle, d'être aussi parfaitement inutile.

Mais non, la rassurèrent-ils. Pourquoi aurait-elle gardé en mémoire ce genre de broutilles ? Ils allaient contacter l'éclusier de Crossdyke, déclara M. Tillottson, afin d'avoir la confirmation de la conversation téléphonique. Ils appelleraient le central et enquêteraient pour savoir par quel moyen Miss Rickerby-Carrick avait pu lever le camp au beau milieu de la nuit. Si possible, ils essayeraient de découvrir sa destination.

Leur attitude laissait entendre qu'ils entreprenaient ces démarches plus pour apaiser l'anxiété de Troy que pour des raisons réellement professionnelles.

« Ils doivent me prendre pour une toquée, pensa-t-elle. Si je n'avais pas été la femme de Rory, ils ne m'auraient même pas écoutée. »

Elle prit congé des deux policiers, ce qui semblait être devenu un rituel de routine, et partit goûter aux plaisirs de sa journée à Longminster.

II

Elle passa le reste de la matinée à visiter la galerie et à flâner dans la ville dont la beauté s'avéra à la hauteur de sa réputation.

A midi, elle commença à demander le chemin des *Armes de Longminster*. Après un détour par la boutique d'un peintre coloriste, où elle dénicha un joli cadre ancien qui convenait bien à ses signes du zodiaque, elle arriva à son rendez-vous à midi et demi. Foncièrement ponctuelle, Troy était souvent obligée de s'accorder des promenades prolongées afin de respecter le quart d'heure de politesse, ou, du moins, ne pas être trop ostensiblement en avance.

Toutefois, cela ne la gênait guère d'arriver en avance au déjeuner avec le Dr Natouche et ses amis. Après avoir fait un brin de toilette, elle se rendit dans un salon accueillant où elle trouva quantité de magazines.

L'un d'eux attira particulièrement son attention. Il avait publié un long extrait du livre écrit quelques années plus tôt par un Américain, qui s'était fait modifier, par un procédé dangereux mais apparemment efficace, la pigmentation de la peau. Pendant plusieurs mois, cet homme avait vécu, comme l'un des leurs, parmi les Noirs du Sud. L'auteur ne divulgait pas le secret de sa métamorphose, et Troy se demanda si le Dr Natouche était en mesure de le lui expliquer. Se rappelant leur conversation dans la cuvette de Wapentake, elle décida de lui poser la question.

Elle était toujours plongée dans son article lorsqu'elle sentit une présence et aperçut le Dr Natouche qui se tenait tout près d'elle, les yeux rivés sur le magazine.

Son sang ne fit qu'un tour. Le magazine s'affaissa entre ses mains.

– Je suis vraiment navré, dit-il. Je vous ai fait peur.

J'ai été stupide. Le tapis est épais, et vous étiez absorbée dans votre lecture.

Il s'assit en face d'elle et ajouta, l'air préoccupé :

– J'ai été d'une maladresse impardonnable.

– Pas du tout, répliqua Troy. Je ne sais pas pourquoi je suis aussi nerveuse. Mais comme vous l'avez dit, j'étais très absorbée. Avez-vous lu ceci, docteur Natouche ?

Il fit signe à un serveur qui s'approcha, la mine totalement inexpressive.

– Nous n'attendrons pas les Fergus, décréta le Dr Natouche. Vous avez besoin d'un remontant. Whisky ? Soda ? Sherry ? Oui ? Deux, s'il vous plaît. Puis-je jeter un coup d'œil sur la carte des vins ?

Ses allures de grand seigneur eurent tôt fait d'effacer l'expression figée du serveur.

Après son départ, le Dr Natouche dit :

– Je n'ai pas répondu à votre question. Oui, j'ai lu ce livre. C'était un acte courageux.

– Je me suis demandé si vous connaissiez le procédé qu'il avait employé.

– Vos couleurs reviennent, répliqua-t-il après une pause. La sienne est revenue également. Le changement a été temporaire. Non, je ne sais pas comment il y est parvenu. Sir Leslie pourrait avoir une idée : c'est plus dans ses cordes que dans les miennes. Il faudra lui poser la question.

– J'aurais cru...

– Oui ? fit-il, lorsqu'elle se fut interrompue brusquement.

– Vous avez laissé entendre, dans la cuvette de Wapentake, que je ne pouvais rien dire ou faire... je ne me rappelle plus la phrase...

– Qui puisse m'offenser ? C'est la vérité.

– J'allais vous demander si le changement de la pigmentation suffirait à convaincre les gens, à supposer que les traits du visage soient ceux d'un Européen. Et puis, je me suis aperçue que vos traits, docteur Natouche, ne sont pas du tout...

– Négroïdes ?

– Oui. Mais peut-être que les Éthiopiens... on est tellement ignorant dans ce domaine.

– N'oubliez pas que je suis métis. J'ai dû hériter la structure faciale de ma mère.

– Oui, bien sûr, répondit Troy. Bien sûr.

Le serveur apporta leurs boissons, la carte des vins et le menu. Il fut suivi de près par Sir Leslie et Lady Fergus.

C'étaient des gens charmants, et le déjeuner fut très réussi ; mais ni Troy ni son hôte ne s'avisèrent de demander à Sir Leslie de les éclairer sur les moyens scientifiques qui permettaient de changer la pigmentation de la peau.

III

Troy regagna le *Zodiac*, se reposa, se changea et partit dîner au champagne avec Caley Bard dans un autre hôtel.

« Je ne me refuse rien », songea-t-elle, se demandant comment son mari prendrait ces escapades.

Après le dîner, Bard et elle firent un tour dans Longminster et, aux environs de 22 h 30, retournèrent vers le bateau.

Lové dans un coude du Fleuve, le *Zodiac* offrait un tableau romantique. Les lumières de la vieille cité, ainsi que celles des autres embarcations, se reflétaient en tremblotant dans l'eau noire. Des voix paisibles provenaient du salon. Ils s'attardèrent sur le pont désert, et, avant que Troy ne pût réagir, Bard l'embrassa.

– Vous êtes un amour, déclara-t-il.

– Allons, allons. Bonne nuit, et merci pour cette agréable soirée.

– Ne partez pas.

– Je crois qu'il le faut.

– Ne pourrions-nous pas avoir une charmante et délicate petite idylle ? S'il vous plaît.

– Non, répliqua Troy.

– J'ai un gros béguin pour vous. Ne vous moquez pas de moi.

– Je n'en ai pas l'intention, pas plus que de poursuivre cette conversation. Et je ne vous le conseille pas non plus.

– Ma foi, on ne peut pas dire que vous m'ayez mené en bateau. Vous avez le don de ne pas voir les perches qu'on vous tend.

– Ce qui n'est pas votre cas.

– J'aime ça ! Quel aplomb !

– Tiens, fit Troy, regardez qui est là !

C'étaient les Hewson. Ils venaient d'arriver sur le quai dans un taxi, chargés de curieux paquets. Miss Hewson paraissait être dans un état de fatigue exaltée, et son frère affichait une résignation épuisée.

– Ah, mes aïeux ! soupira-t-il.

Il fallut les aider à monter leur chargement à bord, après quoi il ne resta plus qu'à les accompagner en bas au salon. Les autres passagers s'y trouvaient déjà, sur le point d'aller se coucher. En formant une chaîne, ils finirent par rassembler les achats des Hewson sur trois tables.

– Nous avons complètement perdu la boule, pantela Miss Hewson. Ça nous prend chaque fois que nous partons chiner, hein, Earl ?

– Tu l'as dit, ma grande, opina son frère.

– Où allez-vous mettre tout ça ? demanda M. Pollock.

Sentant qu'il venait de commettre un impair, il jeta un coup d'œil apeuré sur M. Lazenby.

– Aucun problème, décréta Miss Hewson. Nous allons gentiment demander au skipper et à sa femme si nous pouvons tout entreposer dans la cabine de Miss Rickerby-Carrick. Nous avons pris un risque calculé, en quelque sorte, pas vrai, mon grand ?

– Absolument, mon chou.

– Les Tretheway sont couchés, dit Pollock.

– Il va falloir prendre un autre risque calculé, observa M. Hewson, caustique.

M. Lazenby examinait leur butin avec une curiosité non déguisée, imité en cela par Troy et Bard. Il y avait là un coffret en bois de rose incrusté, un paquet dont on voyait émerger les médaillons d'une martingale, deux lanternes de calèche et, en pièces détachées dans un carton de bière, une pendule victorienne.

Debout contre la table, il y avait un rouleau crasseux, qui s'avéra être une série de gravures retenues par un vieux bout de ficelle.

C'était surtout cette trouvaille-là qui semblait provoquer la jubilation de Miss Hewson. Elle l'avait découverte, expliqua-t-elle, ainsi que leurs autres trophées, dans la cour du magasin de brocante, où Troy les avait rencontrés le premier soir à Tollardwark. Son flair ne l'avait pas trompée : le rouleau, plié en deux, était fourré dans un coin d'une armoire du début du siècle.

– Je suis un vrai limier quand je m'y mets, annonça fièrement Miss Hewson. J'ouvre tout ce qui a une porte ou un couvercle. Et vous savez quoi ? Le propriétaire de tout ce bric-à-brac ignorait complètement qu'il possédait ce rouleau. Il devait se trouver dans cette vilaine vieille armoire au moment où il l'a achetée. Vous, madame Alleyn, vous êtes une artiste. Enfin, je veux dire... vous voyez ce que je veux dire. Comme je l'ai expliqué à mon frère, j'avais hâte de vous le montrer pour avoir un avis d'expert. Rentrons tout de suite, j'ai dit, et montrons à Mme Alleyn...

Tout en débitant sa tirade d'une voix haut perchée, Miss Hewson se bagarrait avec la ficelle nouée autour de son trésor. Un nuage de poussière l'enveloppa ; des particules de boue séchée s'éparpillèrent sur le plancher. Finalement, son frère sortit un canif et coupa la ficelle.

Le rouleau s'ouvrit brusquement.

Il contenait des bouts de papier. Des illustrés. Une demi-douzaine de photographies sépia, dont certaines étaient déchirées. Quatre compositions florales. Une série de vieilles gravures de mode. Une partie d'un album d'enfant. Trois lamentables aquarelles.

Miss Hewson les étala sur le sol avec des exclamations de triomphe qui reçurent un accueil fort mitigé. Son frère s'enfonça dans un fauteuil et ferma les yeux.

– Est-ce une peinture ? demanda Troy.

Elle avait servi à emballer le rouleau, et sa surface externe était tellement encrassée qu'on distinguait à peine son grain.

Troy se pencha pour la dérouler.

C'était une peinture à l'huile : environ 30 cm sur 45.

Troy s'agenouilla et tapota le bord de la toile sur le plancher, faisant monter un nouveau nuage de poussière. Puis elle la mit à plat.

– Quelque chose de spécial ? fit Bard en se baissant.

– Je ne sais pas.

– Voulez-vous que j'aille chercher un chiffon humide ?

– Je veux bien. Si les Hewson n'y voient pas d'inconvénient.

Miss Hewson était en train de s'extasier sur une image victorienne représentant un enfant angélique entouré de boutons de rose.

– Bien sûr. Allez-y, dit-elle.

M. Hewson s'était endormi.

Troy essuya la petite toile avec un mouchoir fin que son mari lui avait acheté à Bruges. Elle vit des arbres. Un pont. Un fragment de ciel doré.

– Premièrement : mon propre gant de toilette, annonça Caley Bard, venant s'accroupir à côté d'elle. On ne saurait pousser le dévouement plus loin. J'y ai ajouté, deuxièmement, un peu de mon savon personnel. Il s'appelle « Fraîcheur ».

Le paysage apparut peu à peu dans sa globalité : défiguré çà et là par la crasse et les éraflures, mais somme toute bien conservé.

Au premier plan, il y avait de l'eau et un chemin qui s'éloignait ; un étang et un gué, et un enfant vêtu de rouge avec un râteau. Au second plan : des arbres et le soleil de fin d'après-midi. A l'arrière-plan : un champ, un clocher et un ciel lumineux.

– C'est abîmé, marmonna Troy. Il faudrait l'huiler.

– Comment ça ?

– Un instant. Séchez la surface, voulez-vous ?

Elle alla dans sa cabine et revint avec un chiffon imbibé d'huile de lin.

La minute d'après, le petit tableau fut nettoyé. Plus propre, il se défendait tout à fait bien.

– « Des Constable partout », cita Caley Bard avec légèreté. Avez-vous dit : « Toute une flopée » ?

Troy le dévisagea posément, puis revint à son occupation. Tout à coup, elle poussa une exclamation, et, au même instant, le Dr Natouche tonna :

– Mais c'est Ramsdyke. Voici l'écluse, et le chemin, et là, vous voyez, il y a le gué et le clocher derrière la colline.

Les autres, qui étaient attroupés autour des trésors de Miss Hewson disposés sur la table, vinrent voir la peinture.

– Si nous la regardions à la lumière ? suggéra Troy.

Ils s'écartèrent pour la laisser passer. Elle grimpa sur la banquette et approcha la toile d'une applique murale. Elle l'examina de dos, puis à nouveau de face.

– C'est un joli tableau, énonça M. Lazenby. Vieux, évidemment. Début de l'époque victorienne. Mais très bien exécuté, ne trouvez-vous pas, madame Alleyn ?

– Si, répondit Troy. Très bien, en effet.

Elle descendit de la banquette.

– Miss Hewson, dit-elle, j'ai été dans une galerie, ce matin. Il y a un Constable là-bas. L'une de ses œuvres les plus connues. A mon avis, vous devriez montrer ceci à un expert parce que... enfin, comme l'a fait remarquer M. Lazenby, c'est du beau travail, qui aurait pu être réalisé par le même peintre car... si vous regardez attentivement, vous verrez : c'est signé exactement de la même manière.

IV

– Pour l'amour du ciel, fit Troy, ne prenez pas mes paroles à la lettre. Je ne suis pas une spécialiste. Je ne saurais même pas dire l'âge de cette toile, bien qu'elle ne soit sûrement pas contemporaine. Il y a sa signature, « John Constable, R.A.f. » et la date, 1830, peu de temps après, *je crois*, son entrée à l'Académie royale. Il pourrait s'agir d'une copie. Je ne pense pas qu'il existe un tableau connu ayant pour sujet l'écluse de Ramsdyke. Ce qui ne signifie pas qu'il n'a pas peint l'écluse de Ramsdyke quand il était dans la région.

– Et ce pourrait bien être celle-ci, remarqua M. Lazenby.

Miss Hewson qui, visiblement, n'avait jamais entendu parler de Constable jusqu'à ce que Troy l'eût mentionné, donna libre cours à son excitation. M. Hewson se réveilla et, après avoir écouté avec son air impassible et vaguement caustique les divagations de sa sœur, demanda à Troy combien, en supposant que la peinture fût authentique, elle pouvait valoir sur le marché.

Troy répondit qu'elle l'ignorait. Des milliers de livres sterling, sans doute. Tout dépendait de la cote actuelle de Constable.

– Mais ne vous fiez surtout pas à mes indications. Quant à la contrefaçon, je me souviens...

Elle s'arrêta net.

– La question ne se pose pas, je présume. On peut difficilement tomber sur un faux dans une brocante de Tollardwark.

– Vous alliez nous raconter une histoire, fit Bard. Ne pourrions-nous pas l'entendre ?

– Simplement, il se trouve que Rory, mon mari, a récemment enquêté sur une affaire où un jeune homme avait fabriqué, comme ça, pour le plaisir, la copie d'un gant élisabéthain, tellement réussie que les plus grands experts ont été dupés.

– Comme vous l'avez dit, madame Alleyn, répliqua M. Lazenby, la question ne se pose pas. Néanmoins, à propos de copies, je me suis toujours demandé...

Il s'ensuivit tout un débat enflammé. Si une copie était « tellement bonne » qu'elle pouvait tromper les plus grands experts, en quoi, finalement, le cédait-elle à l'original ?

Ces arguments furent échangés à grand renfort de sentences. Civilisé, Caley Bard invoqua « l'œuvre globale ». M. Hewson observa, sarcastique et abscons, que chaque être avait sa valeur, tandis que M. Lazenby donna son point de vue professionnel : la contrefaçon ne valait rien parce qu'elle reposait sur un mensonge. Son accent des antipodes se teinta d'inflexions cléricales. Fidèle à lui-même, M. Pollock n'était pas dans le ton. A plusieurs reprises, il s'exclama : « Ohé, minute, les amis ! », pour s'enfermer dans un silence gêné dès qu'on lui laissait la parole. Miss Hewson se contenta d'affirmer, comme guidée par un oracle, qu'elle était *sûre et certaine* d'avoir dégoté une véritable toile de maître.

Le Dr Natouche s'excusa et se retira.

Troy, qui regardait le petit tableau, eut une fois de plus l'impression d'être impliquée dans une sorte de mascarade : la pièce, si pièce il y avait, approchait de son dénouement ; la tension, si tension il y avait, entre ses compagnons de voyage, avait atteint son point culminant.

Elle leva la tête. Les lunettes noires de M. Lazenby étaient braquées sur elle. Les yeux globuleux de

M. Pollock rencontrèrent brièvement les siens. Miss Hewson la gratifia d'un énorme sourire, et le rictus sibyllin de M. Hewson semblait avoir été plaqué sur sa bouche à la manière d'un bâillon.

Troy souhaita une bonne nuit à tout le monde et alla se coucher.

Le *Zodiac* prit le chemin du retour avant le réveil des passagers.

Ils naviguèrent toute la matinée et, après avoir dépassé Crossdyke, arrivèrent à Tollardwark à midi.

Ce soir-là, les Hewson, M. Pollock et M. Lazenby jouèrent au Scrabble. Le Dr Natouche rédigea son courrier ; Caley Bard suggéra une promenade, mais Troy répondit qu'elle aussi avait des lettres à écrire. Il fit la moue et alla s'asseoir dans un coin avec un livre.

Le superintendant Tillottson était sûrement à Tollardwark, pensa Troy, mais attendait-il sa visite ? Elle en avait assez de lui confier des impressions nébuleuses et peu crédibles. Rien de ce qui s'était produit durant ces trente-six heures ne pouvait intéresser M. Tillottson. Ni la découverte possible d'un Constable – qu'il accueillerait avec une indulgente lassitude –, ni son vague et indéfinissable sentiment d'une conspiration. Il avait promis de l'avertir par un message, au cas où le retour d'Alleyn se préciserait. Elle n'avait donc aucune raison de rendre visite au superintendant Tillottson.

Elle griffonna deux lettres brèves, par acquit de conscience vis-à-vis de Caley, et alla les mettre, à 21 h 30, dans la boîte à côté de la maison de l'éclusier.

La nuit était calme et tiède. L'air embaumait toutes sortes de senteurs agréables provenant du jardin de l'éclusier : giroflées, fleurs de tabac, terre fraîchement arrosée, parmi lesquelles montait l'odeur froide et humide du Fleuve. Ces parfums, songea-t-elle, constituaient l'un des trois éléments de la nuit. Le deuxième, c'était tout ce qu'on voyait avant le lever de la lune : espaces obscurs, fenêtres éclairées, étoiles, silhouettes d'arbres et la vague blancheur d'un banc en face du mouillage. Troy s'y installa pour écouter le troisième élément de la nuit : le cri d'une hulotte quelque part dans un bosquet, le murmure irrégulier de l'eau, les bruissements des insectes et les voix paisibles venant de la maison de l'éclusier et du salon du *Zodiac*.

Une porte s'ouvrit, et les trois Tretheway, qui avaient passé la soirée chez l'éclusier, échangèrent des adieux et se dirigèrent vers Troy en faisant crisser le gravier sous leurs pas.

– Belle soirée, madame Alleyn, dit Mme Tretheway.

Le skipper lui demanda si l'air frais lui faisait du bien, puis ajouta, comme s'il venait juste de s'en souvenir :

– Au fait, madame Alleyn, il y a eu un télégramme de Miss Rickerby-Carrick. De Carlisle.

– Oh ! s'écria Troy. Je suis si contente ! Elle va bien ?

– Apparemment, oui. Euh... que dit-elle exactement, chérie ? Un instant.

Il y eut un bruit de papier froissé. Une lampe de poche illumina les visages des Tretheway et se braqua sur le télégramme jaune dans la main brune.

« Désolée départ brusque prise par amis communs en voiture amie très chère gravement malade Inverness affreusement triste manquer croisière embrasse tout le monde Hay Rickerby-Carrick. »

– Vous voyez ? Elle a l'air de bien se porter, dit Mme Tretheway d'une voix rassurante. C'est son amie, comme on nous l'a transmis par téléphone à Crossdyke.

– Ce n'est donc pas une compagnie de taxis qui a appelé Crossdyke, remarqua Troy. Ce devait être ses amis dans la voiture.

– A moins qu'ils n'aient pris un taxi et demandé au bureau de téléphoner. Quoi qu'il en soit, dit Mme Tretheway, tout va bien.

– Certainement, acquiesça Troy.

Mais une fois au lit, elle ne put s'empêcher de songer que quelque chose la chiffonnait dans le départ de Miss Rickerby-Carrick.

« Demain, décida-t-elle, je demanderai au Dr Natouche ce qu'il en pense. »

Mais avant de s'endormir, elle se surprit à guetter le bruit qu'elle avait entendu... à Tollardwark ? à Crossdyke ? Elle ne savait plus... c'était le vrombissement lointain d'une motocyclette. Et, bien qu'il n'y eût rien de tel cette nuit-là, elle rêva qu'elle l'entendait à nouveau.

V

« Demain, se dit Troy, nous allons retrouver le cours du temps. » Le voyage du retour prenait des airs de déjà-vu : arbres, clochers, écluses, marécages... même la motte de terre avec des touffes d'herbe qui s'était détachée de la berge ou la branche cassée qui baignait dans l'eau, oscillant au gré du courant, étaient autant de jalons familiers qu'ils semblaient avoir rencontrés à maintes reprises.

A 4 heures de l'après-midi, le *Zodiac* s'engagea dans la ligne droite en aval de l'écluse de Ramsdyke. Déjà des flocons de mousse commençaient à flotter autour du bateau. Certains atterrissaient sur le pont. Les passagers distinguaient devant eux une blancheur ininterrompue qui recouvrait le Fleuve tel un voile. Ils entendaient la voix du barrage de Ramsdyke et voyaient le tourbillon d'écume à l'endroit où la cascade polluée se déversait dans l'eau.

Penchée sur le bastingage, Troy regardait le bateau pénétrer dans cette zone mousseuse. Elle se rappela la discussion qu'elle avait eue avec Caley Bard, le Dr Natouche et Hazel Rickerby-Carrick sur la réalité et la beauté. Des fragments de conversation lui revinrent en mémoire. Elle entendait presque leurs voix.

– ... dans l'œil du spectateur...

– ... une boîte de conserve avec une étiquette rouge...

– ... si jamais une charogne surgissait au milieu de cette écume...

– ... une charogne...

– ... une charogne...

– ... un poisson... un chat...

– ... au milieu de cette écume...

– ... une charogne...

Le visage bouffi de Hazel Rickerby-Carrick regardait stupidement vers le haut. Sa bouche, tordue en un étrange rictus, souriait à travers l'écume blanchâtre. Elle se balançait et se cognait à la coque du bateau. Et quel drame horrible avait emmêlé sa chevelure d'herbes aquatiques et distendu ses joues gonflées ?

Le bastingage jaillit vers le ciel, en même temps que les arbres. La voix du barrage explosa comme la foudre dans la tête de Troy ; puis ce fut le néant.

6.

RAMSDYKE

– A partir de ce moment-là, dit Alleyn, les différents éléments dont nous disposons convergent pour former un tout.

« La découverte du corps de cette femme a mis en évidence une corrélation entre une série de faits jusque-là disparates. On peine pour recueillir un grand nombre de données, à quatre-vingt-dix pour cent inutiles, quand soudain il se produit quelque chose, et vlan ! les dix pour cent qui restent vous sautent à la figure comme bobonne quand elle est en colère.

Stupéfait de s'être laissé aller au badinage, il fit une pause. Son auditoire souriait jusqu'aux oreilles, sauf le garçon du deuxième rang qui le considérait d'un air perplexe.

« O mon Dieu, ton fidèle bouffon », pensa Alleyn avant de poursuivre d'une façon plus orthodoxe :

– Il m'a paru intéressant de vous soumettre la situation telle qu'elle s'est présentée à ma femme et telle qu'elle l'a décrite à la police locale et dans les lettres qu'elle m'a adressées. Je me demande si, à ce stade, vous sauriez séparer le bon grain, autrement dit les faits pertinents, de l'ivraie. Sur quoi, d'après vous, aurions-nous dû nous pencher, l'inspecteur Fox et moi, quand nous sommes enfin arrivés sur les lieux ?

Alleyn crut déceler une certaine rancœur chez le

reste de la classe quand le garçon du deuxième rang leva le doigt.

I

Une énorme voix désincarnée s'approcha et enveloppa Troy. Mais cela n'avait rien d'inquiétant.

Le souffle court, elle émergea de ce qui ressemblait à une petite mort et, l'espace de quelques instants indéfinissables, un délicieux soulagement l'envahit. Pleine de gratitude, elle rouvrit les yeux.

Un visage noir aux dents blanches se penchait sur elle. Un bras familier la soutenait.

– Vous vous êtes évanouie. Tout va bien. Ne vous affolez pas.

– Je ne m'évanouis jamais.

– Ah oui ?

Elle sentit des doigts sur son poignet.

– Je me demande ce qui s'est passé, fit le Dr Natouche. Quand vous aurez repris vos esprits, nous vous installerons quelque part. Un peu d'eau ?

On lui soutint la tête. Elle sentit le bord froid d'un verre sur sa lèvre inférieure.

– Miss Hewson et Mme Tretheway vont vous aider.

Leurs visages oscillèrent devant elle, puis tout se remit en place. Les passagers la considéraient d'un air alarmé. Ils étaient six, massés derrière le Dr Natouche et Mme Tretheway : Caley Bard, Miss Hewson qui avait l'air d'un pain aux raisins étonné, son frère avec son appareil et sa tête de guingois, les lunettes noires de M. Lazenby, le regard exophtalmique de M. Pollock, comme sur un plan rapproché d'un film à suspense. Et, au-delà, le skipper derrière son gouvernail.

– Ça va mieux, mon chou ? questionna Miss Hewson.

Puis :

– Ne regardez pas par là. Qu'est-ce que c'est ? Qu'est-il arrivé ?

– Elle a peur, dit Mme Tretheway.

– Oh, mon Dieu ! fit Troy d'une voix qu'elle eut peine à reconnaître. Oh, mon Dieu, ça me revient.

Elle se retourna et se cramponna au Dr Natouche.

– Il faut s'arrêter, balbutia-t-elle. Dites-leur de s'arrêter. C'est Hazel Rickerby-Carrick. Là-bas. Dans le Fleuve.

Ses paroles déclenchèrent un tohu-bohu général.

– Vous avez entendu ! cria Caley Bard. Skipper !

Le *Zodiac* s'arrêta.

Caley Bard s'agenouilla à côté d'elle.

– Tout va bien, ma chère, fit-il. Nous n'avançons plus. N'ayez pas peur. Ne vous inquiétez pas. On va s'en occuper.

Et, se tournant vers le Dr Natouche :

– Pouvez-vous l'aider à descendre ?

– Certainement. Madame Alleyn, croyez-vous, avec notre aide, pouvoir emprunter l'escalier ? Ce sera mieux. Nous irons très doucement.

– Ça va, répondit Troy. Je vous en prie, ne vous en faites pas pour moi. Je vais très bien. Ce n'est pas moi. N'avez-vous pas entendu ce que j'ai dit ? Là-bas... dans le Fleuve.

– Oui, oui. Le capitaine s'en occupe.

– *S'en occupe !*

Un fou rire incongru s'empara de Troy.

– S'en occupe ! Je l'espère bien. Allons, ne vous inquiétez pas pour moi. Je vais bien.

Mais lorsqu'ils l'aidèrent à se relever, elle se sentit flageoler. Le Dr Natouche descendit à reculons. Caley Bard se plaça derrière Troy, et les deux femmes suivirent, échangeant des remarques horrifiées.

Dans la coursive, ses jambes se dérobèrent sous elle. Le Dr Natouche la souleva et la porta jusqu'à sa couchette comme une enfant. Les autres s'attroupèrent sur le pas de la porte.

– Je vais bien, répétait Troy. Tout ceci est absurde. Non, s'il vous plaît... non.

Il la recouvrit avec la couverture cerise et s'adressa à Mme Tretheway :

– Une bouillotte et une tasse de thé chaud ne lui feraient pas de mal.

Les dames s'éloignèrent à la hâte. Pliant son grand corps, le Dr Natouche se pencha sur Troy.

– Vous êtes en état de choc, madame Alleyn. J'espère que vous me permettrez de veiller sur vous.

Troy commença à leur expliquer ce qu'elle avait vu. Elle fit un effort pour se maîtriser et parla avec lucidité et lenteur comme si elle avait affaire à des demeurés.

– Il faut prévenir la police, dit-elle. Tout de suite.

– Oui, bien sûr, répliqua Caley Bard. Le skipper saura certainement quoi faire.

– Dites-lui... Il ne faut pas... perdre cela...

Elle serra les poings sous la couverture.

– Le superintendant Tillottson à Tollardwark. Dites-le au skipper.

– Je lui dirai, répondit le Dr Natouche.

Et Caley Bard ajouta :

– Allons, allons, ne vous agitez pas. Et faites-nous plaisir : cessez de tout régenter.

Son ton badin réconforta Troy. Bard et elle échangèrent un pâle sourire.

– J'y vais, déclara-t-il.

– Moi aussi, fit le Dr Natouche. On risque d'avoir besoin de moi. A mon avis, vous devriez rester là, madame Alleyn.

Il allait sortir quand Troy s'entendit appeler, à sa propre stupeur :

– Docteur Natouche !

Et, quand il se fut retourné, calme et poli comme toujours :

– Je... je voudrais vous consulter, quand vous serez disponible. Professionnellement.

– Bien sûr, répondit-il. En attendant, ces dames vont prendre soin de vous.

Ainsi fut fait. Elles s'affairèrent autour de Troy avec des bouillottes et du thé brûlant. Alors seulement Troy se rendit compte qu'elle grelottait comme un chiot.

Miss Hewson débordait de compassion et de consternation horrifiée.

– Ça alors, c'est affreux, hein ? bredouillait-elle. Cette pauvre femme, pendant que nous dormions tous dans nos cabines... Qu'en pensez-vous, madame Tretheway ? Elle avait des réflexes un peu brusques, non ? Ce serait une explication. Elle était préoccupée par l'histoire de son amie. Elle s'est levée, s'est habillée, a fait sa valise et écrit le petit mot sur du papier journal. Puis elle est partie retrouver ses amis, et dans le noir, elle...

L'incrédulité de son auditoire l'empêcha de poursuivre.

– Bon, bon, peut-être pas, fit-elle. O.K. Peut-être pas.

– Je crois qu'il ne sert à rien de nous poser des questions, dit Mme Tretheway. Attendons d'en savoir plus. Mais, quoi qu'il arrive, et à mon sens ce sera une belle pagaille, ça ne pourra que nous causer des soucis, sur le *Zodiac*. J'en suis certaine.

Elle récupéra la tasse vide de Troy.

– On va vous laisser tranquille. Et on repassera prendre de vos nouvelles.

Après leur départ, Troy resta immobile, tendant l'oreille. Elle ne grelottait plus. Déconfite, elle sentait le sommeil la gagner.

Elle entendit des pas au-dessus de sa tête, des voix étouffées, et quelque temps plus tard, une sirène de police. Celle-ci se rapprocha et se tut. Il y eut d'autres pas, plus lourds, sur le pont, d'autres voix, encore plus feutrées. Tout cela dura un bon moment. Troy s'assoupit.

Elle fut réveillée par un choc sourd contre la coque du *Zodiac* à bâbord, par le grincement des rames sur leurs tolets et par le clapotement des pales.

– Doucement, fit une voix toute proche. Poussez encore un peu.

Le sommet d'un casque passa devant son hublot.

– Voilà. Encore un petit coup. Maintenant, ne la lâchez plus. Faites attention.

Le superintendant Tillottson était entré en action. Troy comprit avec une clarté terrifiante ce qui se passait de l'autre côté de sa cabine. Pétrifiée, elle était poursuivie par la notion aberrante de devoir se dresser sur la couchette pour regarder le cauchemar en face. Elle avait beau savoir que c'était absurde, elle n'en redoutait pas moins d'être obligée d'obéir à la terrible impulsion.

– Très bien. Allez-y doucement. Tout doux.

– Je ne peux pas.

– Comment ? *Comment* ça ?

– Elle est coincée.

– Attendez. Ne bougez pas.

– Regardez, m'sieu le superintendant. Regardez.

– D'accord, d'accord. Restez là, je vais voir.

– Qu'est-ce que c'est ?

– Une corde. Nouée autour de sa taille et fixée à quelque chose.

– Faut-il la couper ?

– Attendez : je vais essayer de tirer. *Doucement*, j'ai dit. On y va.

Il y eut une pause, suivie d'une respiration haletante.

– Ça vient. Ça vient.

– *Une valise ?*

– Exact. Donnez-moi un coup de main pour la hisser à bord. Elle est drôlement lourde. Bon sang, pas ça, mon vieux. Il ne faut pas l'abîmer davantage.

Il y eut un bruit mat.

– Bien. Vous pouvez donner du mou maintenant.

Faites signe à l'ambulance, brigadier. Allons-y, petit à petit.

Le grincement rythmique accompagné d'un clapotis s'éloigna.

« Ils sont en train de la remorquer, pensa Troy avec horreur. A travers la mousse détergente. Puis ils vont la soulever, dégoulinante de mousse, la mettre sur un brancard et la charger dans l'ambulance. Il y aura une autopsie, une enquête ; je serai obligée de raconter ce que j'ai vu et, Dieu merci ! Rory sera de retour. »

Le *Zodiac* fut secoué d'un tremblement. Des arbres, le ciel bleu et un morceau de nuage apparurent dans le hublot. Ils se remirent en marche. Quelques minutes plus tard, Troy sentit le choc familier : le bateau venait d'accoster.

Miss Hewson passa la tête par la porte. Entre le pouce et l'index, elle tenait coquettement un petit flacon.

– Je pensais bien que vous étiez réveillée. Regardez ce que je vous ai apporté.

Elle traversa sur la pointe des pieds l'espace exigu entre la porte et la couchette et se baissa. Son visage ressemblait vraiment à un pain aux raisins, songea Troy : des raisins à la place des yeux, des petits trous à la place du nez, et un fruit confit en guise de bouche. Elle eut un léger mouvement de recul.

– Je sais comment vous devez vous sentir. Une pelote de nerfs, hein ? Du coup, je vous ai apporté mes tranquillisants. Surtout, n'hésitez pas à les utiliser, mon chou. N'importe quel médecin américain vous les recommanderait, et...

Elle poursuivit son monologue tout en versant de l'eau dans le verre de Troy.

– Vous êtes très gentille, Miss Hewson, mais je n'ai pas besoin de ça. Je vous assure. Je me sens parfaitement en forme et j'ai honte de moi.

– Allons, écoutez-moi, mon chou...

– Non, vraiment. Je vous remercie.

– Maman va se fâcher...

– Mais, Miss Hewson, je vous jure que je ne veux pas...

– Puis-je entrer ? dit le Dr Natouche.

Miss Hewson se retourna brusquement et, l'espace d'un instant, ils se firent face.

– Je pense que Mme Alleyn n'a pas besoin de sédatif.

C'était la première fois que Troy l'entendait adresser la parole à Miss Hewson.

– Eh bien, je n'avais pas l'intention de... je me disais simplement que si elle pouvait dormir un peu... je...

– Vous êtes très aimable, mais ce ne sera pas nécessaire.

– Je ne voudrais pas...

– J'en suis certain. Puis-je dire deux mots à ma patiente ?

– Votre patiente ! Excusez-moi. Je ne savais pas... pardon, *docteur*, fit Miss Hewson d'une voix venimeuse.

La porte claqua derrière elle.

– J'aimerais vous parler, dit Troy précipitamment. C'est à propos de Miss Rickerby-Carrick. Docteur Natouche, avez-vous vu...

– Oui. On m'a demandé de procéder à un examen... très superficiel, bien entendu.

– J'ai tout entendu d'ici. Je sais ce qu'ils ont trouvé. Elle a été assassinée, n'est-ce pas ?

Se penchant par-dessus la couchette, il ferma le hublot. Puis il s'assit sur un petit tabouret à côté de Troy.

– Je pense, dit-il aussi doucement que sa voix de stentor le permettait, que nous devrions faire attention.

Ses doigts se refermèrent sur le poignet de Troy.

– Vous pouvez verrouiller la porte, suggéra-t-elle.

– Absolument.

Il s'exécuta, puis revint auprès d'elle.

– Jusqu'au moment de l'autopsie, murmura-t-il, il sera impossible de savoir si elle s'est noyée ou pas. Les signes externes semblent l'indiquer, en tout cas. On avancera sûrement qu'elle s'est suicidée après avoir lesté sa valise, s'y être attachée et s'être jetée dans le Fleuve de la digue du barrage.

– Si c'était le cas, comment expliqueriez-vous le coup de téléphone et le télégramme de Carlisle ?

– Je ne vois aucune explication qui pourrait corroborer la thèse du suicide.

– Ce serait donc un meurtre ?

– Il semblerait que oui.

– Je vais vous dire quelque chose. C'est un peu vague et compliqué, mais je tiens à vous mettre au courant. Tout d'abord... ma cabine. Savez-vous qu'elle avait été réservée...

– Par un dénommé Andropoulos ? J'ai vu l'article dans le journal. Mais je ne l'ai pas mentionné, car j'ai pensé que cela vous serait désagréable.

– Les autres en ont-ils parlé ?

– Pas à ma connaissance.

– Je vais tâcher d'être aussi rapide et concise que possible... C'est en rapport avec une affaire que suit mon mari. Un certain Foljambe...

On frappa énergiquement à la porte.

– Madame Alleyn ? Ici Tillottson. Puis-je entrer ?

Troy échangea un regard avec le Dr Natouche.

– Il le faudra bien, chuchota-t-elle. Entrez, monsieur Tillottson, fit-elle en haussant la voix tandis que le Dr Natouche ouvrait la porte.

En un instant, la minuscule cabine s'emplit de géants. Le superintendant Tillottson et le Dr Natouche mesuraient tous deux plus d'un mètre quatre-vingts et avaient à peu près la même carrure. Troy entreprit de présenter ces mastodontes l'un à l'autre quand elle se rappela que cette pénible formalité avait déjà été accomplie par Hazel Rickerby-Carrick. Elle ne put s'empêcher de jeter un coup d'œil sur les grosses mains roses de M. Tillottson, à la peau légèrement ratatinée comme s'il venait de faire une lessive. Par bonheur, il s'abstint de lui tendre la main pour la gratifier, selon son habitude, d'une poignée cordiale.

– Le Dr Natouche s'est occupé de moi, dit-elle, vu que je me suis conduite en parfaite imbécile.

Voilà qui était très gentil, répondit M. Tillottson avec son affabilité à toute épreuve. Le Dr Natouche conseilla à Troy de ne pas s'inquiéter inutilement et sortit.

Repoussant la couverture rouge, Troy s'assit sur sa couchette, posa les pieds par terre et passa ses doigts dans ses cheveux courts.

– Alors, monsieur Tillottson, que dites-vous de ça ?

II

A l'exception de l'inspecteur Fox auquel elle vouait une profonde affection, Troy ne rencontrait pas souvent les collègues de son mari. Parfois, il arrivait à Alleyn d'inviter quelques-uns d'entre eux chez lui pour boire un verre, et, deux ou trois fois par an, les Alleyn organisaient des réceptions informelles au cours desquelles leur maison, tout comme la cabine de Troy, s'emplissait de colosses venus parler boutique.

Ces réunions avaient permis à Troy de définir certains traits particuliers aux officiers du Bureau d'investigation criminelle. Ces hommes-là travaillaient au jour le jour dans une atmosphère d'intense hostilité. Ils se disaient sans illusions et, à moins qu'un scepticisme profondément ancré ne comportât par définition une part d'illusion, elle avait tendance à leur donner raison. Quelques-uns parmi eux semblaient avoir conservé un fond de compassion : certains crimes les choquaient ou les mettaient en colère. Malgré leur désenchantement, ils se considéraient sincèrement comme des gardiens de la paix. D'aucuns rejetaient en bloc les théories de la psychiatrie moderne concernant le crime. D'autres se prenaient d'une affection sardonique pour les individus, hommes ou femmes, qu'ils pourchassaient et allaient jusqu'à lier avec eux un semblant d'amitié. Beaucoup, comme Fox, étaient d'un naturel bienveillant, et cependant, d'après Alleyn, s'ils se laissaient apitoyer, ils n'avaient plus qu'à changer de métier.

Il y avait très peu de véritables brutes parmi eux, même si la profession attirait forcément ce genre de tempéraments, que la discipline interne ne parvenait pas toujours à juguler.

A ce stade de ses réflexions, Troy se heurtait invariablement à l'idée que son mari n'entrait dans aucune des catégories en question. Et elle renonçait à généraliser.

Cette fois encore, elle essaya de situer le superintendant Tillottson, mais en vain.

Était-il dur ? Intelligent ? Impénétrable ? Et que pensait-il maintenant de cette croisière du *Zodiac* ? Si jamais il s'avisait à nouveau de passer les observations de Troy sous le rouleau compresseur de ses platitudes, elle serait bien tentée de le gifler.

– Que dites-vous de ça ? lui demanda-t-elle donc.

Et elle entendit son : « Eh bien, ma foi, madame Alleyn... » avant qu'il n'eût ouvert la bouche.

– Eh bien, ma foi, madame Alleyn, répliqua M. Tillottson.

Troy ne le laissa pas continuer.

– A-t-elle été assassinée ? Ou bien ne pourra-t-on le savoir qu'au moment de l'autopsie ?

– On le saura après l'enquête, reconnut-il prudemment. Pour l'instant, c'est difficile à dire, d'après... euh... d'après le...

– L'apparence extérieure du corps ?

– Tout juste, madame Alleyn.

– Savez-vous qu'hier soir le skipper a reçu un télégramme soi-disant de Miss Rickerby-Carrick ? De

Carlisle. Annonçant qu'elle était en route pour les Highlands.

– Oui, madame Alleyn. Nous sommes au courant.

– Et alors ?

– Ça pose un petit problème, énonça M. Tillottson.

– Vous croyez ? rétorqua Troy avec sentiment.

Et, indiquant le tabouret :

– Asseyez-vous, monsieur Tillottson.

Il la remercia et prit place sur le tabouret qu'il fit disparaître complètement.

– Vous voulez sans doute entendre ma déposition ? reprit-elle.

– Je vois que vous connaissez la routine sur le bout du doigt, se risqua-t-il à plaisanter. Eh bien, oui, une petite déposition, si vous n'y voyez pas d'inconvénient. Puisque, pour ainsi dire, vous avez...

– Découvert le corps ?

– Exactement.

– J'étais sur le pont, à bâbord, déclara Troy rapidement, et je regardais l'eau. Nous devions être à deux encablures du barrage de Ramsdyke. J'ai vu... son visage à travers l'écume. Au début, j'ai cru... j'ai cru...

– Pour sûr, ça a dû être très déplaisant.

Acquiescer à cette évidence eût été perdre la face devant M. Tillottson.

– J'ai cru que c'était autre chose : un effet d'optique. Puis la mousse s'est dispersée, et je l'ai vue. C'est tout. Je ne pense pas avoir crié. Tout à fait stupidement, je me suis évanouie. Monsieur Tillottson, enchaîna Troy précipitamment, nous savons qu'elle a quitté le *Zodiac* avant-hier à Crossdyke. Cette nuit-là, elle a dormi sur le pont.

– Ah oui ? répliqua-t-il aussitôt. Sur le pont ?

– Vous n'étiez pas au courant ?

– Je n'ai pas encore eu l'occasion, disons, de reconstituer le tableau dans son ensemble.

– Elle l'a dit au Dr Natouche. Elle souffrait d'insomnie. A mon avis, elle l'a fait, car nous avons trouvé un bout de tissu provenant de la reliure de son journal – je vous ai raconté comment il est tombé à l'eau – sur son matelas pneumatique.

– Ce qui ne signifie pas forcément qu'elle l'y a laissé pendant la nuit.

– Peut-être. Le morceau de tissu était tout décoloré. Le Dr Natouche a dû le garder.

– Ah bon ? Je me demande bien pourquoi.

– Parce que je le lui ai suggéré.

– Vous !

– Nous nous faisions du souci pour Miss Rickerby-Carrick. Vous le savez bien : je vous en ai parlé.

– En effet, répondit M. Tillottson, sur le qui-vive. Vous l'avez mentionné, madame Alleyn. Ouais.

– J'aimerais vous poser une question. Je n'ai aucun droit de vous harceler ainsi, mais j'espère que vous ne m'en voudrez pas trop.

– Bien sûr que non.

– Voilà : si l'on découvre qu'il s'agit d'un meurtre, vous n'allez pas envisager l'hypothèse d'une agression commise par des voyous, au moment où elle serait descendue à terre en pleine nuit ?

– Nous sommes ouverts à toute éventualité.

– Mais enfin, pas à celle-là ! Car si elle a été tuée par un inconnu, qui diable a envoyé le télégramme de Carlisle ?

– Nous devrions vous engager dans la police, plaisanta-t-il, mal à l'aise.

– Je sais que je suis casse-pieds.

– Pas du tout.

– Mais voyez-vous, ne put-elle s'empêcher d'ajouter, c'est à cause de toutes ces broutilles que je vous ai racontées au commissariat. Elles ne paraissent plus tout à fait aussi insignifiantes, n'est-ce pas ?

– Euh... non. Soyez certaine, madame, que nous ne négligerons aucun détail, aussi anodin soit-il.

– Une dernière chose, monsieur Tillottson. Avait-elle... avez-vous trouvé quelque chose autour de son cou ? Un cordon ou un ruban avec une espèce de sacoche, en peau de chamois, je crois ?

– Non, répliqua-t-il vivement. Rien de tel. Pourquoi, elle en avait une ?

– Oui. C'était – je sais, ça paraît invraisemblable, mais c'est elle-même qui me l'a dit – un bijou extrêmement précieux de Fabergé représentant les signes du zodiaque. Il avait été offert à son grand-père qui, croyez-le ou non, était le chirurgien du tsar de Russie. Elle m'a expliqué qu'elle ne l'enlevait jamais. Sauf peut-être quand elle...

Troy s'arrêta net.

– En a-t-elle parlé à quelqu'un d'autre ?

– A Miss Hewson, semble-t-il.

– Et voilà ! Ce que certaines femmes peuvent être stupides !

– Je sais.

– En tout cas, c'est très intéressant, madame Alleyn.

– Vous pensez au mobile.

– Il faut penser à tout, soupira-t-il. A tout.

– Vous avez sûrement regardé dans sa valise ?

« Quelle question idiote, se dit Troy. N'était-ce Rory, il m'aurait envoyée sur les roses depuis belle lurette. »

– C'est la procédure de routine, madame Alleyn, répondit-il.

– Vous n'étiez pas loin de ma cabine quand... quand vous avez pris la barque. Le hublot était ouvert. C'est comme ça que j'ai entendu parler de la valise.

Il jeta un coup d'œil vaguement irrité en direction du hublot.

– Il n'y avait rien dans la valise qui pouvait ressembler à l'objet en question.

Il se leva d'un air résolu.

– Vous comprendrez, madame Alleyn, qu'il nous faudra recueillir les dépositions écrites de toutes les personnes présentes à bord de ce bateau.

– Oui, bien entendu.

– Je leur ai suggéré de se réunir au salon pour un entretien préliminaire. Vous êtes-vous remise... ?

– Complètement, je vous remercie.

– Parfait. D'ici cinq minutes, alors ?

– Absolument.

Après qu'il fut sorti en refermant doucement la porte, Troy remit de l'ordre dans son apparence. Le visage qu'elle vit dans la glace était plutôt pâle, et ses mains tremblaient un peu, mais elle se sentait en forme. Elle redressa la couverture rouge et revint vers le lavabo. Le gobelet était à moitié rempli d'eau ; à côté de lui, il y avait deux comprimés.

Les tranquillisants, sans doute.

Miss Hewson ne renonçait pas facilement.

Jamais Troy ne s'était sentie aussi seule. Jamais elle n'avait souhaité aussi ardemment le retour de son mari.

A présent, elle savait avec certitude ce qui était arrivé à Hazel Rickerby-Carrick. Elle avait été assassinée, et son assassin se trouvait à bord du *Zodiac*.

« L'histoire pourrait s'arrêter là, se dit-elle. Elle a parlé à Miss Hewson du bijou. Miss Hewson en a parlé... il est possible que nous soyons tous au courant. Peut-être l'un de nous a-t-il tenté de voler le bijou pendant qu'elle dormait sur le pont. Elle se serait réveillée, aurait crié... et on l'aurait réduite au silence. Mais ensuite ? C'est là que l'affaire devient cauchemardesque... comment donc la pauvre Hazel s'est-elle retrouvée au barrage de Ramsdyke, à une douzaine de kilomètres en amont ? »

Elle se souvint que Miss Rickerby-Carrick avait reçu des tranquillisants de la part de Miss Hewson et que ceux-ci étaient inconnus du Dr Natouche.

Et si l'affaire ne s'arrêtait pas là ? Si elle s'étendait à l'instar d'une toile d'araignée, englobant Andropoulos et, au-delà d'Andropoulos, l'ombre de Foljambe, dit Jampot, le plus malin de tous ?

Était-ce trop extravagant de supposer que Jampot pouvait être à bord ? Si c'était le cas, Troy eût été bien en peine de mettre son nom sur un visage. Elle revit intérieurement tous ces personnages, aussi singuliers les uns que les autres... lunettes noires, oreille sourde, pied bot. « Si jamais c'est Caley, s'esclaffa-t-elle mentalement, ça voudra dire que j'ai reçu un baiser d'un triple assassin, et Rory sera bien obligé de s'en faire une raison. »

A cet instant, la clochette de Mme Tretheway qui servait à annoncer les repas tinta impérieusement. Troy ouvrit la porte et entendit la voix de Tillottson, suivie d'un remue-ménage, comme si quelqu'un venait d'arriver. Tandis qu'elle tendait l'oreille, la porte sur sa gauche livra passage à M. Lazenby. S'arrêtant sur le seuil, il lui fit face. Même de près, Troy ne pouvait pas voir ses yeux, ce qui conférait à son visage une expression sinistre, comme dans un film de Hitchcock.

– Ça va mieux ? s'enquit-il. J'allais justement demander de vos nouvelles. Je crains que vous ne soyez choquée et bouleversée. Comme nous tous, d'ailleurs. Pauvre femme ! Si simple, si bonne ! Difficile de croire qu'elle ne soit plus là.

– Moi, je ne trouve pas, riposta Troy sèchement.

Elle le vit pincer les lèvres. Il y eut du bruit sur le pont. Troy écouta un instant. Une nouvelle voix résonna, et son cœur se mit à battre la chamade.

– Si vous permettez à un pauvre pasteur de vous donner un conseil, madame Alleyn, dit M. Lazenby paraissant la scruter, je pense que vous feriez mieux de quitter le *Zodiac*. Vous avez subi un grand choc. Vous avez l'air...

La clochette sonna à nouveau. Il tourna brusquement la tête. Ses lunettes bougèrent. L'espace d'un éclair, Troy aperçut son orbite gauche derrière le verre fumé. Elle était vide.

Une voix grave leur parvint du haut de l'escalier.

Sans réfléchir, sans aucun effort conscient, elle se précipita sur le pont et dans les bras de son mari.

III

La situation était certainement extraordinaire. « Comme c'est extraordinaire », pensait Troy pendant qu'une vague d'exultation montait en elle, menaçant de balayer tout le reste.

Il y eut des explications à la cantonade, des présentations même, au bénéfice de tous ceux qui se trouvaient au salon ; puis Troy emmena Alleyn dans sa cabine. Elle se souvint plus tard qu'ils avaient croisé M. Lazenby dans la coursive.

A présent, ils étaient assis côte à côte sur sa couchette, et elle se dit qu'elle pourrait affronter désormais les pires calamités.

Il la prit dans ses bras et, jurant brièvement mais violemment, la couvrit de baisers hâtifs, qui la satisfirent pleinement. Ensuite, il déclara qu'ils n'allaient sûrement pas passer la journée ici, et l'invita à lui résumer rapidement la situation.

– Il paraît que ta vieille fille excentrique a été retrouvée dans le fleuve et que tu as été la première à l'apercevoir. D'après Tillottson, ça sentirait le roussi. Autrement, je ne sais rien en dehors de ce que tu m'as raconté dans tes lettres. Regarde-toi. Tu es blanche comme un linge, Troy chérie.

– N'oublie pas que c'est arrivé il y a deux heures à peine. Pas de panique. Rory, il y a tant à dire ; et moi qui suis censée me trouver là-haut, pour être cuisinée avec les autres...

– Qu'ils aillent au diable ! Non, attends une minute. Il vaut mieux que nous voyions Tillottson en pleine action. Mon apparition, par parenthèse, l'a mis dans tous ses états. Dis-moi en deux mots, alors : que s'est-il passé depuis que tu as posté ta dernière lettre à Tollardwark ?

Troy lui parla du journal tombé dans le fleuve, de la conduite de M. Lazenby, de la disparition de Hazel Rickerby-Carrick, de son sentiment de tension croissante et du « Constable » découvert par Miss Hewson.

– Il y a un tas d'autres détails qui m'ont paru louches, mais je viens de te donner les grandes lignes.

– Nous garderons le reste de la saga pour plus tard. Allez, viens, pour faire plaisir à M. Tillottson. Je me suis arrangé pour assister au spectacle.

En haut, les passagers étaient installés en demicercle sur la banquette du salon : les Hewson, M. Pollock, M. Lazenby, Caley Bard, et, un peu à l'écart comme toujours, le Dr Natouche. Les Tretheway étaient massés à côté du bar.

Le superintendant Tillottson, flanqué d'un brigadier en uniforme, trônait derrière une table en face d'eux.

Troy prit place à côté du Dr Natouche qui, tout comme Caley Bard, s'était levé à son arrivée. Alleyn resta à l'autre bout du salon. Le sourd grondement du barrage leur parvenait de l'extérieur, et des flocons de mousse détergente voletaient devant les fenêtres ouvertes.

De toute évidence, M. Tillottson était sur des charbons ardents. Il regarda Troy, se racla la gorge et, se retournant, salua Alleyn d'un grave hochement de tête. Son cou avait rougi ; il esquissa une moue pour bien montrer que tout ceci était, à ses yeux, d'une simplicité enfantine.

– Bon, eh bien, déclara-t-il, si vous n'y voyez pas d'objection, messieurs dames, nous allons faire une brève récapitulation. Je vais reprendre toutes les informations que nous avons recueillies sur cette pauvre demoiselle, et vous me corrigerez si je me trompe.

Le brigadier poussa son carnet vers lui. M. Tillottson chaussa une paire de lunettes et entreprit de résumer la situation en consultant ses notes de temps à autre.

Troy eut tôt fait de comprendre qu'il puisait ses

renseignements non seulement dans les révélations des passagers, mais aussi dans ce qu'elle-même lui avait raconté lors de ses trois visites à la police. Ce fut particulièrement net quand il aborda les circonstances de la disparition de Hazel Rickerby-Carrick. L'omniscience de M. Tillottson, sentit-elle, surprenait ses compagnons. Où, devaient-ils se demander, avait-il trouvé le temps de s'informer aussi soigneusement ? Ou allaient-ils l'attribuer aux méthodes expéditives de la police locale ?

Elle jeta un coup d'œil en direction d'Alleyn et le vit hausser un sourcil.

M. Tillottson finit par se rendre compte de sa bévue. Son résumé devint plus brouillon et s'acheva en queue de poisson.

– Voilà, messieurs dames. Puisque nous sommes d'accord sur les faits, je ne vous dérangerai pas davantage. J'espère cependant que vous terminerez tous cette croisière comme prévu. Le bateau s'amarrera pour la nuit à proximité de l'écluse de Ramsdyke et arrivera à Norminster à 11 heures demain matin. Je vous demanderai de rester sur place, car l'enquête aura certainement lieu le lendemain. A Norminster. Et, si jamais il y a des problèmes d'hébergement, nous vous aiderons à les régler.

Les Hewson se mirent aussitôt à protester avec véhémence, affirmant qu'ils avaient un programme chargé et qu'ils devaient partir le lendemain soir pour Perth, en Écosse.

Avec un peu de chance, remarqua Caley Bard, ils y rencontreraient Mavis. Tout le monde, sauf Troy et le Dr Natouche, prit un air choqué. Si c'était ça, l'humour britannique, déclara Miss Hewson, elle ne l'appréciait guère, et M. Hewson ajouta qu'il n'y avait vraiment pas de quoi se taper sur les cuisses.

Puisque leurs témoignages concordaient, dit M. Lazenby, ne pouvaient-ils pas se faire représenter à l'enquête par un porte-parole ? Manifestement, il n'avait pas l'intention de se proposer pour ce rôle. Il avait des rendez-vous importants avec des hauts dignitaires de l'Église à Londres et ne voulait surtout pas les manquer. Drapé dans sa dignité, il évoqua l'attitude réactionnaire de la police anglaise. Et donna entièrement raison aux Hewson.

C'était certes extrêmement fâcheux, commenta Caley Bard, mais comme on ne repêchait pas un cadavre tous les jours, il se soumettait volontiers au règlement. A la fin de son intervention, sa cote de popularité avait chuté de plusieurs points.

M. Pollock se mit à geindre. Pourquoi, nom d'un chien, ne pouvaient-ils signer une déposition commune et ensuite mettre les bouts, passez-moi l'expression ?

Tout le monde excepté Caley Bard, Troy et Alleyn parut scandalisé, et M. Lazenby protesta.

Puisque, par la route, son cabinet était situé à une distance raisonnable de Norminster, était-il possible, s'enquit le Dr Natouche, de recevoir sa convocation là-bas ? Dans la mesure où il avait effectué l'examen préliminaire, il était parfaitement conscient qu'il serait appelé à la barre des témoins.

M. Tillottson regarda Alleyn et répondit qu'à son avis, cela ne posait aucun problème.

Sur ce, il demanda à voir les passeports des Hewson et de M. Lazenby. Ce dernier en profita pour se plaindre de l'accueil réservé par les douanes britanniques aux ressortissants australiens. M. Tillottson promit de leur rendre les passeports et fit un mouvement comme pour se lever.

A cet instant, M. Lazenby lança subitement :

– Il y a une chose qui m'intrigue.

« Nous y voilà », pensa Troy.

– J'aimerais savoir, reprit-il, semblant regarder dans sa direction, d'où la police tient toutes ces informations. Comment le superintendant s'est-il arrangé pour mener les investigations nécessaires ? Car, pour autant que je sache, entre le moment de son arrivée et maintenant, le superintendant est resté dans la barque ou sur ce bateau. Si vous n'y voyez pas d'inconvénient, monsieur le superintendant, je pense que ça nécessite une explication. Juste pour avoir les idées claires.

– Pardi, vous avez raison, vieux ! s'exclama M. Pollock.

Les Hewson approuvèrent en chœur, et tout le monde dévisagea Troy.

M. Tillottson se ressaisit presque instantanément. Regardant droit devant lui, il déclara qu'il avait appris par hasard le départ de Miss Rickerby-Carrick, et que la chose lui avait paru suffisamment bizarre pour qu'il ordonnât une enquête de routine.

Et qui donc, insista M. Lazenby, lui avait fourni cette information ?

– C'est moi.

Troy entendit le son de sa propre voix comme s'il venait d'ailleurs.

– Tout le monde sait que je suis passée au poste de police à Tollardwark. Il se trouve que j'ai mentionné dans la conversation le départ inopiné de Miss Rickerby-Carrick.

– C'est exact, dit M. Tillottson.

– J'imagine, fit Caley Bard, courroucé, que vous n'avez rien à redire à cette explication parfaitement rationnelle, monsieur Lazenby.

– Bien sûr que non. Absolument pas. On aime bien se tenir au courant, voilà tout.

– Et maintenant qu'on est au courant, on est prié de la fermer.

– Ce n'est pas la peine de le prendre sur ce ton, répliqua M. Pollock. Nous ne voulons viser personne.

– Alors que voulez-vous, bon sang ?

– Gentlemen ! cria M. Tillottson.

Ils se turent.

– Nous allons rédiger une déposition que nous

vous demanderons de lire et de signer. Une dernière remarque, messieurs dames. Comme vous le savez déjà, le superintendant Alleyn du Bureau d'investigation criminelle se trouve parmi nous. M. Alleyn est là pour une raison officieuse...

M. Tillottson inclina la tête à l'intention de Troy.

– ... mais je n'ai pas besoin de lui dire que nous serions heureux de pouvoir compter sur son aide afin de résoudre cette affaire que tout le monde voudrait tirer au clair, à la satisfaction générale.

S'étant égaré dans un dédale de généralités, M. Tillottson proposa aux uns et aux autres de profiter de cette fin d'après-midi pour aller prendre l'air. Les passagers saisirent l'allusion et quittèrent le salon. Après avoir échangé un regard avec Alleyn, Troy les suivit sur le pont. Le Dr Natouche, nota-t-elle, était resté en bas.

Elle eut l'impression que les Hewson, M. Lazenby et M. Pollock hésitaient quant à l'attitude à adopter à son égard. Après un silence bref et tendu, M. Lazenby trancha la question en s'approchant d'elle avec son plus beau sourire.

– Alors, heureuse, madame Alleyn? susurra-t-il. Ça ne m'étonne pas. Sans vouloir manquer de charité, j'avoue que nous nous réjouissons tous de l'arrivée de votre époux. Vraiment, ajouta M. Lazenby en semblant regarder autour de lui, on dirait presque qu'il nous a été envoyé.

A partir de cet instant, et malgré l'évêque de Norminster, Troy soupçonna M. Lazenby de ne pas faire partie du clergé.

Ce fut comme s'il avait sonné le rappel en faveur de Troy. Miss Hewson observa qu'elle n'y connaissait rien, mais que plus tôt Alleyn se chargerait des investigations, mieux cela vaudrait. M. Pollock s'empressa d'acquiescer.

Caley Bard contemplait la scène avec une jubilation à peine voilée.

– Nous ne savons pas encore, dit-il en s'approchant de Troy, si l'illustre époux va réellement intervenir.

– Moi, en tout cas, je l'ignore totalement, répondit-elle. D'habitude, ils attendent qu'on fasse appel à eux. Ils n'interviennent pas comme ça, simplement parce qu'ils passaient par là.

– Vous êtes ravie de le voir, je présume.

– Évidemment !

– Cet individu monumental a évoqué la possibilité d'une collaboration, non ?

– Eh bien, oui. Mais ils devront s'arranger avec le siège.

– Tiens, fit-il. Nous allons passer l'écluse.

– Dieu soit loué ! s'exclama Troy.

Ce serait un soulagement, un grand soulagement, de quitter cette zone polluée. Depuis qu'elle était remontée sur le pont, Troy avait été incapable de regarder le Fleuve.

Ils entrèrent dans les eaux sombres et limpides. Les vannes se refermèrent, et ils commencèrent leur lente ascension. Troy alla se poster à la poupe du *Zodiac*, où Caley Bard la rejoignit.

– Je ne sais pas si vous l'avez remarqué, dit-il, mais tout le monde évite de mentionner l'implication qui s'impose.

– L'implication ?

– Enfin... la question, si vous préférez. Nous nous demandons tous, n'est-ce pas, si la bouillante Hay a été trucidée ?

– Sans doute, oui, répliqua Troy après une pause.

– Mais bien sûr. Il faudrait être attardé mental pour ne pas se poser cette question. Ça vous ennuie d'en parler ?

– Je crois qu'il est encore pire de ne pas en parler.

– Entièrement d'accord. Avez-vous entendu ce qu'ils ont trouvé ?

– Dans le Fleuve ?

– Oui.

– J'ai effectivement entendu pas mal de choses. De ma cabine.

– Moi, j'étais sur le pont. J'ai tout vu.

– Quelle horreur ! dit Troy.

A cet instant, son attention fut attirée par une paire de gros souliers bien brillants et un pantalon gris acier sur la digue au-dessus d'eux. Ils lui parurent familiers. Renversant la tête, elle aperçut en perspective l'ourlet d'un veston, une bedaine naissante, un menton massif, deux narines et le bord d'un chapeau.

Tandis que le *Zodiac* continuait à s'élever doucement, tous ces détails finirent par former un tout indissociable.

« Voilà qui règle le problème, se dit Troy. C'était bien un meurtre. »

Et, lorsqu'elle se trouva suffisamment à la hauteur pour éviter d'absurdes contorsions, elle lança à l'adresse du nouvel arrivant :

– Bonjour, compère Fox !

IV

– Il est arrivé la chose suivante, expliqua Fox. Tillottson a fait appel à nous. Il a téléphoné au Bureau quand on a découvert le corps. Et le patron a décidé que, puisque vous suiviez l'affaire Jampot depuis le début, le plus logique était de vous confier les opérations. Comme ça, sans plus de cérémonies. Quant à moi, on m'a parachuté ici par avion pour vous assister et vous informer du résultat de mes recherches. Autrement dit, pour vous raconter comment cet oiseau m'a mené par le bout du nez.

– Mais qui dit qu'il s'agit de l'affaire Jampot ? le coupa Alleyn.

– Le patron considère cette histoire comme une piste pouvant mener à Foljambe. Compte tenu de l'épisode Andropoulos. Moi, ces théories ne m'emballent pas beaucoup, ajouta Fox avec chaleur, vu que j'ai suivi comme une andouille une piste bidon jusqu'à Paris. Mais, enfin, je suppose que nous devons envisager toutes les possibilités.

– Tout à fait d'accord, et c'est justement ce que je ne peux pas faire, vu les circonstances. Réfléchissez deux minutes, Fox : Troy fait partie des gens qui entrent dans le champ des investigations !

– D'après le patron, il serait plus agréable pour vous d'être ici avec elle.

– Que le diable l'emporte ! Quoi ! Moi, cuisiner ma femme ? Employer la manière forte si jamais elle ne répond pas à toutes les questions ? *Plus agréable !*

– Admettons que vous refusiez de vous charger de l'affaire, monsieur Alleyn. Que va-t-il arriver ? Quelqu'un d'autre viendra du Yard, et vous lui remettrez le dossier. Mais il ne saura pas où se mettre, celui-là ! Là-dessus, vous repartez et laissez ici Mme Alleyn se débrouiller avec la police du mieux qu'elle peut.

– C'est grotesque, vous le savez parfaitement.

– Donc, la seconde solution ne vous convient pas non plus.

– Si c'est ainsi que vous voyez les choses, il ne me reste plus qu'à prendre une retraite anticipée, et tant pis pour les indemnités.

– Allons, allons !

– Bon, bon, très bien. Je suis totalement irrationnel sur ce chapitre, et ce n'est pas nouveau.

Fox contempla placidement son supérieur.

– Je comprends que ce soit gênant, fit-il. Ce n'est pas ce que nous aurions choisi. Mais à mon avis, ce ne sera pas aussi dramatique. C'est seulement jusqu'à l'enquête.

– Et quelle est, en attendant, la suite des opérations ? Nous leur avons demandé de rester ce soir sur ce satané bateau. L'un d'eux est certainement l'assassin de la Rickerby-Carrick et sans doute l'un des plus grands criminels de part et d'autre de l'Atlantique. Je ne peux pas éloigner ma femme et ordonner aux autres de rester !

– Ce serait délicat, répliqua Fox, mais pas impossible.

Ils se turent comme des gens parvenus à une impasse dans une conversation, et regardèrent distraitement autour d'eux. Une alouette chanta. Une brise légère ployait les hautes herbes, et, dans l'excavation au-dessous de la cuvette de Wapentake, le sable et le gravier bruissaient en dévalant le talus.

– Cet endroit est dangereux, observa Fox vaguement. Des gosses peuvent venir jouer ici. Si jamais ils touchent à cette installation, n'importe quoi pourrait arriver.

Il se leva pour se dégourdir les jambes et contempla le Fleuve, voilé par une brume montante.

Le *Zodiac* s'était amarré pour la nuit à quelque distance de l'écluse de Ramsdyke. Les passagers étaient en train de dîner. On avait rajouté une table pour M. Tillottson et son brigadier. Après avoir passé quelques instants avec Troy, Alleyn lui avait suggéré de les rejoindre, si l'occasion s'en présentait. Si toutefois elle ne pouvait pas s'éclipser sans attirer l'attention générale, elle devait se retirer dans sa cabine et verrouiller la porte. Il viendrait la voir plus tard, et elle ne devait ouvrir à personne d'autre.

– Mais naturellement, avait répondu Troy.

Il avait rétorqué qu'elle savait diantrement bien ce qu'il voulait dire, et tous les deux avaient éclaté d'un rire parfaitement déplacé. Puis Alleyn et Fox avaient marché jusqu'à la cuvette de Wapentake, où ils purent enfin discuter sans avoir à baisser la voix.

– Il y a, évidemment, une cabine disponible, remarqua Alleyn. L'un de nous pourrait y passer la nuit, par mesure de sécurité.

– Il vaut mieux que ce soit vous, si ça ne vous

dérange pas. J'ai déjà déposé mes affaires aux *Armes de Ramsdyke*.

– Tillottson a eu la présence d'esprit de fermer cette cabine à clé. Elle est remplie de bric-à-brac, paraît-il. Regardez qui est là.

C'était Troy, qui se dirigeait vers la prairie. « Je me demande, pensa Alleyn, s'il arrive souvent au cœur d'un homme de bondir ainsi à la vue inattendue de sa femme. »

– Je vais faire un saut à l'auberge, dit Fox, pour m'installer et vous rapporter votre mallette, ainsi qu'un casse-croûte. Voulez-vous que j'appelle le Yard pour qu'ils nous envoient les garçons ?

– Entendu. Merci, compère Fox.

« Les garçons », c'étaient les brigadiers Bailey et Thompson, le spécialiste en empreintes digitales et le photographe qui travaillaient normalement avec Alleyn.

– Il nous faut une patrouille, dit Alleyn, pour inspecter la berge depuis l'écluse de Tollard jusqu'à l'endroit où on l'a retrouvée. On devra également ratisser, sans doute en vain, le chemin de halage et ses environs. Occupez-vous-en, Fox. Prenez le brigadier avec vous. Insistez surtout sur le mouillage de Crossdyke et les abords du barrage de Ramsdyke.

– Bon, eh bien, j'y vais.

Fox gravit la pente à la rencontre de Troy. Fidèle à lui-même, il offrait un spectacle saugrenu dans ce paysage resté médiéval. Ils se croisèrent, échangèrent quelques mots, puis Fox s'éloigna.

Alleyn regarda Troy descendre le talus.

– Ils sont tous à terre, déclara-t-elle. Pour parler de moi, je suppose. Sauf le Dr Natouche qui est en train de mettre la dernière main à sa carte. Ils sont assis en rond à mi-distance du paysage qui a inspiré ma remarque à propos de Constable. Tu dois sûrement t'atteler à la routine, n'est-ce pas ? Qu'ai-je omis de te dire que tu aurais besoin de savoir ?

Veux-tu que je te mette au parfum, comme dirait Miss Hewson, concernant certains détails ?

– Oui, ma chérie, mets-moi au parfum. Je vais te poser des questions, d'accord ? Ça ne prendra pas trop de temps. Et tu rajouteras, au fur et à mesure, tout ce qui te paraît pertinent. On y va ?

– Allons-y, acquiesça Troy.

Progressivement, ses réponses devinrent de plus en plus saccadées, et son visage, de plus en plus pâle. Alleyn l'observait avec une attention qu'elle redoutait et aimait à la fois. Elle répondit à sa dernière question et déclara d'une voix qu'elle trouva elle-même suraiguë :

– Voilà. Maintenant tu en sais autant que moi. Ça te va ?

– Qu'y a-t-il ? demanda-t-il. Raconte-moi.

– Elle a gratté à ma porte. Et quand j'ai ouvert, elle était partie. Elle voulait me parler, et j'ai laissé M. Lazenby venir à ma rescousse parce que j'avais une migraine et qu'elle était tellement casse-pieds ! Elle était malheureuse. Qui sait comment ça se serait terminé si elle s'était confiée à moi ? Qui peut le dire ?

– Moi. Je ne pense pas, je te le promets, que ça aurait modifié d'une façon quelconque le sort qui l'attendait. Et je te promets également, s'il en est autrement, de t'en informer.

– Je ne me le pardonnerai pas.

– Oh, mais si. Ne doit-on jamais fuir une enquiquineuse de peur qu'elle ne se fasse assassiner ?

– Oh, Rory !

– D'accord, ma chérie. Je sais. Et je vais te dire une chose... je suis bigrement content que tu aies eu cette migraine et qu'elle n'ait pas pu te parler. Là, ça va mieux ?

– Un peu.

– Bien. Une dernière question. Cette brocante à Tollardwark, où tu as croisé les Hewson. As-tu remarqué le nom de la rue ?

– Je crois que c'était Ferry Lane.
– Tu ne connaîtrais pas le nom de la boutique ?
– Non, hésita Troy. Il faisait trop noir. Je ne crois pas l'avoir vu. Quoique... attends... si : sur une petite enseigne, toute délabrée, à la lumière de la lampe du Dr Natouche. « Jno. Bagg : négociant. »
– Parfait. Est-ce là qu'ils ont découvert leur trésor ?
– Oui. Ils y sont retournés hier. De Longminster.
– A ton avis, pourrait-il s'agir d'un Constable ?
– Aucune idée. Ça lui ressemble en tout cas, et c'est extrêmement bien peint.
– Comment les autres ont-ils réagi à cette découverte ?
– Les Hewson vont la montrer à un expert. Si c'est un original, ils vont revenir pour écumer la région. J'ai eu l'impression que Lazenby caressait le même projet.
– Toi, tu doutes qu'il soit pasteur ?
– Oui. Je ne sais pas pourquoi.
– Il n'a pas d'œil gauche ?
– Je l'ai entr'aperçu seulement, mais c'est ce qu'il m'a semblé, oui. Rory... ?
– Oui ?
– L'homme qui a tué Andropoulos... Foljambe... Jampot... Sais-tu à quoi il ressemble ?
– Pas vraiment. Nous avons bien une photo de lui, mais là-dessus, il a une barbe à faire pâlir le père Noël, et ses cheveux, qui ont l'air plutôt blonds, lui cachent les oreilles. Elle a été prise il y a deux ans, et ce n'est pas un compliment pour le photographe bolivien. Nous avons appris indirectement qu'il avait été blessé après son évasion et qu'il s'était tenu coi pendant un certain temps. Selon certains, la blessure en question était faciale ; selon d'autres, non. Il y a eu une troisième rumeur, née dans le Sud, d'après laquelle il aurait subi une opération pour modifier son apparence, mais aucune de

ces histoires n'était réellement fiable. Nous pensons qu'il pourrait s'agir d'une quelconque anomalie physique.

– Rory, je t'en prie, réponds-moi. Crois-tu qu'il se trouve à bord ?

Et, comme Alleyn ne protesta pas tout de suite, elle ajouta :

– Tu le penses, n'est-ce pas ? Pourquoi ?

– Avant d'arriver ici, j'aurais dit qu'il n'y avait aucune raison sérieuse de le supposer. Compte tenu du contexte général et de tes lettres. Maintenant, j'en suis moins sûr.

– C'est parce que... as-tu vu... ?

– Le corps ? Oui, c'est en grande partie à cause de ça.

– Alors... comment... ?

– Il faudra attendre l'autopsie. Ça m'étonnerait qu'il y soit question de noyade, Troy. Je pense qu'elle a été tuée précisément de la même manière qu'Andropoulos. Par Jampot.

7.

LA ROUTINE

– Ainsi donc, dit Alleyn, nous nous sommes attelés au travail de routine. Tillottson manquait de personnel, comme d'habitude, mais il a pu nous prêter une demi-douzaine de ses hommes. Lui et le superintendant de Longminster, M. Bonney, ont fait leur possible pour nous aider. Mais une fois que nous avons flairé la trace de Jampot, c'est devenu essentiellement notre affaire, en collaboration avec nos collègues européens et américains.

« Nous avons aussitôt contacté Interpol et les pays concernés, mais, malgré leur bonne volonté, ils ne nous ont pas été d'une grande utilité. Au cours de sa déplorable carrière, Jampot n'avait commis qu'un seul impair, et ce, d'après nos sources, parce que l'un de ses associés de la filière bolivienne l'avait balancé. L'associé en question a été retrouvé mort, assassiné d'une violente pression sur les carotides, méthode que Foljambe a ensuite employée à Paris et, plus tard, avec l'infortuné Andropoulos. Mais pour des raisons que la police bolivienne préfère passer sous silence, Jampot a été poursuivi non pas pour meurtre, mais pour contrebande. La corruption est un mot qu'on n'est pas censé utiliser vis-à-vis des confrères qui luttent contre le crime organisé.

« Notons au passage que, contrairement aux autres gros caïds qui entretiennent toute une équipe de tueurs à gages, Jampot est plutôt adepte du “ faites-le vous-même ” ; en cela aussi, il se distingue de ses pairs.

« Outre le travail de routine sur le terrain, je voulais commencer par trier les informations fournies par ma femme pour garder celles qui nous intéressaient directement. Je vous propose donc de vous livrer au même exercice.

On vit presque une oreille se dresser au deuxième rang.

– On n'a rien trouvé sur le pont, reprit Alleyn. Son matelas avait été dégonflé et rangé, ses couvertures aussi, et le pont avait subi le nettoyage quotidien.

« Ce sont le chemin de halage et le terrain avoisinant qui nous ont procuré le plus de données. A Crossdyke, et n'oubliez pas que la victime avait disparu lors de l'escale nocturne à Crossdyke, M. Fox et son équipe ont découvert sur la berge un certain nombre de marques laissées soit par des talons de femme, soit par des bottes cloutées en vogue à Carnaby Street. Ces marques se chevauchaient : leur configuration laissait entendre que l'individu en question avait effectué le trajet de l'aller sans effort, et celui du retour, chargé d'un fardeau encombrant. Voici un agrandissement des clichés pris par le brigadier Thompson.

« Ou bien quelqu'un avait tenté d'effacer ces traces, ou bien on avait traîné un objet lourd par-dessus.

« Le sentier goudronné qui conduisait du chemin de halage vers la route n'a fourni aucun indice. M. Fox, qui doit être le limier le plus méticuleux du Yard, a examiné la route de très près. Voici quelques photos agrandies de ses trouvailles. Des empreintes de pieds. Une tache d'huile sur le bas-côté, sous une haie, non loin de l'endroit où était amarré le *Zodiac*. A en juger par des traces de pneus, une moto avait stationné là pendant quelque temps. Il a découvert des traces identiques sur la route au-dessus de Ramsdyke. A Crossdyke, sur une aubépine – regardez ce gros plan –, il a trouvé un fragment de tissu bleu foncé, correspondant en couleur et en texture au pyjama porté par la défunte.

« Bien. Une question se pose à ce stade : si cette femme est passée par là, était-elle à ce moment vivante ou morte ? Oui, Carmichael ?

Le garçon du deuxième rang lissa sa tignasse fauve.

– Il ressort des traces, des marques sur la berge et sur le bas-côté, et du bout de tissu, que la dame, pour le moins inconsciente, a été transportée du bateau jusqu'à la moto. Je ne me risquerai pas plus loin, monsieur.

Un vent d'irritation sembla souffler sur la classe.

– Grosso modo, répondit Alleyn, vous avez raison. Pour en revenir à notre histoire...

I

Alleyn et Troy regagnèrent le *Zodiac* ensemble. Ils trouvèrent le Dr Natouche en train de lire sur le pont, et les autres passagers, assis en cercle à flanc de coteau au-dessus du gué.

Natouche leva brièvement les yeux sur Troy. Elle s'approcha de lui, et il se mit debout.

– Rory, dit Troy, tu ne sais pas encore combien le Dr Natouche a été bon pour moi. Il m'a offert un excellent déjeuner à Longminster et a veillé sur moi quand j'ai tourné de l'œil cet après-midi.

– Nous avons de la chance, de tous les points de vue, fit Alleyn, de vous avoir à bord.

– Tout le plaisir est pour moi, répliqua le Dr Natouche en s'inclinant légèrement.

– J'ai parlé à mon mari de vos appréhensions après la disparition de Miss Rickerby-Carrick, et de la discussion que nous avons eue à ce sujet.

– Ce n'était pas, bien sûr, parce que je craignais qu'elle puisse être victime d'une agression. Il n'y avait nulle raison de redouter cela. C'était parce que je l'avais trouvée perturbée.

– Au point d'être capable de recourir à une solution extrême ? demanda Alleyn.

Le Dr Natouche croisa les bras.

– Non, répondit-il, pas spécialement. Mais à mon avis, elle était dans un état de grande confusion, qui n'est pas incompatible avec les pulsions suicidaires.

– Oui, je vois, opina Alleyn. Ah, mes aïeux !

– Quelque chose ne va pas, monsieur Alleyn ?

– Non, non. Simplement, je vous entends déjà donner cette opinion à la barre des témoins.

– Au bénéfice de la défense ? s'enquit-il calmement.

– Oui.

– Ma foi, une contre-expertise sera sans doute nécessaire. Pendant que nous y sommes, puis-je vous donner une autre de mes opinions ? Je pense que votre femme ferait mieux de quitter le *Zodiac*. Elle a eu un choc très déplaisant, elle est sujette aux migraines, et la perspective de rester sur le bateau ne doit guère lui sourire.

– Pas du tout, fit Troy. Plus maintenant.

– Vous voulez dire, maintenant que votre mari est là ? Certainement. Mais je crois qu'il sera très occupé. Pardonnez mon insistance, mais... pourquoi ne pas louer une chambre à l'auberge de Ramsdyke ? Ou même à Norminster ? Ce n'est pas très loin d'ici.

– Je partage entièrement votre point de vue, dit Alleyn, mais ça pose quelques problèmes. Si ma femme est autorisée à partir...

– Certains d'entre nous pourraient vouloir en faire autant ? Avec votre permission, je suggère qu'elle parte immédiatement ; je dirai que j'ai insisté là-dessus en ma qualité de médecin.

– Rory... serait-ce plus simple ? Oui, n'est-ce pas ? Pour toi ? Pour nous deux ?

– En effet, ma chérie.

– Eh bien, alors ?

Elle vit Alleyn jeter un regard extrêmement circonspect sur le Dr Natouche, qui sembla ne s'apercevoir de rien.

– Vous avez raison, déclara Alleyn. J'avais un avis partagé sur la question, mais je pense que vous avez raison. Combien y a-t-il d'ici à Norminster par la route ?

– Dix kilomètres, à deux cents mètres près.

– Quelle précision !

– Le Dr Natouche dessine des cartes, dit Troy. Il faut que tu voies ce qu'il fait.

– J'en serais ravi, acquiesça Alleyn poliment. Où étais-tu descendue à Norminster, Troy ? Au *Percy*, n'est-ce pas ?

– Oui.

– Ça ira ?

– Parfaitement.

– Je vais leur téléphoner de chez l'éclusier. S'ils ont une chambre, j'appellerai un taxi. Nous obéirons aux ordres du docteur.

– D'accord. Mais...

– Quoi ?

– J'aurai l'impression de me défiler. Et je ne serai pas la seule.

– Tant pis.

– D'accord.

– Veux-tu aller faire ta valise ?

– Oui, d'accord.

Décidément, songea Troy, elle n'avait que ce mot à la bouche !

Elle descendit dans sa cabine.

– J'espère que ma suggestion ne vous a pas contrarié, dit Natouche. Votre femme possède une étonnante maîtrise d'elle-même, mais je crois vraiment qu'elle est à bout. Je dois ajouter que si elle restait, certains passagers lui rendraient la vie difficile.

– Ah bon ?

– A mon avis, l'histoire de la fourrure égarée ne les a pas totalement convaincus.

– Ils n'ont pas tout à fait tort, répondit Alleyn avec une pointe d'ironie. Dites-moi, Troy m'a raconté que vous aviez trouvé un morceau de tissu sur le pont.

– Effectivement. Vous voulez le voir ? Il est ici.

Natouche sortit son agenda et prit une enveloppe à l'intérieur.

– Désirez-vous que je vous montre où c'était ? demanda-t-il.

– S'il vous plaît.

Ils se rendirent à la poupe du bateau.

– Miss Rickerby-Carrick a dû emporter son journal quand elle est venue dormir ici, expliqua Natouche, et ce morceau s'est détaché de la reliure. Votre femme m'a conseillé de le garder.

– Oui, elle me l'a dit. Merci. Il faut que je retourne à ma vile besogne. Je vous suis très reconnaissant, docteur Natouche, de vous être occupé de Troy.

– Mais je vous en prie ! J'ai été honoré de la voir m'accorder un peu de sa confiance. Je crois, ajouta-t-il, que je vais aller faire un tour dans la cuvette de Wapentake. Si vous voulez bien m'excuser.

Alleyn le regarda descendre avec aisance sur la rive herbeuse, notant la parfaite coordination de ses mouvements et l'impression d'une force peu commune qui se dégageait de sa personne. Soudain, une idée saugrenue lui traversa l'esprit. « Et si, pensa-t-il, il allait poursuivre tout simplement son chemin ? S'il devenait un Éthiopien en pull jaune canari, traversant un paysage historique pour quitter à grandes enjambées notre champ d'investigation ? Enfin, du moins, il ne passera pas inaperçu. »

Sur ce, Alleyn s'en fut téléphoner à l'hôtel *Percy* à Norminster et, après avoir réservé une chambre, il appela un taxi pour Troy. A son retour sur le *Zodiac*, il trouva le bateau désert, à l'exception de Troy qui avait fait ses bagages et qui l'attendait dans sa cabine.

Une demi-heure plus tard, il la mettait dans le taxi. Ses compagnons de voyage, à l'exception du Dr Natouche, étaient attablés à la terrasse d'un pub. Les Hewson, M. Pollock et M. Lazenby semblaient tenir un conciliabule. Caley Bard, tristement affalé sur sa chaise, contemplait sa chope de bière.

Troy demanda au chauffeur de s'arrêter et descendit. A son approche, les hommes se levèrent : Caley Bard, instantanément, les autres plutôt à contrecœur.

– On m'a priée de débarrasser le plancher, dit Troy. Rory considère que je vais gêner leur travail. Je m'en vais donc à Norminster.

Personne ne parla.

– J'aurais préféré rester, ajouta-t-elle, mais je les comprends, et j'espère sincèrement que vous comprendrez aussi. Les épouses ne sont pas censées mettre leur grain de sel dans une enquête de police.

Caley Bard la prit par les épaules et la secoua légèrement.

– Mais bien évidemment, rétorqua-t-il. Ne faites pas la gourde. Filez à Norminster, et bon débarras.

– Trop aimable, fit Troy.

– C'était ce que je vous avais conseillé, madame Alleyn, dit M. Lazenby. Souvenez-vous.

– En effet, opina Troy.

– C'était pour votre bien, vous savez. Pour votre bien.

– Quelle qu'en soit l'explication, vous aviez raison.

Pollock glissa quelque chose à M. Hewson, qui répondit par un sourire ironique, plus déplaisant aux yeux de Troy qu'une insulte proférée à haute voix. Miss Hewson rit.

– Eh bien, dit Troy, nous nous reverrons sûrement à l'enquête. Je voulais seulement vous expliquer. Au revoir.

Elle retourna vers le taxi. Caley Bard la rattrapa.

– Je ne sais pas si votre homme considère qu'il s'agit d'une affaire de meurtre, mais croyez-moi, je réglerais volontiers leur compte à cette bande d'abrutis. Pour l'amour du ciel, n'y pensez plus. Ils n'en valent pas la peine.

– Absolument, répliqua Troy. Au revoir.

La voiture gravit la pente. Au sommet, ils trouvèrent un policier posté à l'entrée de la grand-route. Troy regarda en arrière. Elle vit le Fleuve et le *Zodiac* amarré à la berge. Fox était descendu du barrage, et Alleyn et Tillottson l'avaient rejoint. Ils semblaient examiner un objet que Fox avait à la main. Comme s'il avait senti le regard de Troy, Alleyn leva la tête, et ils échangèrent un signe par-dessus le paysage à la Constable.

Plus loin, au-dessus du Fleuve, une silhouette noire en pull jaune trônait, telle une divinité solitaire, dans la cuvette de Wapentake.

Il allait faire sombre bientôt, et les passagers regagneraient le bateau. Pour la dernière fois, ils dormiraient à bord. Le Fleuve, les arbres, les prés se peupleraient de bruissements, de parfums nocturnes, et la campagne glisserait paisiblement dans le sommeil. Le brouillard saisonnier que les habitants de la région avaient surnommé le Rampant s'était épaissi, et déjà le Fleuve ressemblait à un torrent d'eau bouillante serpentant à travers la vallée.

N'était-il pas étrange, pensa Troy tandis qu'ils s'éloignaient, qu'elle regrettât aussi vivement de quitter le Fleuve ? Son histoire pétrie de violence rendait presque ce tout dernier affront banal, voire inévitable. La pauvre Hazel Rickerby-Carrick, pensa-t-elle, avait rejoint le long cortège de visages noyés, de membres contorsionnés : Français et Plantagenêts, partisans des Lancastre et des York, perruques, boucles, crânes rasés, corps enflés et profanés. Ils avaient irrigué les champs et nourri le Fleuve. La terre les avait absorbés, et ils avaient peut-être contribué à l'enrichir.

« Je reviendrai », décida-t-elle. Elle, Alleyn, leur fils et sa petite amie pourraient louer une péniche et partir naviguer, non pas ici, entre Tollardwark et Ramsdyke, mais plus au sud ou à l'ouest, où l'eau était pure de tout détergent. Enfin, tout de même, c'était bizarre d'avoir ainsi envie de revenir...

II

Pendant que Fox et Tillottson examinaient les empreintes sur la rive de Crossdyke, Alleyn entreprit d'explorer la cabine de Miss Rickerby-Carrick.

Les passagers étaient toujours au pub. Quant au Dr Natouche, même s'il était revenu, il avait dû rester en haut. Les Tretheway s'étaient réunis en famille autour du bar. Dehors, le Rampant envahissait peu à peu le paysage crépusculaire, et des patrouilles de police surveillaient les sorties de Ramsdyke, ainsi que le chemin de halage.

Naturellement, la cabine avait été balayée, et la couchette, dépouillée de sa literie. Les Hewson s'en étaient servis pour entreposer non seulement leurs emplettes, mais aussi leur matériel de photo et quelques bagages.

Leurs appareils, découvrit Alleyn – ils en avaient trois –, étaient chargés de pellicules à moitié utilisées. C'étaient des modèles très coûteux : l'un d'eux était équipé d'un objectif extrêmement puissant, de ceux qu'emploient les géologues pour photographier la surface des roches.

Leur butin récolté à Tollardwark était entassé par terre, essentiellement dans un carton de bière. Images et gravures avaient été à nouveau roulées, assez grossièrement, et attachées avec le vieux bout de ficelle.

La peinture représentant l'écluse de Ramsdyke reposait entre deux feuilles de papier journal dans une valise vide.

Alleyn la sortit et la posa sur la couchette.

Bien que Troy et Caley Bard eussent nettoyé la

toile avec beaucoup de soin, il restait un peu de crasse, mais qui, nota Alleyn, ne semblait pas s'être incrustée dans la peinture. Le tableau était lumineux et, ainsi que Troy l'avait fait remarquer, très bien peint. Sans être un expert en matière de contrefaçon, Alleyn savait que les faussaires utilisaient des procédés excessivement complexes et sophistiqués. Pour imiter notamment les peintres du XVIIe siècle, on utilisait des pigments spéciaux, le phénol-formaldéhyde, des huiles essentielles, la cuisson et les tableaux anciens grattés jusqu'à la couche d'apprêt. Des copies même médiocres avaient réussi à tromper les veuves et amis intimes des peintres célèbres, voire parfois certains spécialistes. Il avait entendu parler de « déchets d'atelier » : tous les croquis originaux, non signés, ne portaient pas forcément la griffe du maître. L'une des astuces classiques consistait à peindre par-dessus une œuvre ancienne. Seuls les rayons X permettaient de déceler la contrefaçon.

Le sujet du tableau se trouvait à l'extérieur, s'offrant à la comparaison : l'écluse, l'étang, le gué, le chemin sinueux et l'horizon brumeux. Cela tombait à pic, pensa Alleyn. Il ne restait plus qu'à comparer.

Ce fut alors qu'il fit une découverte intéressante.

Les arbres dans le tableau étaient situés au bon endroit. C'étaient des ormes, qui occupaient le second plan tout comme les vrais ormes dans le paysage à présent noyé d'ombre. Sans nul doute, le tableau représentait l'écluse de Ramsdyke.

Mais ce n'étaient pas exactement les mêmes ormes.

Les frondaisons, peintes avec toute la précision de l'école de Constable, étaient disposées différemment les unes par rapport aux autres. Cela signifiait-il qu'au moment où le tableau avait été peint, les arbres étaient plus petits ? Non, songea Alleyn, ce n'était pas ça. Les arbres peints étaient effectivement plus petits, mais leurs branches maîtresses partaient des troncs sous des angles différents. Cette altération n'était-elle pas volontaire, choisie par l'artiste pour des raisons de composition ? Troy disait, se rappela-t-il, qu'un peintre avait autant le droit d'élaguer ou de transplanter un arbre que l'ahuri qui l'avait planté au mauvais endroit.

Mais tout de même...

Un bruit de pas et de voix sur le pont supérieur annonça le retour des passagers. Alleyn remit la toile dans la valise, et la valise, à sa place contre le mur. Puis il ouvrit la porte de la cabine, referma sa mallette, sortit sa loupe de poche, s'accroupit près de la couchette et attendit.

Ce ne fut pas bien long. Les passagers descendirent avec, en tête, M. Lazenby. Celui-ci fit une halte, et regarda à l'intérieur.

– Toujours occupé, monsieur le superintendant ? susurra-t-il.

– La routine, monsieur.

– Ah ! La routine ! répéta M. Lazenby sur un ton enjoué. C'est ce qu'on dit toujours chez vous, hein ? La routine !

– Il m'arrive de penser que nous ne faisons rien d'autre, monsieur Lazenby.

– Vraiment ? Eh bien, je suppose que je ne dois pas vous en demander davantage. Pauvre femme ! Pauvre femme ! Elle n'était pas heureuse, monsieur Alleyn.

– Ah bon ?

– Émotionnellement instable. Un personnage que nous, les pasteurs, ne connaissons que trop bien. Elle ressentait cruellement le manque de relations vraies, profondes. Et ce, à un âge particulièrement difficile. Pauvre femme !

– Dois-je comprendre que vous auriez tendance à conclure à un suicide, monsieur Lazenby ?

– Je le crains sérieusement.

– Et les messages reçus après sa mort ?

– Je ne prétends pas connaître en profondeur ces questions-là, mais, en tant que pasteur, j'ai déjà eu à les affronter. Ces malheureux se comportent parfois très bizarrement, vous savez. Elle a pu faire envoyer ces messages elle-même dans l'espoir de susciter notre intérêt.

– C'est une hypothèse fort intéressante, monsieur.

– Je vous la livre telle quelle, répondit M. Lazenby avec un geste de modestie. Je ne voudrais pas paraître indiscret, ajouta-t-il, mais... espérez-vous trouver quelque chose de... euh, utile... par ici ? En dehors de la fameuse routine ?

– Nous aimerions beaucoup savoir si elle est retournée dans sa cabine durant la nuit, répliqua Alleyn. Mais pour tout vous avouer, rien ici ne l'indique.

– Eh bien, bon courage, dit M. Lazenby. Je vous laisse faire.

– Merci, monsieur, répondit Alleyn.

Et, quand M. Lazenby se fut éloigné, il se mit à siffloter tout bas l'air de *Oui, nous n'avons pas de bananes*, qui, inexplicablement, semblait traduire son humeur.

Il fut interrompu presque aussitôt par l'arrivée des Hewson et de M. Pollock.

Miss Hewson apparut la première. Elle s'arrêta net sur le pas de la porte ; son visage d'ordinaire inexpressif reflétait la fureur. Alleyn se leva.

– Pardonnez-moi, mais j'avais l'impression que cette cabine était réservée à notre usage personnel, déclara-t-elle.

Elle ne manquerait pas de constater, rétorqua Alleyn, que rien n'avait été dérangé.

Regardant, telle une apparition lugubre, par-dessus l'épaule de sa sœur, M. Hewson observa que là n'était pas la question ; et, à l'arrière-plan, M. Pollock émit une vague remarque sur les mandats de perquisition.

Alleyn répéta son histoire. Sans s'étendre sur le sujet, il laissa entendre qu'il penchait pour l'hypothèse du suicide avancée par M. Lazenby. Il sentit la tension de son auditoire décroître. C'était le moment ou jamais d'employer sa méthode que Troy qualifiait de « venez-un-peu-par-ici-que-je-vous-attrape », ce qui était tout à fait injuste de sa part. Il se mit à parler de la trouvaille des Hewson, disant que, d'après sa femme, il pouvait bien s'agir d'un Constable de valeur.

Il n'avait, mentit-il, aucune expérience dans le domaine de la contrefaçon d'œuvres d'art. Un éminent spécialiste lui avait dit qu'il ne fallait surtout pas toucher à une toile avant que celle-ci ne fût expertisée. Sa femme et M. Bard n'avaient-ils pas commis une erreur en huilant la surface du tableau ?

Ce tableau, il mourait d'envie de le voir. S'il en avait eu les moyens, il serait devenu collectionneur. C'était une de ses passions. Et il donna libre cours à son enthousiasme.

Aussitôt qu'il eut mentionné le tableau, Alleyn comprit que les Hewson ne tenaient guère à ce qu'il le vît. Ils l'écoutaient sans rien dire. M. Pollock, toujours à l'arrière-plan, s'attardait en marmottant dans sa barbe.

Finalement, Alleyn décida d'aller droit au but.

– Je vous en prie, fit-il, montrez-moi votre Constable. J'ai hâte de le voir.

Miss Hewson fit mine de pénétrer dans la cabine avec un air d'extrême répugnance, quand son frère s'exclama :

– Oh, là là ! c'est vraiment pas de chance ! Tu te rends compte, ma grande ?

A en juger par le regard qu'elle lui lança, elle ignorait totalement où il voulait en venir. Elle ne répondit pas.

Un large sourire aux lèvres, M. Hewson se tourna vers Alleyn.

– Pas de chance, répéta-t-il. Franchement, ça tombe mal ! Cela aurait été un privilège d'avoir votre avis, monsieur le superintendant, mais... Figurez-vous que nous avons emballé ce fameux tableau et l'avons expédié à notre adresse londonienne une demi-heure à peine avant de quitter Crossdyke.

– Ah bon ? répliqua Alleyn. Je suis vraiment très déçu.

III

– Curieuse façon de procéder, déclara Tillottson.

– Tellement curieuse que j'ai pris sur moi de fermer la cabine et de garder la clé, après m'être assuré qu'il n'y avait pas de double. Et si les Hewson ne sont pas contents, c'est tant pis pour eux. Qui plus est, j'ai l'intention de rendre visite à M. Jno. Bagg, négociant à Tollardwark. Je crois que vous devriez venir aussi, Bert, dit Alleyn, qui en était arrivé au prénom de M. Tillottson par l'intermédiaire de Fox.

– *Lui ?* Mais pourquoi ?

– Je vous l'expliquerai en chemin. Voulez-vous prévenir l'éclusier, Bert, pour qu'il conserve tout ce qu'on lui donnera à poster du *Zodiac* ? Et dites à vos hommes de garder un œil sur tout ce qui pourrait être expédié par-dessus bord. C'est trop grand, ajouta-t-il, pour qu'ils le jettent dans les W.-C., et s'ils le passent par le hublot, ça va flotter. Mais dites quand même à vos gaillards d'ouvrir l'œil. Pouvons-nous prendre votre voiture ?

Ils laissèrent le *Zodiac* habillé de brume et s'engagèrent dans la montée. Au carrefour, un policier à moto les salua.

Le soir était tombé quand ils atteignirent Tollardwark. Ils garèrent l'auto sur la place du marché et suivirent le chemin, déjà emprunté par Troy, qui menait à l'antre de Jno. Bagg.

– C'est un trou pourri, déclara Tillottson. Mais lui-même est un type honnête dans son genre. Il n'est pas d'ici. L'ancien propriétaire est mort, et Jo Bagg a racheté la boutique. Il n'a pas de casier chez nous, mais c'est un drôle de zèbre.

L'antre en question comprenait une maisonnette, un appentis et une cour à moitié abritée par une espèce d'auvent délabré, fabriqué avec de la tôle et du linoléum. Le portail de la cour était fermé. A travers ses barreaux, Alleyn distingua un fouillis provenant des activités professionnelles de M. Bagg. Dans la maisonnette, une vitrine minable donnait sur la ruelle. C'était là, devant cette vitrine, que Troy avait rencontré les Hewson lundi soir.

– A tous les coups, il sera au lit, fit Tillottson. On se couche tôt dans ces contrées.

– Qu'à cela ne tienne, répondit Alleyn, tirant sur un cordon qui pendait à côté de la porte.

Une clochette tinta à l'intérieur. Personne ne vint.

– Debout, marmonna Alleyn, tirant à nouveau sur le cordon.

– Si vous autres rigolos, vous ne voulez pas avoir d'ennuis, beugla une voix, vous feriez mieux de décamper. Allez, ouste ! Du balai ! Je vais vous assassiner un de ces quatre, vous allez voir.

– C'est moi, Jo, cria Tillottson par le trou de la serrure. Tillottson. Police. Vous avez deux minutes ?

– *Qui ?*

– Tillottson, du commissariat de Toll'ark.

Il y eut un silence. Une lumière s'alluma derrière la vitre sale. Ils entendirent des pas traînants ; puis quelqu'un déverrouilla laborieusement la porte, et elle s'ouvrit dans un grincement sur un petit homme malpropre, vêtu d'un pyjama et d'un pardessus innommable.

– Que se passe-t-il ? se plaignit-il. J'allais me coucher. Que voulez-vous ?

– Nous ne vous retiendrons pas longtemps, Jo. Ne pourrions-nous pas entrer deux secondes ?

Il s'écarta en bougonnant.

– Bon, bon, par ici.

Il claqua la porte.

– Venez dans la boutique.

Ils pénétrèrent dans une pièce basse de plafond, pleine à craquer et si mal éclairée qu'il était impossible de déterminer la nature des objets qui s'y trouvaient. Jno. Bagg avait poussé son sens du macabre jusqu'à suspendre une poupée à une poutre, à l'aide d'une corde nouée autour de son cou brisé.

– Jo, dit Tillottson, voici le superintendant Alleyn du Bureau d'investigation criminelle. Il aurait besoin de votre aide.

– Si je m'attendais à celle-là, répliqua M. Bagg. Aider la police ! Tout le monde sait à quoi ça mène.

– Sûrement pas. Écoutez, Jo...

– Monsieur Bagg, intervint Alleyn, nous n'avons absolument rien contre vous, je vous en donne ma parole. Voici ce qui nous amène. Nous voulons retracer l'histoire d'une toile que vous avez vendue hier à une Américaine venue avec son frère. Nous avons des raisons de croire...

– N'allez pas insinuer que je suis un fourgue. Non, monsieur, je ne vous permettrai pas. Moi, un fourgue !

– Loin de moi cette idée. Allons, soyez gentil de m'écouter attentivement. J'ai des raisons de penser que cette toile a été déposée chez vous, et je cherche à le vérifier.

– Déposée chez moi ? Vous voulez rire ?

– Pas du tout. Souvenez-vous, cette toile se trouvait à l'intérieur d'un rouleau de vieilles gravures que votre cliente a découvert dans une armoire dans votre cour. Le rouleau était attaché avec une ficelle et il était très sale, comme si personne n'y avait touché depuis des années. Vous avez dit à la cliente que vous ignoriez son existence et vous le lui avez vendu sans examiner son contenu. Là, vous voyez, personne ne vous reproche rien.

– Vous voulez dire qu'elle a fait une affaire, hein ? s'enquit M. Bagg en changeant de ton.

– Cela peut être un tableau de valeur, ou alors un faux.

– Nom d'un petit bonhomme !

– J'aimerais savoir si vous avez déjà vu ce rouleau dans votre armoire auparavant.

– Je n'en sais rien. Non, franchement, je ne vois pas.

– N'avez-vous jamais ouvert cette armoire depuis que vous l'avez achetée ?

– Non. C'est tout ce que je peux vous dire. Non et non.

– Puis-je la voir ?

Après avoir ronchonné un peu, il les conduisit dans la cour où il entassait les pièces les moins remarquables de sa collection. Alleyn essaya d'ouvrir la porte de la massive armoire en pitchpin. Le battant avait gauchi et ne céda qu'à une forte pression dans un grincement qui n'avait rien à envier à celui de la porte d'entrée.

– Elle était curieuse comme une pie, expliqua M. Bagg. Fallait qu'elle ouvre tout. Avec celle-ci, elle a eu du mal. Mais rien n'y a fait... une vraie fouine.

– Et le rouleau était là-dedans.

– C'est exact. Là-dedans. Mais il n'y était pas trois jours avant.

– *Comment ?*

– C'est comme je vous le dis, monsieur. En examinant le stock, ma vieille a ouvert cette armoire. Elle m'en a parlé après le départ des deux Amerloques : c'est là qu'elle me l'a annoncé.

– Pourquoi ne pas nous l'avoir dit tout de suite, Jo ? questionna M. Tillottson, plus résigné qu'en colère.

– Vous m'avez demandé si *moi*, j'avais déjà ouvert cette armoire. J'ai répondu la vérité. Faudrait savoir !

– Très bien, Jo, très bien. C'est tout ce que nous voulions savoir.

– Pas tout à fait, dit Alleyn. A votre avis, monsieur

Bagg, comment ce rouleau a-t-il pu se retrouver ici ? Avez-vous quelqu'un qui travaille pour vous ? Un jeune, par exemple ?

– Un jeune ? Ne me parlez pas des jeunes ! Ils sonnent à la porte et s'enfuient, voilà tout ce qu'ils savent faire. Faudrait me payer cher pour que j'en prenne un chez moi.

– Le portail de la cour reste-t-il ouvert pendant la journée ?

– Oui. Pour les clients.

– Combien de personnes sont passées ici ces deux derniers jours ? A peu près ?

Pas beaucoup, apparemment. Les clients, en règle générale, entraient directement dans la boutique. De toute évidence, n'importe qui aurait pu s'introduire dans la cour sans que M. Bagg s'en aperçût. En insistant un peu, ils apprirent qu'une ou deux personnes des environs étaient passées à la boutique sans rien acheter. Alleyn suggéra avec tact que peut-être Mme Bagg... ?

– Mme Bagg est au lit, en train de dormir, répliqua M. Bagg, et ce n'est pas moi qui irais la réveiller. Pas si bête. Vous non plus, vous ne vous y risqueriez pas, si vous connaissiez le phénomène.

– Mais si votre femme...

– Ma femme ? Je vous demande pardon ! C'est ma m'man.

– Ah !

Comme en réponse à cet échange, une voix féminine stridente retentit à l'intérieur de la maisonnette. Qu'avait donc M. Bagg dans la tête pour faire ainsi du barouf en pleine nuit ?

– Et voilà, dit-il. Regardez ce que vous avez fait.

Il s'approcha d'une fenêtre et tapota sur la vitre.

– C'est moi, m'man, marmonna-t-il. On n'est pas en pleine nuit : il est encore tôt. Il y a là M. Tillottson, de la police, et un ami à lui. Ils veulent des renseignements sur les Amerloques qui sont venus ici.

– Je ne t'entends pas. La police ! Tu as dit police ? Viens donc par là, Jo Bagg, et explique-toi. *Police !*

– Il faut que j'y aille, dit-il, pénétrant dans la maison.

– La vieille dame n'est pas très commode, observa M. Tillottson.

– J'en ai bien l'impression.

– Il paraît qu'elle est quasi centenaire.

– Mais elle a la santé ?

– Une santé de fer !

M. Bagg reparut.

– Soyez gentils, chuchota-t-il. Éloignez-vous.

Ils battirent en retraite dans la boutique et se dirigèrent vers la sortie.

– Elle est sourde, expliqua M. Bagg, mais des fois on ne le croirait pas. Elle ne connaît rien à rien, mais là, elle s'est mis en tête que si la toile dont vous parlez a de la valeur, on nous l'a achetée sous un prétexte fallacieux, et nous devons la récupérer.

– Ah !

– C'est son point de vue. Et le mien aussi, ajouta M. Bagg, loyal.

– Bien sûr, acquiesça M. Tillottson avec empressement. Rien de plus normal. Elle ne sait pas du tout comment cette toile s'est retrouvée ici ?

– Pas plus que les saints du ciel, et elle est catholique, fit M. Bagg incongrûment.

– Eh bien, bonne nuit, Jo. Nous allons vous laisser, à moins que M. Alleyn n'ait quelque chose à ajouter ?

– Pas pour l'instant. Merci, monsieur Bagg.

M. Bagg ouvrit la porte. Au grincement inévitable répondit un écho de la chambre à coucher.

– Demande-leur, à la police, brailla la vieille Mme Bagg, pourquoi ils ne font rien contre ces vauriens à moto au lieu de faire eux-mêmes du ramdam en pleine nuit.

– Quels vauriens à moto ? hurla soudain Alleyn dans l'obscurité.

– Vous le savez très bien. Ou alors, vous devriez le savoir. Ils sont là à pétarader dans la rue et à traîner dans les parages, ces chenapans. Jo ! Raccompagne ces messieurs et va te coucher.

– Oui, m'man.

– Autre chose, cria l'invisible Mme Bagg. Ces deux Américains, pourquoi sont-ils venus fouiner par ici, prenant des photos et faisant semblant que ce n'était pas eux ?

Cette fois, Alleyn s'abstint de s'égosiller.

– De quoi parle-t-elle ? demanda-t-il à M. Bagg.

– Ne faites pas attention, répliqua-t-il. Mais c'est vrai, quoi. Elle a raison. Ils sont déjà venus ici prendre des photos. M'man les a reconnus. Elle n'en reparlerait pas, si elle ne pensait pas que nous nous sommes fait avoir.

– Et quand était-ce ?

– Au printemps. Mai. Fin avril, je ne sais plus. Mais c'étaient bien eux. Quand je leur ai demandé s'ils n'étaient pas déjà venus, ils m'ont raconté que l'endroit leur avait tellement plu qu'ils avaient décidé de revenir.

– En êtes-vous sûr ?

– Vous plaisantez ou quoi ? Et comment que j'en suis sûr. Par ici, par ici.

Ils sortirent.

– Que savez-vous de ces motards ? interrogea Alleyn.

– Ceux-là ? Des frimeurs. Ils sont descendus à l'*Étoile*, dans Chantry Street. Ils se baladent dans le pays à toute heure du jour et de la nuit et dérangent les gens. Mardi soir, m'man a entendu quelque chose dans la cour et a surpris le gars en train de rôder dans les parages. Il cherchait une vieille chaîne paraît-il, mais m'man, ça ne lui a pas plu. De toute façon, nous n'avons pas de chaînes ici. Une vieille chaîne !

– Pourquoi, commença M. Tillottson d'une voix où perçait l'angoisse, pourquoi n'avez-vous pas mentionné...

– Je n'y ai point pensé. On ne peut pas penser à tout.

– Absolument, intervint Alleyn précipitamment. Mais maintenant que ça vous est revenu, pouvez-vous nous dire ce qui a attiré l'attention de Mme Bagg sur ce garçon dans la cour ?

– Ben, elle a entendu quelque chose.

– Quoi donc ?

– Une sorte de grincement. Moi aussi, je l'ai entendu.

– Vous !

– Mais j'étais occupé avec un client, répondit M. Bagg, royal. Dans ma boutique.

– Ce grincement pouvait-il provenir de la porte de l'armoire ?

M. Bagg dévisagea Alleyn comme si celui-ci était un oracle.

– Vous y êtes, monsieur. Vous y êtes.

Puis, après réflexion, il se répandit en récriminations.

– Dites donc, je veux des explications. Si je me suis fait avoir, il faudrait au moins que je sache comment. Si j'étais en possession d'un objet de valeur et que je l'ai vendu pour des clopinettes sans avoir été pleinement informé, j'exige qu'on me le restitue. Non mais !

Ils le laissèrent poursuivre ce thème seul, suffisamment bas toutefois pour ne pas éveiller la curiosité de la vieille Mme Bagg. La porte grinça, claqua, et ils entendirent le bruit des verrous de l'autre côté.

– *L'Auberge de l'Étoile*, lança Alleyn quand ils furent remontés dans la voiture.

Mais à l'auberge, on leur apprit que les motards avaient réglé leur note la veille et étaient partis pour une destination inconnue. Ils s'étaient inscrits sous le nom de M. et Mme John Smith.

IV

La moto avait été garée dans une cour humide derrière l'auberge, où il fut passablement facile de relever les traces des pneus. Alleyn prit les mesures, croqua le dessin des empreintes et les recouvrit en attendant l'arrivée de Bailey et de Thompson. Lorsqu'ils auraient examiné ce que Fox avait découvert sous la haie, ils constateraient certainement que les deux empreintes coïncidaient. Un client de l'*Étoile* se rappela la marque de la machine, une Route-Rocket, mais personne ne put donner son numéro minéralogique. Alleyn téléphona à Troy à Norminster pour lui demander si, par hasard, elle s'en souvenait.

Assise sur le bord de son lit, le récepteur collé à son oreille, Troy fit appel à sa mémoire de dessinatrice afin de se remémorer la scène du lundi dernier sur le quai de Norminster. Miss Rickerby-Carrick écrivait, perchée sur sa valise. Caley Bard et le Dr Natouche se promenaient le long du quai. Pollock s'était éloigné pour bouder. Lazenby attendait dans la limousine de l'évêque. Les deux motards se tenaient adossés à leur engin ; leurs têtes huileuses et leurs blousons de cuir noir luisaient au soleil. Elle s'efforça de se concentrer sur cette vision et, après avoir attendu quelques instants, entendit le son de sa propre voix :

– Il me semble que c'était XKL-460.

– Ça alors ! s'exclama Alleyn. J'ai une femme formidable. Merci, mon amour, et bonne nuit.

Il raccrocha.

– Bien. Nous allons battre le rappel. Ils sont bien quelque part, ces deux-là, et, ma parole, nous finirons par les avoir.

Lui, Fox et Tillottson se trouvaient dans le bureau du superintendant à Tollardwark. L'alerte fut donnée, et, quelques minutes plus tard, toutes les patrouilles de police de la région reçurent l'ordre d'arrêter deux motards vêtus de cuir, aux cheveux bruns et longs, roulant sur une Route-Rocket XKL-460 noire.

– A l'heure qu'il est, observa Fox, ils ont dû repeindre leur trottinette, se couper les cheveux et enfiler des barboteuses.

– Toujours optimiste, marmonna distraitement Alleyn.

Il avait recouvert une table de papier journal, et ils y posèrent avec d'infinies précautions une vieille valise imbibée d'eau, tachée et délabrée, dont la poignée s'était à moitié détachée. Un bout de corde avait été passé à travers ses deux anneaux.

– L'autre bout était noué autour de sa taille, dit Tillottson. La corde elle-même avait été enroulée plusieurs fois autour de la valise. Quand la poignée s'est cassée, la corde s'est déroulée et le corps est remonté à la surface, tout en restant ancré à la valise.

La valise n'était pas fermée à clé, mais attachée avec une courroie. Le cuir gonflé d'eau était devenu visqueux, Alleyn l'ouvrit et rabattit le couvercle.

Une pile de vêtements était entassée pêle-mêle à l'intérieur. Trois paires de chaussures parlaient avec une éloquence affligeante des pieds qui les avaient déformées. Le peigne édenté et la brosse contenaient encore des touffes de cheveux gris.

– Tout a été fourré là-dedans à la hâte, et pas par elle. Il n'y aura sûrement pas d'empreintes : il est bien trop malin pour ça, mais essayons quand même. Tiens, qu'est-ce que c'est ?

Ils virent cinq pierres de tailles différentes, une moitié de brique et deux poignées de gravier. Au-dessous, dans une trousse de toilette, ils trouvèrent un tube d'aspirine à demi vide (celui de Troy, pensa Alleyn), une brosse à dents, un dentifrice, et, dans un état de désintégration avancée, le « confessionnal portatif » de Hazel Rickerby-Carrick.

– Son journal, fit Alleyn. Pour employer une expression tristement appropriée : « A manier doucement, avec précaution. » Qui sait, ce sera peut-être notre guide.

8.

LA ROUTINE, SUITE

– Maintenant, dit Alleyn, je vais brûler les étapes et vous montrer la photo des marques découvertes à l'autopsie sur la taille et en travers des omoplates de la victime. Ses poignets portent des traces similaires. On a établi que ces marques sont apparues après son décès. Que signifient-elles ? A votre avis ?

– La corde, monsieur, hasarda Carmichael au deuxième rang. La corde qui reliait le corps à la valise.

– Ce n'est pas tout à fait exact. Les traces sont fines, profondes et n'apparaissent que dans le dos. Regardez, voici la corde placée à côté des marques. Elles lui correspondent. Jusque-là, vous avez raison, Carmichael. Vous remarquerez cependant que les marques supérieures forment une croix, avec un trait horizontal au-dessous. Regardez attentivement. Qu'est-ce que c'est ?

Quelque part au fond de la salle une voix hésitante prononça le mot « flagellation », suivi d'un toussotement contrit. Un autre lança : « Gagné ! » déclenchant des rires étouffés.

– Il va falloir faire mieux, dit Alleyn. Pour en revenir aux investigations de M. Fox... N'ayant rien trouvé d'intéressant du côté de Crossdyke, il a continué au-delà du barrage de Ramsdyke, où le corps avait été découvert. Au-dessus de Ramsdyke, à côté de ce qu'on nomme la cuvette de Wapentake, la route de Crossdyke à Tollardwark était en travaux. Il y avait là des pierres et des gravats. Plus bas se dresse le barrage avec un pont étroit, muni d'un seul garde-fou. C'est là que l'usine déverse ses eaux usées dans le Fleuve, à grand renfort d'écume détergente.

« Le pont du barrage est vert, étroit, humide et rendu glissant par la mousse. On y accède par des marches en béton et une piste cendrée.

« Le long de cette piste, M. Fox a de nouveau ramassé deux ou trois fils d'un tissu synthétique bleu, accrochés à des ronces. Voici la photo. Sachez du reste qu'un examen approfondi du pyjama a révélé un accroc triangulaire correspondant au fragment de Crossdyke. Classique.

« Le sentier est bordé d'un côté par un très vieux mur dont les briques se détachent par endroits.

« Voyons maintenant le pont du barrage. Près de trois jours s'étaient écoulés entre la nuit de la disparition de la victime et le début de notre enquête. Il était recouvert d'une dense couche de mousse qui nous rendait la tâche particulièrement ardue : il fallait l'examiner sans détruire les indices éventuels. Une pancarte annonçait qu'il était dangereux de monter sur le pont, et l'éclusier nous a assuré que depuis une semaine, personne n'y avait mis les pieds.

« M. Fox a découvert des traces récentes de mains gantées sur le garde-fou. Impossible de relever les empreintes. Sur une distance d'environ quatre mètres de la berge, la couche de détergent paraissait moins épaisse que sur le reste du pont. M. Fox lui a trouvé un air de famille avec la traînée qui masquait les traces de talons sur la rive à Crossdyke. Voici les clichés de Thompson, pour vous permettre de comparer. Voyez combien, de notre point de vue, l'état du pont était désastreux.

« Une impression d'ensemble commence à émerger de tout ça. Laquelle ? Oui ? Allez-y, Carmichael.

Carmichael se leva et, dardant son œil bleu sur Alleyn, débita d'un air lugubre :

– Pour récapituler, monsieur. On peut admettre comme hypothèse de tr-r-ravail que le corps de la défunte a été débarqué et sans doute traîné par terre, ce qui a effacé en partie les traces des bottes. Après quoi, on pourrait en déduire, monsieur, que le corps a été transporté en moto jusqu'à Ramsdyke, où il a été hissé sur le pont, tiré sur une distance de quatre mètres et jeté à l'eau.

Il s'éclaircit la voix.

– Par ailleurs, la valise de la défunte, remplie de ses effets personnels, a été transportée, par le moyen déjà mentionné, en même temps qu'elle jusqu'au barrage de Ramsdyke. Là, elle a été lestée avec des pierres, du gravier et une demi-brique, et fixée au corps avec la corde. A la suite de quoi, le corps et la valise ont été plongés dans l'eau.

Il s'assit et gratifia Alleyn d'un sourire modeste.

– C'est juste, Carmichael, répondit Alleyn. Mais que faites-vous des marques laissées par la corde ?

Carmichael se remit debout.

– A défaut d'autre solution, déclara-t-il avec une suffisance imparable, je p-r-résume, monsieur, que le cadavre a été attaché au motocycliste, donnant ainsi l'impression d'être son passager.

– Aussi odieux que ce tableau puisse paraître, dit Alleyn, je crains que vous n'ayez raison, Carmichael.

– Disons que je n'y suis pas allé de *main morte*, monsieur, rétorqua Carmichael avec un sourire goguenard.

– Nous nous abstiendrons de tout commentaire, Carmichael. Asseyez-vous.

I

– C'est une véritable vision de cauchemar, dit Alleyn, sortant le journal de la trousse et le déposant avec un extrême soin sur une serviette pliée. Ce cadavre attaché au motocycliste et drapé dans un peignoir violet afin qu'on ne voie pas la corde. Les bras sont noués autour de sa taille, les poignets ligotés. Si quelqu'un s'est trouvé cette nuit-là sur la route menant de Crossdyke à Ramsdyke, il a dû surprendre un curieux spectacle : un homme conduisant une Route-Rocket avec un passager soit très affectueux, soit très imbibé, un passager dont la tête ballottait sur l'épaule du conducteur et qui semblait être collé à son dos.

– Et la valise ? demanda Tillottson.

– Sur le porte-bagages. Elle n'était pas encore lestée à ce moment-là. Les pierres ont été ramassées à proximité du barrage.

– Dans un tas sur le bas-côté, ajouta Fox. Il y avait des briques, des galets. Nous l'avons vu.

– Absolument, compère Fox. Voulez-vous pêcher une éponge dans ma mallette ?

Fox s'exécuta et Alleyn épongea le journal gorgé d'eau.

– C'est à l'arrivée à Ramsdyke que le plus dur reste à accomplir. Le motard doit agir seul. Il faut qu'il descende et transporte son macabre fardeau sur son dos jusqu'au barrage. Il dénoue les liens, le dépose, retourne chercher la valise, la bourre de pierres et de gravats, l'attache au cadavre, ajoute une demi-brique qui traînait par là et pousse le tout à l'eau.

– Entendrais-je par hasard, s'enquit Fox, suave, le petit mot « conjecture » ?

– Si c'est le cas, inutile de le crier sur les toits. Mais à votre place, je n'en serais pas aussi sûr, vieux frère. Suggérez-moi une autre hypothèse qui colle aux faits, et je mordrai la poussière.

– Je ne vous ferai pas ce cadeau-là, monsieur Alleyn.

– Trouvez-moi quelque chose pour glisser en dessous du journal. Je voudrais le retourner. Un morceau de carton suffira. Parfait. Maintenant, repassez-moi l'éponge. A présent, ce sinistre motard et sa souris ont quitté la scène. Nous savons simplement qu'ils ont réglé leur note à l'*Étoile* et qu'ils ont levé le camp soit dans la nuit, soit tôt dans la matinée. Probablement avec le précieux bijou de Fabergé représentant les signes du zodiaque.

– Vous croyez ? s'écria Tillottson.

– Une simple supposition. Mais je suis prêt à parier que nous ne trouverons pas ce satané bijou à bord du *Zodiac*.

– Et dans le Fleuve ? Emporté par le courant ?

– Je ne vois pas cet individu laisser le bijou sur le cadavre, vous savez.

– Effectivement.

– C'est peut-être le mobile, dit Fox. S'il est vraiment si précieux que ça.

– Ou alors, un extra particulièrement généreux, une sorte de récompense supplémentaire.

– Vous ne pensez pas que ce motard... fit Tillottson.

– Appelez-le Smith, suggéra Fox, acide. Vous serez le premier à le faire.

– Ce Smith, donc, vous ne pensez pas qu'il a commis le meurtre ?

– Non, répliqua Alleyn. A mon avis, elle a été tuée à bord du *Zodiac*. Puis le corps a été remis à Smith en même temps que la valise et, sans doute, le bijou. Voyons un peu son journal...

Celui-ci était dans un état encore plus triste que quand la pauvre Hazel Rickerby-Carrick l'avait examiné après sa première immersion. Les pages s'étaient détachées, la reliure avait gonflé, et le papier s'était ramolli.

– Ne faudrait-il pas le sécher d'abord ? s'enquit Fox.

– J'essayerai d'y aller doucement. Auriez-vous un couteau à lame large dans la maison ?

Tillottson lui apporta un couteau à pain. Très précautionneusement, Alleyn l'introduisit entre les pages qui semblaient avoir été utilisées et les pages vierges. En s'aidant d'un morceau de carton, il réussit finalement à les séparer.

Bien qu'elles fussent tachées, boursouflées et déchirées par endroits, leur contenu dans son ensemble était demeuré intact.

– De l'encre indélébile, fit Alleyn. Que Dieu bénisse son porte-mine.

Tout comme l'auteur de ces pages, il parcourut les dernières lignes. « ... je suis allongée sur mon matelas... »

Et, tout comme elle, quand il tourna la page, il tomba sur un feuillet vierge.

II

– Reprenons depuis le début, dit Alleyn. Elle écrit qu'elle rentrait des complies à Saint-Crispin-des-Champs. Elle ne précise pas par quel chemin, mais comme Troy ne l'a pas croisée en regagnant le bateau par Ferry Lane, elle a dû emprunter un autre itinéraire.

– Possible, opina Tillottson. Elle aurait pris Weyland Street.

– Bien. Elle portait des semelles en caoutchouc. A un moment, elle s'est retirée sous un porche obscur pour enlever un caillou de sa chaussure. De là, elle a surpris une conversation entre deux individus ou plus – d'après le contexte, ils devaient être plus de deux –, qui, je cite, l'a « glacée », l'a « clouée sur place ». L'une des voix, juste un chuchotement, elle n'a pas réussi à l'identifier. L'autre – ou les autres –, elle a dû en parler à la page suivante, celle qui a été arrachée du journal. Or, après que Lazenby a repêché son journal, ma femme pense avoir entrevu, une fraction de seconde, un morceau de papier dans sa main gauche.

Un papier portant des traces d'écriture. Ce soir-là, à Crossdyke, Miss Rickerby-Carrick, en proie à une agitation violente, a insisté pour parler à Troy, pour lui demander conseil. Elle l'aurait probablement fait, mais Troy avait la migraine et, au lieu de visiter Crossdyke, elle est partie se coucher de bonne heure. Miss R.-C. a rejoint les autres ; elle a exploré les ruines, et Caley Bard lui a expliqué comment on attrape les papillons. Troy, qui se sentait mieux, a observé la scène par son hublot.

« Elle a donc vu Miss Rickerby-Carrick dévaler la colline et se ruer sur le Dr Natouche qui marchait sur le chemin. Apparemment, elle lui a montré quelque chose qu'elle avait dans sa paume. Troy n'a pas vu ce que c'était.

– Intéressant, observa Fox.

– Plus tard, le Dr Natouche a dit à Troy qu'elle voulait se renseigner sur une sorte de tranquillisant que lui avait donné Miss Hewson. Il n'a pas vraiment précisé que c'était ce qu'elle lui avait montré sur le chemin : Troy l'a déduit, c'est tout.

– Et si, hasarda Tillottson, si c'était ce... comment dites-vous déjà ?... ce *faux bijou* ?

– Fa-ber-gé, murmura Fox qui parlait français. Elle le portait autour du cou, Bert.

– D'accord.

– Bien, fit Alleyn, changeant de sujet. C'est la nuit où elle a disparu et où, à mon avis, elle a été assassinée.

« Le lendemain, Natouche a avoué à Troy qu'il était inquiet pour Miss Rickerby-Carrick. Il n'a pas prononcé le mot “ suicide ”, mais Troy a eu l'impression que c'était ce qu'il craignait.

« Je vais maintenant vous résumer les bribes d'informations glanées ici et là par ma femme. La plupart, vous les connaissez déjà, Tillottson, mais pas toutes.

– Euh... ma foi... ouais.

– Les voici, en vrac. Pollock a débuté comme peintre décorateur avant de se reconvertir dans l'immobilier. C'est un merveilleux calligraphe, quand on lui explique exactement ce qu'on attend de lui.

« Natouche dessine de jolies cartes.

« Miss Hewson a vu le bijou de Fabergé que lui a montré sa propriétaire.

« Miss Hewson semble très encline à distribuer ses cachets à droite et à gauche.

« Les Hewson ont été excessivement ennuyés en apprenant qu'à leur retour à Tollardwark, les boutiques allaient fermer de bonne heure. Ils ont loué une voiture à Longminster pour faire leurs emplettes à Tollardwark, et c'est là qu'ils ont acheté leur bric-à-brac chez Jo Bagg, dans Ferry Lane.

« Leur butin contenait une peinture à l'huile, censée être un authentique Constable. Hewson a déclaré l'avoir expédiée à leur adresse à Londres, mais, moi, je l'ai vue dans l'une de leurs valises.

« Les motards qui ont assisté au départ du *Zodiac* à Norminster ont reparu ce soir-là à Ramsdyke. Troy a cru les entendre – mais elle dit qu'elle aurait pu se tromper – au cours de la nuit à Tollardwark.

« Mme Bagg se plaint de motocyclistes qui traînaient mardi autour de leur brocante. C'est un grincement, semblable à celui de la porte de l'armoire, qui l'a alertée.

« Les Bagg affirment que le rouleau de gravures n'était pas dans l'armoire quelques jours avant que les Hewson ne l'y découvrent.

« Lazenby est un borgne qui dissimule son infirmité. Troy pense, sans pouvoir fournir une raison valable, qu'il ne fait pas partie du clergé, opinion que ne partage visiblement pas l'évêque de Norminster, puisqu'il l'a reçu et l'a fait conduire à l'embarcadère dans une voiture de l'évêché. Il prétend être australien. On va envoyer ses empreintes et son signalement à la police australienne. Et ceux des Hewson, au F.B.I. à New York.

Fox prit note.

– Les Hewson, poursuivit Alleyn, possèdent un matériel photographique ultra-sophistiqué.

« Pollock agace Caley Bard. Miss Rickerby-Carrick agace tout le monde. Caley Bard agace les Hewson, Pollock et sans doute Lazenby.

« Pollock et les Hewson nourrissent des préjugés raciaux vis-à-vis de Natouche. Bard et Lazenby, non.

« L'examen préliminaire du cadavre laisse supposer qu'on l'a attaquée par-derrière en lui appuyant sur les carotides.

« Andropoulos aurait participé à la croisière si Foljambe ne l'avait pas tué... d'une soudaine et violente pression sur les carotides.

Alleyn se tut, contempla distraitement le journal et reprit après une pause :

– Certains points ont une importance vitale, d'autres non. Dans l'ensemble, croyez-vous qu'il s'en dégage quelque conclusion globale ?

– Oui, répondit Fox. C'est certain.

– Quoi ? demanda Tillottson.

– Une conspiration.

– Je suis de votre avis, dit Alleyn. Entre qui et qui ?

– Comment ça... combien sont-ils ?

– Oui.

– Voyons...

Fox s'essuya la bouche avec sa grosse main.

– Pourquoi ne pas le dire, hein ? s'enquit-il.

– Dire quoi ? Que la véritable question n'est pas seulement de savoir qui conspire avec qui, mais qui dirige le bal ? Et, plus particulièrement, est-ce Jampot ?

– Exact. *Cherchez*, fit M. Fox avec son application coutumière, *le Folichon. Ou le Pot de Confiture* [1], comme on l'appelle déjà aux Renseignements généraux.

– Vous avez fait effet à Paris, à ce que je vois.

1. En français dans le texte *(N.d.T.)*

– Rien de spécial, répondit Fox pesamment. Mais passons. Oui, monsieur Alleyn. Cette affaire est signée Jampot.

– Pourquoi en es-tu si sûr, Teddy ? demanda Tillottson.

– Regarde bien, Bert. Examine les éléments que M. Alleyn vient de nous soumettre. Il y en a trois qui vont dans ce sens-là, non ?

– Ouais, acquiesça M. Tillottson après un long moment de silence. Je vois. Ouais.

Alleyn s'était penché sur le journal.

Glissant un ongle sous le fragment de papier qui restait, il en découvrit un autre, puis un autre encore.

– Il manque trois pages, déclara-t-il. A mon avis, elles nous auraient appris ce qu'elle avait entendu l'autre soir sous son porche à Tollardwark. Elles ont été arrachées à la hâte et ensuite brûlées ou jetées par-dessus bord.

– Et c'est Lazenby qui aurait fait ça, ajouta Fox.

– *Si* Troy ne se trompe pas. Elle n'en est pas certaine.

M. Tillottson, que sa dernière intervention semblait avoir plongé en transe, dit finalement :

– On en a donc cinq... six avec le skipper, ce qui serait complètement ridicule. Je connais Jim Tretheway depuis cinq ans. C'est un brave p'tit gars.

– Pas si petit que ça, observa Fox, placide.

– Le docteur, M. Bard, M. Hewson, le révérend et Pollock. L'un d'eux, si vous avez vu juste, est une très grosse pointure dans ce qu'on appelle le milieu international du crime. Qui l'aurait cru, hein ?

« Dites donc ! fit Tillottson, frappé par une pensée subite. Vous n'imaginez pas que toute cette bande puisse agir de concert, hein ? Et si oui, pourquoi ? Pourquoi seraient-ils partis en croisière, si ce sont des fripouilles mêlées à un trafic international ? Pas pour prendre des vacances tout de même, eh ? Qu'en pensez-vous ?

– Je pense, répondit Alleyn, que parmi tous ceux qui restent à bord, à l'exception des Tretheway, il n'y en a qu'un qui ne soit pas une fripouille. Je vais vous exposer mes arguments qui, je le reconnais, ne remporteraient sûrement pas le premier prix à un concours de logique. Mais tant pis. Je vous les livre tels quels.

Ses collègues l'écoutèrent dans un silence pesant. Et, quand il eut terminé, Fox poussa un profond soupir.

– Les choses étant ce qu'elles sont, remarqua-t-il, je suppose que nous n'avons plus à hésiter sur l'identité de Jampot.

– Je le suppose également. Si, si, si... ça fait un sacré paquet de « si ».

– Je suis prêt à miser là-dessus, dit Fox. Quelle est la suite des opérations ?

– Je crois que nous n'attendrons pas les résultats de l'autopsie, compère Fox. Nous allons nous munir de notre mandat de perquisition et faire une descente sur les lieux. Quelle heure est-il ? 21 h 5 ? S'ils sont déjà couchés, tant pis pour eux. Allez, on retourne à l'écluse de Ramsdyke. Au fait, avez-vous emporté un casse-croûte ?

– Des sandwiches aux pickles et au rosbif et deux cannettes de bière.

– Nous leur ferons un sort en chemin. Allons-y. En avant, marche !

III

Même si, comme l'affirment certains, les événements laissent une empreinte impalpable sur l'environnement dans lequel ils ont eu lieu, ce phénomène n'est pas instantané. Les murs éclaboussés de sang ne crient pas forcément à l'assassinat. Nettoyez la pièce, et elle redeviendra une pièce comme les autres. Il peut s'écouler des années avant que les gens ne commencent à penser : le malheur a marqué cette maison. Ou cette pièce. Ou ce bateau...

Le salon du *Zodiac* avait revêtu comme de coutume son aspect nocturne. Ses rideaux cerise étaient tirés, et ses lampes, allumées. Il en résultait une ambiance d'intimité. D'autant plus que le brouillard, surnommé le Rampant, avait coupé le *Zodiac* du monde environnant.

Les six passagers restés à bord tuaient le temps sensiblement de la même façon qu'avant la disparition de Hazel Rickerby-Carrick. Les Hewson, M. Pollock et M. Lazenby jouaient au Scrabble. Caley Bard lisait, et le Dr Natouche, comme toujours légèrement en retrait, mettait la dernière main à sa carte du Fleuve. Mme Tretheway feuilletait un magazine derrière le bar. Le skipper était à terre, et le jeune Tom, au lit.

Le zodiaque de Troy, encadré, avait remplacé le petit poème au-dessus du bar. Les passagers, comiquement déguisés en corps célestes, caracolaient autour du texte impeccablement calligraphié par M. Pollock.

En tête du Cortège céleste avancent
Le Bélier, le Taureau et les Divins Jumeaux.
Après le Crabe vient le Lion,
Puis la Vierge et la Balance,
Le Scorpion, l'Archer et la Chèvre,
L'Homme qui porte l'Arrosoir
Et les Poissons aux écailles claires.

La Vierge avait définitivement disparu, et la Chèvre, ainsi que Troy s'était représentée, avait déménagé à Norminster. Mais tous les autres étaient là, pensa Alleyn, y compris l'assassin et la seule personne extérieure à toute l'affaire.

Quand Alleyn et Fox entrèrent au salon, les joueurs de Scrabble se figèrent. L'index de Miss Hewson, qui s'apprêtait à pousser un jeton dans une case, s'immobilisa et resta pointé vers le bas, tel le doigt du destin.

Penché sur la grille, Pollock ne releva pas la tête, tout en épiant Alleyn par en dessous. Lazenby, qui comptait les points, resta avec son crayon en suspens. Hewson, une pipe entre les dents, avait approché une allumette de la boîte sans la gratter.

Pendant quelques secondes, la scène fit penser à un brusque arrêt sur image, puis l'action reprit comme si elle n'avait jamais interrompu son cours tranquille.

– Je regrette infiniment de vous importuner à nouveau, dit Alleyn, mais c'est malheureusement le métier qui le veut. Nous autres policiers, nous sommes forcés de jouer les trouble-fête, afin d'attraper les vrais trouble-fête.

– Ben, nom d'une pipe ! s'exclama Caley Bard. J'ai connu mieux en matière de propos rassurants. Si toutefois c'était pour nous rassurer.

– C'était surtout pour nous excuser, répliqua Alleyn, mais je vous comprends aussi. Ne vous dérangez donc pas pour nous. Il nous reste quelques tâches de routine à bâcler, et je vais devoir vous prier de patienter jusqu'à ce que nous en ayons terminé avec vos cabines. J'espère que ce ne sera pas long.

Après un silence prolongé, M. Hewson répondit, comme il fallait s'y attendre :

– Ah, ouais ?

Et il se renversa sur son siège, les pouces dans les emmanchures de son veston. Son oreille gauche avec la prothèse auditive était tournée vers Alleyn.

– Jusqu'à ce que vous en ayez terminé avec nos cabines, répéta-t-il, semblant manifestement parodier la voix d'Alleyn. Vraiment ? Serait-ce par hasard une allusion polie à une fouille, monsieur le superintendant ?

– J'apprécie que vous la trouviez polie, rétorqua Alleyn joyeusement. C'est exactement ça.

– Avez-vous un mandat ? demanda Pollock.

– Oui, bien sûr. Voudriez-vous le voir ?

– Non, évidemment, intervint Caley Bard avec lassitude. Ne faites pas l'imbécile, Pollock.

– C’est mon droit, non ? marmonna Pollock.

– Miss Hewson, déclara Alleyn, si ça ne vous ennuie pas, je vais commencer par votre cabine. Dès que j’aurai fini, vous pourrez en reprendre possession. Entre-temps, M. Fox jettera un coup d’œil sur la vôtre, monsieur Hewson.

– Pour la seconde fois, précisa M. Hewson avec aigreur.

– En effet. Une simple formalité, rien de plus.

– Pour vous peut-être, concéda M. Hewson. Pas pour moi.

– Mince, Earl, fit Miss Hewson, ça m’est complètement sorti de la tête ! Ce qu’on peut être étourdi ! Écoutez, monsieur Alleyn, il faut que je vous dise tout à propos de cette toile de malheur. Il y a eu une sorte de malentendu entre mon frère et moi. Lui croyait que c’était moi qui devais l’expédier, et moi, je pensais que c’était lui.

– Un truc tout bête, quoi, renchérit M. Hewson, lançant un regard féroce à sa sœur.

– Absolument, opina-t-elle. Figurez-vous qu’en fait, la toile n’a pas bougé d’ici. Elle est toujours au fin fond de ma valise, dans ma cabine.

– Tiens, répondit Alleyn. Je serai enchanté de la revoir. La dernière fois que je l’ai vue, elle était dans une valise vide dans la cabine de la défunte que, soit dit en passant, j’ai fermée à clé.

Un long silence suivit ses paroles. Caley Bard étouffa un rire.

– Excusez-moi, souffla Miss Hewson. Ce doit être la fatigue nerveuse. Je voulais parler de la cabine disponible.

– O.K., O.K., déclara M. Hewson, courroucé. Nous ne l’avons pas postée. Et nous avons prétendu le contraire. Pourquoi ? Je vais vous le dire, monsieur le superintendant. Ce tableau est une œuvre d’art. Demandez-le à votre femme. Et il pourrait avoir été réalisé par ce type, Constable, ce qui en ferait une excellente affaire, commercialement parlant. Nous l'avons payé, et nous ne tenons pas du tout à ce que quelqu'un nous l'enlève. Des flics, comme n'importe qui d'autre. Point, à la ligne. Alors, que nous reste-t-il à faire ? demanda M. Hewson à la cantonade.

Et, perdant un peu de sa contenance, il répondit lui-même à sa question :

– Il ne nous reste plus qu'à anticiper. Nous faisons donc comme si ce tableau était déjà en route.

– Et il le serait certainement, répliqua Alleyn, jovial, n'était-ce le robuste gendarme planté devant le bureau de poste de Ramsdyke.

M. Hewson rosit légèrement, mais son regard ne quitta pas le visage d'Alleyn. Sa sœur toussota délicatement.

– Pardon, fit-elle, l'air effrayé.

– Impossible de gagner, observa M. Pollock dans le vide. C'est écœurant, ajouta-t-il après réflexion.

– Si nous ne voulons pas vous garder ici jusqu'aux aurores, nous ferions bien de commencer, dit Alleyn. A propos, quelqu'un désire-t-il réellement voir le mandat de perquisition ?

– Mais certainement, fit M. Hewson. Aussi grossier que cela puisse paraître, moi, je veux le voir.

– Bien sûr. C'est une requête tout à fait raisonnable. Le voici.

Fox sortit le mandat, les Hewson et M. Pollock le contemplèrent avec dégoût. M. Lazenby remarqua que tout semblait en règle et qu'il n'avait pas de réclamations à faire. Caley Bard gratifia Alleyn d'un clin d'œil ; le Dr Natouche interrompit son travail pour sortir la clé de sa cabine et la poser sur la table. Ce geste parut ébranler tout le monde, sauf Caley Bard. Celui-ci annonça simplement que sa porte n'était pas fermée.

– Merci beaucoup, dit Alleyn. Nous avons toujours un sésame sur nous, mais ça va nous faciliter la tâche.

Il prit la clé.

– Y en a-t-il d'autres ?

– Vous savez, fit M. Hewson, si vous n'étiez pas entouré de tous ces flics plus vrais que nature, je vous aurais pris pour un sacré farceur.

– Ah oui ? répondit Alleyn distraitement. Pourtant, croyez-moi, je ne vois vraiment pas où est la farce.

Outre Natouche et les Hewson, seul M. Pollock avait fermé à clé. Il donna sa clé avec toute la mauvaise grâce dont il était capable et, tournant le dos à l'assistance, se mit à suçoter ses dents.

Avant de partir, Alleyn s'approcha de la table où le Dr Natouche était toujours absorbé dans sa carte fluviale. Ce dernier se redressa et examina placidement ce qu'il venait de réaliser.

– Je suis un amateur de cartes, expliqua-t-il, comme pour s'excuser.

Son dessin méticuleux aux inscriptions soigneuses témoignait en fait d'une véritable passion. Il était si fin et si détaillé qu'il aurait presque fallu l'étudier à la loupe. Alleyn suivit l'arabesque du Fleuve jusqu'à Longminster. Il reconnut la cathédrale, mais aussi, à côté, l'enseigne d'une auberge accompagnée d'une élégante silhouette de femme mince et brune à la tête penchée.

Il baissa les yeux sur les cheveux crépus du Dr Natouche. Les deux hommes n'avaient pas échangé un seul mot.

Puis Alleyn et Fox partirent en exploration.

D'abord, ils allèrent chercher le « Constable » ; après quoi, ils passèrent dans la cabine de Miss Hewson dont ils vidèrent systématiquement les bagages et les tiroirs.

– C'est drôle, commenta Fox, étalant avec grand soin une chemise de nuit plutôt minable sur le lit de Miss Hewson. Je croyais que les Américaines portaient une lingerie plus *troublante* [1] que ça.

Alleyn le dévisagea, médusé.

1. En français dans le texte. *(N.d.T.)*

– Je suis sans voix, fit-il.

– Pourquoi ont-ils voulu nous empêcher à tout prix de voir ce tableau ?

– A votre avis ?

– Eh bien, répliqua Fox, j'essaie de penser à une hypothèse valable. Admettons que leur histoire soit vraie, qu'ils aient déniché ce tableau dans l'armoire des Bagg et qu'ils l'aient payé rubis sur l'ongle. Pourquoi ne pas nous le montrer, dans ce cas ? Ils l'ont montré bien volontiers hier soir, non ? D'après *lui,* ils redoutaient une confiscation. Peut-être qu'ils ont vu des policiers britanniques dans un feuilleton de télé américain et que ça leur a donné une curieuse idée de notre travail, mais pour ma part, j'ai l'impression qu'ils nous ont raconté un bobard.

– Entièrement d'accord. Je suis sûr que tout ça était pure improvisation.

– Mais alors, pourquoi ? Les gens se comportent ainsi uniquement quand ils ont quelque chose à cacher. Que cherchent-ils donc à cacher, à propos de ce tableau ? Je ne vois qu'une réponse. Pas vous, monsieur Alleyn ?

– Si. Ils sont mêlés à un trafic.

– Ce tableau est un faux, et ils le savent. De là, on peut facilement supposer que Jo Bagg ne l'a jamais eu en sa possession. Les Hewson l'ont apporté avec eux et l'ont planqué dans l'armoire pendant que les Bagg avaient le dos tourné.

– Je ne le crois pas, compère Fox. Pas d'après le récit que Bagg a fait de cette vente.

– Ah bon ? Évidemment, je ne l'ai pas entendu, reconnut Fox.

– Ne pensez-vous pas que ce sont les motocyclistes qui ont planqué ce tableau ? Ils ont traîné dans les parages mardi, et c'est apparemment le grincement de la porte de l'armoire qui a attiré l'attention de la vieille Mme B. sur eux.

– Fort possible. Tant qu'à faire, il se pourrait qu'ils

aient arrosé toute la région avec des faux soigneusement planqués.

– Pourquoi pas ? Regardez-moi ça.

Alleyn sortit de la trousse de toilette de Miss Hewson une pile de photos couleur. Il les disposa sur le couvercle de la valise. Trois d'entre elles représentaient l'écluse de Ramsdyke. Il plaça la toile à côté.

– La même chose, dit Fox.

– Oui. Prise exactement au même endroit et, à en juger par l'aspect des arbres, au printemps. Sans doute lors de cette première visite dont la vieille Mme Bagg nous a rebattu les oreilles. Tenez, regardez : voici la différence que nous avons remarquée.

– Les arbres. Oui. Oui. Sur la toile, ils sont plus petits et... enfin, différents.

– Beau travail. Il ne fallait pas, comprenez-vous, qu'ils ressemblent à ce qu'ils sont maintenant. Il était indispensable de les resituer à l'époque de Constable. Je parie, ajouta Alleyn, que ces arbres-là ont été copiés sur un véritable Constable, ou du moins sur une reproduction.

– Par qui ?

Alleyn ne répondit pas tout de suite. Il remit les photos dans la trousse et, après avoir longuement contemplé la toile, la roula et l'attacha avec soin.

– Nous allons la garder, fit-il, justifiant ainsi les pires craintes des Hewson. Je vais rédiger un reçu. Tout est en ordre, ici ? Nous allons passer, compère Fox, à une autre cabine fermée : j'ai hâte de rendre visite, en son absence, à M. Pollock.

IV

Thompson et Bailey venaient d'arriver. Ils firent discrètement le tour des cabines pour relever les empreintes sur les verres à dents, avant de se rendre sur les lieux où l'on avait découvert les traces de pneus de moto. Tillottson, dans son bureau à Tollardwark, attendait des nouvelles des motards et espérait fortement en avoir d'Amérique et d'Australie, via Londres. Entre-temps, les services compétents avaient ordonné une enquête exhaustive sur la défunte et les deux passagers, Natouche et Caley Bard, qui vivaient en Angleterre. Caley avait donné son adresse à Londres et défini son métier comme consistant à « gaver les adolescents récalcitrants de matière première mal digérée ». Autrement dit, il travaillait comme répétiteur pour le compte d'une institution renommée.

Troy dormait aux *Armes de Percy* à Norminster, et Alleyn et Fox avaient terminé de fouiller les cabines.

– Le butin est plutôt maigre, dit Alleyn. Excepté cette petite chose.

– De chez Pollock ?

– Absolument.

Dans la cabine de M. Pollock, ils avaient découvert, dans la poche intérieure de son vilain costume, un exemplaire de la photo de l'écluse de Ramsdyke, ainsi que plusieurs esquisses de mots destinés à compléter le dessin de Troy. Il s'était visiblement donné beaucoup de peine, s'interrompant de temps à autre pour faire des gribouillis. C'étaient ces griboullis qu'Alleyn trouva intéressants.

– Très fin, très minutieux, marmonna-t-il. On sent la main d'un professionnel. Je me demande ce que les psychiatres pensent de ces choses-là. Quelqu'un devrait écrire une monographie intitulée : « Le Gribouillage et l'inconscient » ou « Comment... »

Il s'arrêta au milieu de la phrase, les yeux rivés sur le dernier croquis de M. Pollock.

« Après le Crabe vient... », avait écrit M. Pollock, reprenant ensuite, avec quelques changements, certaines lettres. Mais, dans un coin de la feuille, il avait esquissé un dessin très élaboré.

C'était un arbre, qui ressemblait comme un frère

jumeau à l'orme surplombant l'étang sur la toile de Miss Hewson.

– Très imprudent de sa part, observa Alleyn, mettant le papier dans sa poche. Ça m'étonne de lui.

A leur retour au salon, ils constatèrent que les Hewson, M. Pollock et M. Lazenby étaient toujours en train de jouer au Scrabble. Caley Bard et le Dr Natouche lisaient. Mme Tretheway était allée se coucher.

Bailey et Thompson traversèrent la pièce avec tout leur attirail. Les passagers les regardèrent passer en silence.

– Nous avons terminé, annonça Alleyn après leur départ. Les cabines sont à nouveau à votre disposition. Désolé de vous avoir fait veiller aussi tard. Voici les clés.

Il les posa sur la table.

– Et voici votre tableau, Miss Hewson. Nous aimerions le conserver pendant quelque temps. Je vais vous donner un reçu. Soyez certaine que nous prendons grand soin de votre toile.

Miss Hewson était devenue, selon l'expression de Fox, blanche comme un navet. Son regard alla d'Alleyn à son frère, puis glissa fébrilement sur les autres passagers, comme pour protester contre un verdict trop cruel. Elle se leva, tirant sur sa lèvre inférieure avec des doigts incertains. Un curieux petit gémissement s'échappa de sa gorge.

– Du calme, ma vieille, fit son frère. Ce n'est pas la peine de te mettre dans tous tes états. Calme-toi.

M. Hewson avait de grosses mains blêmes. Alleyn vit sa main gauche se crisper, tandis que sa main droite se refermait sur l'avant-bras de sa sœur. Elle poussa un cri de douleur, retomba sur sa chaise et jeta un coup d'œil terrorisé sur son frère.

– Ma sœur est quelqu'un d'hypersensible, monsieur le superintendant, dit M. Hewson. Elle pique des crises de nerfs pour un rien.

– J'espère qu'elle n'a aucune raison de le faire maintenant, répliqua Alleyn. Il paraît que ce n'est pas votre premier séjour dans la région, monsieur Hewson. Vous êtes déjà venu ici au printemps, n'est-ce pas ?

Le Dr Natouche abaissa son livre et parut pour la première fois prêter attention à la conversation. Caley Bard laissa échapper une exclamation de surprise. Miss Hewson remua les lèvres, tout en palpant son bras ; et M. Lazenby remarqua, comme dans une causerie mondaine :

– Ah oui ? Vraiment ? Vous connaissiez déjà la région ?

– C'est vrai, déclara M. Hewson. Nous sommes passés par là. Nous avons été conquis, et nous avons décidé de revenir.

– Quand avez-vous réservé vos places à bord du *Zodiac* ? s'enquit Alleyn.

M. Hewson fut le premier à rompre le silence.

– Excusez-moi, mais à votre place, j'aurais formulé la question autrement. Nous avions effectué nos réservations à partir des États-Unis. Et nous avons été ravis d'apprendre en arrivant que l'itinéraire du *Zodiac* passait par ces contrées.

– Avez-vous pris beaucoup de photos lors de votre précédent voyage ?

– Pas mal, oui.

– Y compris plusieurs clichés ici, à Ramsdyke, du paysage qui a servi de modèle pour ce tableau ?

– Peut-être, répondit M. Hewson. Je ne saurais vous le dire comme ça, de but en blanc. Nous nous sommes beaucoup baladés dans les environs.

– Avez-vous déjà vu cette photographie, monsieur Pollock ?

M. Pollock se renversa sur son siège, enfouit ses mains dans ses poches et prit un air d'impertinence circonspecte qu'Alleyn connaissait très bien.

– Je n'en sais rien, rétorqua-t-il.

– Vous voulez dire que vous ne l'avez pas vue ?

– Je n'y comprends rien, moi, à cette histoire de photos, décréta M. Pollock. Je trouve ça idiot.

Le dessin avec son arbre et la photographie de l'écluse de Ramsdyke atterrirent sur la table devant lui.

– Ceci était dans la poche de votre costume.

– Et alors ?

– Ce dessin est une réplique de l'arbre du tableau.

– Vous m'en direz tant.

– Quand l'avez-vous dessiné ?

M. Pollock hésita.

– Après que j'ai vu la peinture, répondit-il enfin. Je l'ai esquissé de mémoire.

– Pendant que vous vous exerciez à la calligraphie ?

– Exact. *Non !* ajouta-t-il précipitamment. Après.

– Normalement, ça aurait dû être après. Car vous avez calligraphié le poème sur les signes du zodiaque avant d'avoir vu le tableau. N'est-ce pas ?

– C'est vous qui le dites, pas moi.

– Je pense, monsieur Pollock, que votre première réponse est la vraie. Vous avez « esquissé » ce dessin extrêmement précis pendant que vous vous exerciez à la calligraphie il y a deux jours de cela, et vous l'avez fait, inconsciemment ou non, parce que vous connaissiez le tableau. Vous vous en êtes souvenu avec une précision remarquable, comme si...

Alleyn fit une pause. M. Pollock s'était figé sur sa chaise.

– ... comme si vous l'aviez peint vous-même.

– Excusez-moi, murmura le Dr Natouche en se levant.

Et il monta sur le pont.

– Vous n'êtes pas obligé de m'insulter devant ce moricaud, dit M. Pollock.

Caley Bard s'approcha de lui et le considéra comme quelque chose de répugnant qu'il aurait pris dans son filet à papillons.

– Espèce de sale petit cornichon, fit-il. Vous allez la boucler, oui, sale petit cornichon ?

Pollock le dévisagea avec une défiance craintive, qui fut très désagréable à voir.

– Pardon, dit Caley à Alleyn, regagnant sa place.

– ... comme si vous l'aviez peint vous-même, répéta Alleyn. Est-ce vous qui l'avez peint, monsieur Pollock ?

– Non. C'est mon dernier mot. Non.

Ce fut tout ce qu'ils purent tirer de M. Pollock. On eût dit qu'il était subitement devenu sourd et aveugle, à en juger par son manque total de réaction face à tout ce qui lui était adressé.

– Il fait chaud ici, déclara M. Lazenby.

En effet, l'air nocturne était étouffant. De temps en temps, on entendait le grondement du tonnerre, et des éclairs illuminaient fugitivement le ciel quelque part au-delà de Norminster.

M. Lazenby écarta un rideau, découvrant un voile blanc et cotonneux. Le Rampant régnait sur le Fleuve.

– On n'y voit rien, dit M. Lazenby, glissant un doigt sous son col de pasteur. Je pense, ajouta-t-il sur un ton doctoral aux inflexions australiennes, que nous avons droit à une explication, monsieur le superintendant. Nous avons tous subi un grand choc en apprenant la mort tragique de cette pauvre femme. Chacun de nous, j'en suis certain, voudrait que cette affaire soit tirée au clair. Si cette histoire de tableau a quelque chose à voir là-dedans, tant mieux pour vous. Mais honnêtement, pour ma part, je ne vois pas le moindre rapport.

– Entièrement d'accord, claironna M. Hewson. Oui, monsieur.

– Le rapport, s'il y en a un, répondit Alleyn, se révélera au cours de nos investigations. En attendant, si vous le voulez bien, nous continuerons à éclaircir les questions préliminaires. Voulez-vous vous reporter à la soirée du lundi, quand vous avez tous visité Toll'ark ?

Le groupe autour de la table le dévisagea avec suspicion. Caché derrière son livre, Caley répliqua :

– O.K. En ce qui me concerne, j'y suis déjà.

– Bien. Qu'avez-vous fait à Toll'ark ?

– Contrarié dans mon projet initial, qui était d'inviter votre femme à explorer les vieilles pierres avec moi, j'ai bu de la bière aux *Armes de Northumberland* en écoutant des ragots de comptoir du plus bas étage. Après la fermeture du pub, j'ai regagné, plus pensif que grisé, notre fier vaisseau.

– Par quel chemin ?

– Par une ruelle pavée, escarpée et malodorante qui s'appelait pompeusement... attendez... je l'ai vu sur le mur d'une boutique. J'y suis. Weyland Street.

– Avez-vous croisé d'autres passagers ?

– Je ne le crois pas. Nous sommes-nous croisés ? demanda Caley à ses compagnons.

Ils secouèrent légèrement la tête.

– Vous, monsieur Lazenby, avez assisté aux complies. Êtes-vous rentré seul ?

– Non, répondit-il avec désinvolture. A mi-chemin, je suis tombé sur Stan, et nous avons fait le reste de la route ensemble. Pas vrai, Stan ?

Interpellé par son prénom, M. Pollock hocha la tête d'un air maussade.

– Nous savons que M. et Miss Hewson, suivis de ma femme et du Dr Natouche, sont revenus par Ferry Lane, où ils s'étaient tous rencontrés devant la brocante de Bagg. Nous savons également que Miss Rickerby-Carrick est rentrée toute seule, mais elle n'a pas dû prendre Ferry Lane. Et comme l'autre rue qui permet d'accéder directement au Fleuve, c'est Weyland Street, il est probable qu'elle soit passée par là. Personne ne l'a vue ?

– Non, répondit Pollock instantanément, d'une voix forte.

– Non, confirma M. Lazenby.

Prenant alors un risque aussi soudain que démesuré, Alleyn demanda :

– Monsieur Lazenby, qu'avez-vous fait des pages que vous avez arrachées du journal de Miss Rickerby-Carrick ?

Un souffle d'air brumeux souleva le rideau au-dessus de la fenêtre ouverte. Les arbres de Ramsdyke soupirèrent, puis tout redevint silencieux.

– Voilà une façon de parler que je ne trouve pas très correcte, dit M. Lazenby.

Miss Hewson se mit à pleurer doucement.

– Il y a façon et façon, poursuivit M. Lazenby. Celle-ci me paraît insultante.

– Pourquoi ? s'enquit Alleyn. Vous ne les avez pas arrachées ?

– Peut-être, par inadvertance. C'est très possible. J'ai sauvé son journal d'une tombe liquide, ajouta-t-il en manière de plaisanterie.

– Sa propriétaire n'a pas eu cette chance-là, observa Caley Bard.

Ils le regardèrent avec consternation.

– C'était un geste très spontané et très méritoire, fit M. Hewson d'un air compassé. Elle a été extrêmement reconnaissante au révérend. Il a agi en homme. Oui, monsieur. En homme.

– Comme nous l'avons tous constaté, commenta Caley Bard en s'inclinant devant Lazenby.

– Ce n'était rien, franchement, protesta ce dernier. N'oubliez pas que j'habite Sydney, au bord de la mer. Et en plus, j'étais en maillot de bain.

– Comme je viens de le souligner, dit Caley.

– Ces pages étaient dans votre main gauche tandis que vous attendiez le *Zodiac* sur la berge. Pendant ce temps, vous avez feuilleté le journal.

M. Pollock rompit le silence qu'il s'était imposé.

– Devinez un peu d'où viennent tous ces renseignements, lança-t-il. C'est charmant, non ? Une vraie affaire de famille.

– Fermez-la, riposta Caley Bard, se tournant vers Alleyn. Vous avez raison. Je me souviens... comme les autres, sûrement, que le révérend avait une feuille de papier à la main. Mais à mon avis, Alleyn, il y a une explication évidente à cela : celle qu'il vous a donnée lui-même. Ce satané journal était trempé comme une soupe ; il a dû se désintégrer entre ses doigts.

– Il n'est pourtant pas en aussi piteux état, vous savez.

– Oui... bon, d'accord. Mais il s'était ouvert dans l'eau. Au moment de l'attraper, deux ou trois pages ont dû se décoller.

– Voyons, fit Alleyn tranquillement, je n'ai rien suggéré d'autre. J'ai simplement demandé à M. Lazenby ce qu'il avait fait des pages qui s'étaient détachées.

– M. Bard dit la vérité. Je ne les ai pas arrachées. Elles se sont détachées toutes seules.

– Parties en eau de boudin, quoi, expliqua Caley.

– Très drôle, commenta M. Pollock.

– J'ignore, déclara M. Lazenby, hautain, ce que j'ai pu faire des feuilles de papier trempées que j'ai pu avoir entre les mains. Je ne me rappelle absolument pas cet épisode.

– Les avez-vous lues ?

– Cette insinuation est indigne de vous, monsieur le superintendant.

– Lundi dernier, reprit Alleyn, à Toll'ark, en revenant vers le *Zodiac*, vous et M. Pollock vous êtes arrêtés près d'un porche obscur dans Weyland Street. De quoi avez-vous discuté ?

Cette fois, ils furent réellement décontenancés, nota-t-il avec satisfaction. « Ils se demandent, pensa-t-il, jusqu'à quel point je bluffe. Ils savent que Troy n'a pas pu me raconter ça. Cela ne peut venir donc que du journal de la Rickerby-Carrick. Je parie que Lazenby a lu les pages manquantes, et que Pollock est au courant. De plus, ils doivent savoir que le journal était dans la valise et que nous avons dû le voir. Ils sont morts de frousse à l'idée que nous ayons pu trouver quelque chose que moi-même, j'aurais diantrement aimé découvrir. S'ils sont vraiment malins, il ne leur reste qu'une seule attitude à adopter, et j'espère que ce ne sera pas le cas. »

Mais son espoir fut vain.

– Je ne répondrai à aucune de ces maudites questions, hurla soudain M. Pollock, avant d'avoir vu un avocat, et je vous conseille d'en faire autant.

– Bravo, applaudit M. Lazenby. Excellente idée.

Puis, sentant peut-être qu'il détonnait par rapport à son personnage, il ajouta :

– Nous sommes parfaitement en droit d'agir de la sorte.

– Vous l'avez dit, révérend, opina M. Hewson avec ferveur. Nom d'un chien, vous l'avez dit.

Miss Hewson, qui était en train de s'essuyer furtivement les yeux et le nez, laissa échapper un sanglot déchirant.

– Enfin, voyons, ma grande, dit Hewson.

– Non ! Non ! Non ! cria-t-elle, épouvantée. Ne me touche pas. Je ne veux pas rester ici. Je vais me coucher.

– Mais je vous en prie, fit Alleyn poliment. Pourquoi ne prendriez-vous pas un de vos propres cachets ?

Le souffle coupé, elle le regarda avec des yeux ronds et disparut en titubant dans l'escalier.

– Pauvre femme, dit M. Lazenby. Pauvre femme.

– J'ai encore une question, reprit Alleyn. Mais, compte tenu de votre résolution de tout à l'heure, vous n'aurez peut-être pas envie de me répondre. A moins que ?...

Il sourit à Caley Bard.

– Jusque-là, répliqua celui-ci, je n'ai pas fait vœu de silence ni envoyé chercher mon avocat.

– Parfait. Voici de quoi il s'agit. Miss Rickerby-Carrick portait sur une cordelette autour de son cou un bijou de très grande valeur. Elle en a parlé à ma femme et à Miss Hewson. Nous ne l'avons pas retrouvé.

– Le courant l'a emporté, suggéra Caley.

– Ce n'est pas impossible. Le cas échéant, nous fouillerons le lit du fleuve.

Caley réfléchit quelques instants.

– Écoutez, fit-il, c'était une créature complètement farfelue. Je crois qu'elle devait dormir, ou essayer de dormir, sur le pont. Imaginez qu'elle se soit réveillée en pleine nuit et qu'elle soit allée faire un tour sur le chemin de halage avec son pyjama bleu, son peignoir violet et sa babiole de Fabergé autour du cou. Ça peut paraître grotesque, mais ce serait tout à fait son genre.

– Comment savez-vous que c'était un Fabergé, monsieur Bard ?

– Mais parce qu'elle me l'a dit, pardi. Pendant que nous chassions les papillons dans les ruines de Crossdyke. Je suis persuadé qu'elle en a parlé à tout le monde. C'était une vraie tête de linotte, cette pauvre vieille.

– Eh bien ?

– Eh bien, imaginez qu'elle soit tombée sur un individu peu recommandable qui a agrippé son colifichet, et, comme elle se débattait, l'a étouffée et l'a jetée dans le Fleuve ?

– Après être allé chercher sa valise dans sa cabine sur le *Zodiac* ?

– Zut ! dit Caley. Il fallait que vous rameniez ça sur le tapis.

– Néanmoins, ajouta Alleyn, s'adressant au groupe autour de la table, nous ne pouvons pas négliger l'éventualité d'une intervention extérieure.

– Qui, par exemple ? interrogea Hewson.

– Par exemple, le motocycliste et sa petite amie, qui semblent avoir suivi de près l'itinéraire du *Zodiac*. Vous voyez tous de qui je veux parler, n'est-ce pas ?

Il y eut un silence.

– *Franchement!* s'exclama Caley. C'en est trop. Bien sûr que nous voyons de qui vous parlez ; ils surgissaient de temps à autre comme les prologues aux catastrophes à venir dans les premiers films de Cocteau. Nous les avons tous remarqués, fit-il, se tournant vers ses compagnons. Pourquoi ne pas le dire ?

Ils s'agitèrent, mal à l'aise.

– Vous avez raison, monsieur Bard, répondit Lazenby. Absolument. C'étaient deux jeunes dans le vent... ils m'ont paru O.K. J'ai eu l'impression que c'étaient des copains du jeune Tom.

– Leur avez-vous parlé ?

Personne ne répondit.

– Demandez-le au gentleman de couleur, lança Hewson.

Alleyn crut déceler une note craintive dans sa voix.

– Vous pensez donc que le Dr Natouche leur a parlé ?

– Je ne le pense pas, je le sais. C'était le premier jour, quand nous avons franchi cette écluse. Eux étaient sur le pont, et lui arrivait par le chemin de ce trou machin-chose dans les collines. Les deux zigotos ont crié quelque chose ; il s'est approché d'eux et leur a adressé la parole. Alors ils ont rigolé, enfourché leur engin et ils sont repartis.

Hewson changea légèrement de position et continua, soulignant avec finesse l'aspect insultant de son attitude :

– Mme Alleyn, elle était dans le trou machin avec la défunte. Elle y est restée un bon moment, avant l'arrivée de la défunte. Tout comme lui, Natouche. Un bon moment.

Ce fut dit de manière si ignoble qu'Alleyn sentit ses cheveux se dresser sur sa tête. Fox, qui avait réussi comme toujours à se rendre invisible pendant qu'il prenait des notes, étouffa une exclamation.

Après avoir jeté un coup d'œil sur le visage d'Alleyn, Hewson déclara avec précipitation :

– Ne le prenez pas mal, hein ! Bon sang, monsieur le superintendant, ce n'est pas ce que j'ai voulu dire.

Alleyn haussa les sourcils à l'adresse de Fox, qui sortit après avoir esquissé en silence le mot : « Tom ? » Alleyn grimpa l'escalier qui menait sur le pont et se pencha par-dessus le portillon. Le Dr Natouche se tenait appuyé sur le bastingage, enveloppé de brouillard, les mains jointes et la tête inclinée comme s'il examinait ses doigts.

– Docteur Natouche, puis-je vous déranger encore un instant ?

– Mais certainement. Dois-je redescendre ?

– S'il vous plaît.

Lorsqu'il pénétra au salon, clignant des yeux à la lumière, Alleyn, qui observait Pollock, Hewson et Lazenby, se rappela la première lettre de Troy. Ces passagers, avait-elle écrit, considéraient Natouche avec un sentiment proche de la peur.

Il interrogea Natouche sur ce qui s'était passé entre lui et les motards. Après une pause, celui-ci répondit que le jeune homme lui avait demandé s'il était passager sur le *Zodiac*. A en juger par la manière dont il l'avait formulée, sa question devait contenir une insulte cachée, fit le Dr Natouche paisiblement. Et, quand il eut acquiescé, la fille avait éclaté de rire.

– Je me suis éloigné, et le jeune homme a poussé un cri... Ça s'appelle des huées, je crois. Ce genre d'incident ne m'est pas inhabituel.

– Pourriez-vous me les décrire ? Ils m'ont l'air suffisamment déplaisants pour qu'on se souvienne d'eux.

– Ils étaient vêtus de cuir noir. L'homme était plus vieux qu'on ne l'aurait supposé. Tous deux avaient des cheveux bruns et longs qui leur tombaient sur les épaules. Ceux de l'homme étaient huileux. Il avait un visage massif et légèrement prognathe et des yeux petits et enfoncés. La fille avait un teint cireux, de grands yeux et une éruption d'acné sur le menton.

– Formidable, hein ? remarqua Pollock avec son rire grinçant.

– Je vous remercie, dit Alleyn. Voilà qui nous sera très utile.

Alors Pollock passa à l'action. Se levant, il traversa le salon et vint se planter devant Natouche, les mains dans les poches et la tête penchée sur le côté.

– Dites donc, vous, « docteur », lança-t-il. A quoi jouez-vous ?

– Je vous demande pardon. Je ne comprends pas.

– Ah oui ? Moi, je pense que vous comprenez très bien. Je vous ai vu parler aux deux motards et je n'ai vraiment pas eu l'impression qu'ils se fichaient de vous. Évidemment, avec vous, c'est toujours la même histoire : « Regardez comme ils nous insultent, nous, les nobles martyrs ! » Moi, je n'ai pas eu cette impression-là. J'ai eu l'impression que vous les connaissiez déjà. Là !

– Vous vous trompez.

– Quelqu'un d'autre a-t-il eu le même sentiment ? demanda Alleyn.

– Ouais, moi, dit Hewson. Pour sûr.

– Monsieur Lazenby ?

– Je déteste tirer des conclusions hâtives. Je ne puis rien affirmer. Je dois avouer...

– Oui ?

– Nous étions plus loin, monsieur le superintendant, sur la descente de la cuvette de Wapentake. Je ne pense pas qu'à cette distance, une impression puisse avoir une valeur quelconque. Néanmoins, j'ai pensé... vaguement, vous savez, que peut-être le docteur avait rencontré des amis. Ce n'était qu'une vague idée.

– Et vous, monsieur Bard ?

Caley Bard se passa les doigts dans les cheveux et jura à voix basse.

– J'estime moi aussi qu'une impression à cette distance-là ne peut pas être très fiable, déclara-t-il. Nous n'avons rien entendu de leur conversation. A mon avis, l'explication du Dr Natouche est aussi valable que les autres.

– S'il ne les a jamais vus avant, comment a-t-il fait pour se rappeler toutes ces histoires de visages et de boutons ? questionna Pollock. Au bout de trente secondes ! Moi, ça me paraît louche.

– Il me semble, répliqua Alleyn, que, tout comme vous, le Dr Natouche a eu amplement le temps de les observer à Norminster, le matin de votre embarquement.

– Eh, qu'est-ce qu'on parie ? cria Pollock. Il était de mèche avec eux. Eux, ils ont trucidé la donzelle, et lui leur a remis la valise. Qu'en dites-vous ?

Un rictus triomphant lui tordit les lèvres, sans qu'il se départît pour autant de son air effrayé. Natouche, lui, arborait une expression totalement fermée.

– Je croyais, dit Caley à Pollock, que vous aviez décidé de la boucler jusqu'à l'arrivée d'un avocat. Pourquoi diable ne pouvez-vous pas suivre votre propre conseil et tenir votre langue ?

– Voilà, voilà !

Fox revint avec Tom qui, torse nu, ébouriffé et ensommeillé, paraissait en effet très jeune et passablement intimidé.

– Navré de t'avoir tiré ainsi du lit, Tom, fit Aleyn. M. Fox a dû t'expliquer de quoi il retourne.

Tom hocha la tête.

– Nous aimerions seulement savoir si tu peux nous parler du couple de motards. Seraient-ce des amis à toi ?

Montrant le blanc de ses yeux, Tom répliqua qu'ils n'étaient pas vraiment des amis. Se dandinant d'un pied sur l'autre, il évitait de regarder Alleyn et répondait par monosyllabes. Les passagers écoutaient avidement. Alleyn se demanda s'il était raisonnable de mener cet entretien unilatéral devant eux et décida que, somme toute, cela pourrait s'avérer payant. Petit à petit, il extirpa de Tom que celui-ci avait rencontré les deux motards dans un café de Norminster. Quand ? Il ne savait plus. En début de saison ? Oui. Et il ne les avait pas revus avant cette croisière ? Leurs noms ? Les noms de famille, il ne les connaissait pas. Le garçon se prénommait Pluggy, et sa petite amie, Glenys. Habitaient-ils dans la région ? Il ne le pensait pas. Il ignorait d'où ils venaient.

Ce fut très laborieux. Caley soupira et se replongea dans son livre. Le Dr Natouche avait l'air d'assister poliment à une réunion qui ne l'intéressait pas. Pollock se rongeait les ongles. Lazenby arborait un sourire indulgent, et Hewson contemplait Tom d'un œil vitreux.

– Qui a engagé la conversation le premier, eux ou toi ? demanda Alleyn. Dans le café ?

– Eux, marmonna Tom. Ils voulaient des adresses.

– Quel genre d'adresses ?

– D'endroits le long du Fleuve.

– N'importe quels endroits ?

Il s'avéra que non. Ils étaient intéressés par la brocante. Oui, Tom leur avait parlé de Jo Bagg.

Les passagers remuèrent.

Peu à peu, un semblant d'histoire cohérente commença à émerger de ce processus tortueux. Alleyn crut reconnaître les symptômes. Les deux motards avaient fait figure d'aventuriers aux yeux du jeune Tom. Ils étaient libres, décontractés, dans le vent. Leur attention l'avait flatté. Quand le *Zodiac* avait appareillé, Troy avait décelé quelque chose de furtif dans leur échange de signes. Alleyn demanda à brûle-pourpoint ce que les parents de Tom pensaient de cette fréquentation. Les joues en feu, Tom marmotta quelque chose dans sa barbe. Visiblement, ils ne l'approuvaient pas beaucoup. Le skipper avait fait preuve d'une intransigeance regrettable vis-à-vis des deux motards. Il avait, semblerait-il, demandé à Tom si celui-ci n'avait rien de mieux à faire que de traîner sur les quais avec deux vauriens.

– T'ont-ils jamais posé des questions sur les passagers ?

Tom garda le silence.

– C'est important, Tom, dit Alleyn. Tu sais ce qui s'est passé, n'est-ce pas ? Tu sais pourquoi nous sommes ici ?

Il acquiesça.

– Tu ne voudrais pas que quelqu'un soit accusé à tort, n'est-ce pas ?

Il secoua la tête.

– Ont-ils parlé d'un passager en particulier ?

Les yeux noirs de Tom firent le tour de la pièce, se posèrent sur le Dr Natouche, puis fixèrent le plancher.

– Ont-ils parlé du Dr Natouche ?

Il acquiesça à nouveau.

– Et qu'ont-ils dit ?

– Ils... ils ont dit... de lui transmettre un message.

– Quel message ? Allons ! Tâche de te souvenir de leurs paroles précises. Quel message ?

Tom, qui paraissait au bord des larmes, balbutia :

– Ils ont dit de lui transmettre de leur part qu'il pouvait...

– Qu'il pouvait quoi ?

Un flot d'obscénités répétées par la voix brisée d'un adolescent se déversa dans la quiétude du petit salon.

– C'est vous qui l'avez demandé, fit Tom misérablement. Vous l'avez demandé. Je n'y peux rien. Ils n'aiment pas... ils n'aiment pas...

Et il désigna Natouche d'un signe de tête.

– Bien, dit Alleyn. Nous en resterons là pour le moment.

Il se tourna vers Natouche.

– Si je comprends bien, ce message n'a pas été transmis ?

– Non.

– Il ne manquerait plus que ça, fit Caley Bard.

– Ont-ils mentionné les autres passagers ? reprit Alleyn.

A Norminster, ils avaient apparemment posé des questions sur Troy. Seulement, ajouta Tom en se contorsionnant d'une façon surprenante, pour savoir qui elle était et quand elle avait réservé sa place.

– Connaissais-tu la réponse ?

Il savait qu'elle avait réservé sa place le matin même, grâce à une annulation. Mais il ignorait alors... Là, Tom hésita, se tortilla et finit par avouer qu'il ne savait pas encore qu'elle était un peintre célèbre ni qui était son mari.

– Et Miss Rickerby-Carrick.... en ont-ils parlé ?

Seulement, marmonna Tom, pour dire que c'était une vieille cinglée.

– Quand les as-tu vus pour la dernière fois ?

Cette question provoqua une nouvelle réaction malheureuse. Le visage basané de Tom blêmit ; ses lèvres remuèrent sans qu'aucun son en sortît. On eût dit qu'il était sur le point de se sauver.

– Là, vous y allez un peu fort, Alleyn, dit Caley.

Pollock se mit à discourir aussitôt sur les méthodes policières.

– Ce n'est rien, déclara-t-il. Rien par rapport à ce qui se passe dans les cellules. Ne lui réponds pas, fiston. Ne lui donne pas cette satisfaction. Ils ne peuvent pas t'y obliger. Ne dis rien : tu ne t'attireras pas d'ennuis.

Se détournant, Tom cacha son visage dans le creux de ses bras et donna libre cours à ses larmes. Les passagers poussèrent des exclamations indignées.

Le skipper était revenu. On entendit sa voix sur le pont ; l'instant d'après, il descendit prestement l'escalier suivi du brigadier de police de Tollardwark.

Tretheway jeta un coup d'œil sur son fils.

– Que se passe-t-il ici ?

Tom leva son visage inondé de larmes, essaya de parler et fila comme une flèche sur le pont inférieur.

– Je vais tout vous expliquer dans deux minutes, skipper, dit Alleyn.

Il se tourna vers le brigadier.

– Qu'est-ce que c'est ?

– Un message du superintendant de Tollardwark, monsieur.

Le brigadier regarda l'assistance et sortit un papier qu'il tendit à Alleyn :

« Les deux motards ont été coffrés près de Pontefract. On les ramène directement à Tollardwark. Avec le bijou. »

9.

LE RAMPANT

– Je m'arrête là, dit Alleyn, pour attirer votre attention sur une question technique. Vous aurez tous remarqué qu'au lieu de voir les passagers séparément, je les ai interrogés en groupe. C'était un pas risqué, que je n'ai pas franchi sans hésitation. Mais voyez-vous, nous étions sûrs d'avoir affaire à une bande. Interrogés un à un, ils auraient eu le temps de concocter un bobard plausible, tandis que, pris ensemble, ils étaient obligés d'improviser et, ce faisant, risquaient de se trahir. Ils agissaient, nous en étions certains, sur les ordres de Foljambe, lequel Foljambe se trouvait parmi eux : M. Fox et moi avions notre idée là-dessus. Vous aussi, sans doute, vous commencez à avoir la vôtre.

Au deuxième rang, Carmichael manifesta une certaine agitation.

– Je ne vous demanderai pas de me la communiquer, poursuivit Alleyn. Nous ne sommes pas là pour jouer aux devinettes.

« Voyez-vous, nous étions arrivés à un point où la conclusion s'imposait d'elle-même. Les « alibis » des suspects, si je puis dire, devaient servir à prouver qu'un tel se trouvait à un moment donné dans un lieu donné, et la conclusion était qu'un des suspects opérait sous une double identité. C'était précisément Foljambe. Il avait endossé pour cette croisière l'identité d'une autre personne qui, à l'époque, ne se trouvait pas en Angleterre. Autrement dit, dans le cas d'une enquête, les policiers allaient se pencher sur le passé de la personne en question, constater qu'il était irréprochable, vérifier son adresse, découvrir qu'elle était absente et conclure ainsi qu'elle ne pouvait avoir strictement aucun lien avec l'affaire Foljambe. A la suite de quoi, ils chercheraient le coupable ailleurs. Il s'agit d'une astuce assez fréquente, quoique dangereuse, et qui ne paie qu'à court terme. Mais Jampot avait l'habitude de jouer le tout pour le tout. Ne l'oubliez pas pour la suite des opérations.

« Je vais vous parler maintenant de l'échec grave, tragique même, que nous avons subi au cours de nos investigations, tout ça parce qu'un policier avait négligé une règle fondamentale. Comme tous les êtres humains, les policiers ont leurs faiblesses et, comme à tous les êtres humains, il leur arrive de commettre des bévues. En l'occurrence, il s'agit d'un agent de police provincial, d'âge mûr, qui n'avait pas l'habitude de ce genre de travail et n'était pas aussi dégourdi qu'il aurait dû l'être. Il a eu un moment d'absence, et il en a résulté une mort qui aurait pu être évitée. Cette histoire, je vous l'avouerai franchement, continue à me hanter encore aujourd'hui. Ça se produit au moins une fois dans la carrière d'un officier de la police criminelle ; tôt ou tard, chacun de vous risque d'y être confronté. Dans notre métier, il est indispensable de se fabriquer une peau supplémentaire. Certains d'entre nous, constamment sollicités, finissent par acquérir la résistance d'un rhinocéros. Nous ne sommes pas des fleurs bleues. Mais, au risque de perdre le fil de mon exposé – ce qui serait infiniment regrettable –, je voudrais vous dire ceci. Vous ne serez pas moins efficaces si vous conservez votre humanité. En revanche, si elle vous déserte, vous feriez mieux de quitter la police, car vous aurez perdu votre sens des valeurs, et c'est la chose la plus terrible qui puisse arriver à un policier.

« Excusez-moi. Je reprends. A la suite du message concernant les deux motards, M. Fox et moi avons regagné Tollardwark. Mais auparavant, je me suis entretenu avec le skipper...

I

– Comprenez-moi bien, déclara Alleyn. Je ne dis pas que votre fils est impliqué dans quoi que ce soit. Je dis simplement qu'ils l'ont enjôlé en flattant son imagination et l'instinct de rébellion qui couve chez tous les garçons de son âge. Maintenant, après ce qui s'est passé, il a peur. Je ne vais pas le cuisiner pendant des heures : je n'en ai ni le temps ni l'envie. Mais si vous arrivez à le faire parler de ce charmant couple, après qu'il les a vus ici, à Ramsdyke, lundi après-midi, ça nous rendrait service. Quand nous les avons cueillis, ils étaient en possession d'un bijou de valeur que, aux dernières nouvelles, Miss Rickerby-Carrick portait autour du cou. Voilà le tableau, skipper. Et, en ce qui concerne Tom, je vous le laisse.

– Je lui avais interdit de fréquenter ces deux-là. Si ça pouvait servir à quelque chose, je lui flanquerais une raclée.

– Vraiment ? Il a quitté l'école, n'est-ce pas ? Que fait-il, semaine après semaine ? Norminster-Longminster et vice versa, avec quelques minutes à la barre, les jours de chance, et dans une ligne droite. Que faisiez-vous donc à son âge, skipper ?

– Moi ?

Le skipper décocha un coup d'œil à Alleyn.

– J'étais mousse à bord d'un tramp de Singapour. C'est bon, j'ai compris. Je vais lui parler.

Alleyn s'approcha du tribord et contempla le Fleuve.

On eût dit que l'écume détergente, qui avait servi de linceul à Hazel Rickerby-Carrick, avait miraculeusement franchi le barrage et englouti le *Zodiac*.

– Est-ce cela que vous appelez le Rampant ? s'enquit-il.

– Oui. Il y en a toujours à cette époque de l'année. C'est une vraie cuvette, entre Norminster et Crossdyke.

– Drôlement épais, ce brouillard, dit Fox.

– Et il le sera encore plus d'ici l'aube.

– On va y aller, fit Alleyn. Vous connaissez la marche à suivre, skipper ? Aussitôt qu'ils seront au lit, vous rentrez dans l'écluse et vous la videz. Laissez-les s'installer d'abord. Attendez qu'ils éteignent leur lumière. Il est onze heures moins vingt. Vous n'en aurez pas pour longtemps.

– Vous vous êtes arrangés avec les autorités, hein ? Je ne voudrais pas...

– Absolument. Tout est réglé.

– On peut sortir de là en grimpant, vous savez.

– Oui, mais difficilement. Surtout avec ce brouillard. Tandis qu'il serait très simple de sauter à terre d'ici, ou, au besoin, de s'échapper à la nage. En fait, ça va réduire leur champ d'action. On vous relayera aussitôt que possible. Nous vous sommes infiniment obligés, skipper. Merci de votre aide. Bonne nuit.

Quand Fox et Alleyn furent descendus du bateau, le skipper ôta la passerelle.

– Bonne nuit, fit-il doucement.

Le Rampant commençait à envahir le chemin de halage et à se faufiler entre les arbres, les transformant en fantômes. Une fraîcheur humide montait du sol.

– Zut, chuchota Alleyn. Nous n'avions pas besoin de ça. Où est ce gaillard... ah, vous êtes là.

La silhouette massive de l'un des agents de Tillottson se dessina dans le brouillard.

– Oui, monsieur, répondit l'apparition.

– Vous savez ce que vous avez à faire, n'est-ce pas ? Personne ne doit quitter le *Zodiac*.

– Oui, monsieur.

– Restez à proximité du bateau. Le skipper va le

placer à l'intérieur de l'écluse. Ainsi, vous devriez pouvoir repérer la moindre tentative de fuite.

– Oui, monsieur.

– Ouvrez l'œil, d'accord ?

– Oui, monsieur.

– Pas très éveillé, ce garçon, marmonna Alleyn.

Ils gravirent la pente et empruntèrent la digue pour se rendre à l'autre berge. Le grondement du barrage couvrait tous les autres bruits. Les flocons de mousse se mêlaient aux nappes de brouillard.

– On va s'amuser pour rentrer à Toll'ark, si ça continue. Où est-elle, cette voiture ? Et où sont... ah, vous voilà !

Thompson et Bailey se matérialisèrent devant eux. Ayant terminé leur travail sur la berge, ils furent priés de regagner Tollardwark.

La voiture du Yard klaxonna discrètement et alluma ses phares antibrouillard. Ils s'engouffrèrent à l'intérieur. Alleyn appela Tollardwark par radio.

– Ils ne veulent pas parler, lui annonça Tillottson. On ne peut rien tirer d'eux.

– Nous arrivons. Du moins, je l'espère. Terminé.

Un policier du coin ouvrit la route sur sa motocyclette. Son collègue posté au carrefour alluma sa torche. Ils bifurquèrent sur la route principale. Huit minutes plus tard, ils atteignaient Tollardwark.

M. Tillottson, assis à son bureau, tenait le combiné du téléphone dans une main, et de l'autre, prenait des notes sur son carnet. Il répéta tout ce qu'il venait d'entendre, en partie par souci de précision, et en partie au bénéfice d'Alleyn.

– Merci, fit-il, adressant un signe à ce dernier. Pourriez-vous me répéter ça ? Le signalement correspond à celui de « Dinky Dickson », escroc, mêlé à un trafic de drogue à Sydney. Lieu de naissance inconnu, mais se fait passer pour un Australien. Censé avoir été... Tiens ! Comment ? Oh ! Je vois. Pasteur défroqué. La police australienne n'a rien sur lui depuis mai

1967, quand il y a eu cette affaire de drogue sans qu'ils aient recueilli des preuves consistantes. Il est très probable que ce soit lui. Merci. Et les Américains ? Deux cent sept malentendants atteints à l'oreille gauche dans le fichier du F.B.I. Pas de Hewson. Ce pourrait être Ed Moran, dit Ed le Sourdingue ; héroïnomane de longue date, Chicago, trafiquant de tableaux. Originaire de Grande-Bretagne, mais parle avec un fort accent américain. Sa sœur travaille avec lui : c'est une femme entre deux âges, plutôt insignifiante. Pas de condamnations depuis 1960, mais soupçonné fortement de complicité... attendez une seconde. C'est important... soupçonné fortement de complicité avec Foljambe. Fin du message. Merci. Et Pollock, alors ? Vous n'avez rien sur lui ? Pardon ?

Le stylo de M. Tillottson s'attarda dans l'air.

– Pardon ? répéta-t-il. Oh... attendez que je le note. Autrefois peintre commercial. Actuellement sans profession, mais possède de l'immobilier et vit bien. Rien dans le fichier ? O.K. Et les deux autres ? Natouche et Bard ? Rien. Comment ? Oui, nous nous sommes déjà renseignés sur son cabinet à Liverpool. Quoi ? Répétiteur chez Laurenson et Busby, à Londres ? Consacre ses loisirs à la chasse aux papillons. Connu *où ça* ? A la Société Ento... ah. Il a donné son nom à *quoi* ? Pouvez-vous l'épeler ? L.A.P.A.Z.B.A.R.D.I.I. A quoi ça ressemble, cette chose-là ? A un *papillon* ? Je vous remercie. Oui, oui, M. Alleyn est là. Je lui dirai. Merci.

– Ne raccrochez pas, fit Alleyn. Passez-le-moi.

Il prit le récepteur.

– Alleyn à l'appareil. J'ai tout entendu, mais j'aimerais que vous envoyiez quelqu'un à toutes les adresses. Oui, à Liverpool aussi. On ne sait jamais. Et rappelez-nous ensuite, d'accord ?

Il reposa le combiné.

– Eh bien, Bert, allons voir ce que vous avez dans votre arrière-salle.

– Regardez-moi ça d'abord.

Tillottson ouvrit un coffre mural et en sortit un objet semblable à un pudding miniature dans une sacoche en peau de chamois, accroché à une cordelette.

– Je ne l'ai pas ouvert, déclara-t-il.

Alleyn l'ouvrit avec précaution.

– Bonté divine !

Devant lui, sur la table d'un commissariat de province, gisait une petite merveille de forme ovoïde, en émail turquoise, ornée de diamants et incrustée de rubis, de perles et d'émeraudes, représentant la farandole céleste. Bélier, Taureau, Gémeaux...

– La bande habituelle, dit Alleyn. C'est un œuf de Pâques de Fabergé, Fox, cadeau d'un empereur. Et maintenant – quelle déchéance ! – nous allons devoir l'examiner à la recherche d'empreintes digitales.

Il jeta un coup d'œil sur Thompson et Bailey.

– Du travail pour vous.

– Vous voulez dire qu'elle se baladait avec ça autour du cou ? s'exclama Fox. Ça doit valoir une fortune ! Et c'est d'une beauté remarquable, ajouta-t-il. Remarquable.

– C'était aussi, à moins qu'on ne fasse totalement fausse route, l'avis de Jampot. Allez-y, vous deux. Empreintes et photos.

Ils allaient sortir quand le téléphone sonna. Tillottson décrocha.

– Vous n'avez qu'à faire votre rapport directement à M. Alleyn. Ne quittez pas.

Il tendit le combiné à Alleyn.

– Les résultats de l'autopsie.

Alleyn écouta le compte rendu.

– Merci, dit-il. C'est bien ce qu'on pensait.

Il raccrocha.

– Elle ne s'est pas noyée, Fox. Pression sur les carotides et sur le nerf vague. La bonne vieille méthode signée Jampot. Bien, Bert. Montrez-nous vos captifs.

Affalés sur leurs chaises dans une petite pièce voisine, ils étaient en train de mastiquer du chewing-gum. Ils ressemblaient trait pour trait à la description du Dr Natouche, et leur comportement n'avait rien d'imprévisible : rictus goguenard, paupière mi-close, épaule voûtée, et cette perpétuelle rumination arrogante. La fille, pensa Alleyn en regardant ses mains, avait peur. L'homme, lui, avait les mains dans les poches et ne trahissait rien sinon sa propre insolence.

– Ils ont été inculpés de vol, dit Tillottson. Mais ils refusent de faire une déposition.

– Vous avez été placés en garde à vue, déclara Alleyn, s'adressant au jeune homme, car on a trouvé en votre possession un bijou ayant appartenu à la femme sur la mort de qui nous sommes en train d'enquêter. Avez-vous votre permis ?

Il regarda Tillottson, qui hocha imperceptiblement la tête. Le jeune homme, mimant l'ennui et l'impertinence à la fois, fouilla dans sa poche et jeta son permis de conduire sur la table. La bouche ouverte, il se remit à mastiquer avec une vigueur redoublée et reprit sa pose initiale.

Le permis était établi au nom d'Albert Bernard Smith. Il paraissait en règle et indiquait une adresse dans Soho.

– Ce sera vérifié. Avant-hier soir, reprit Alleyn, vous vous trouviez sur le chemin de halage à Crossdyke, à proximité du *Zodiac*. Vous aviez laissé votre moto sous une haie, sur le bas-côté gauche de la route, au-dessus de l'écluse. Plus tard dans la nuit, vous êtes arrivé à Ramsdyke avec une passagère.

Il regarda la fille.

– Pas cette demoiselle, non. Vous transportiez votre passagère... un poids mort...

L'espace d'un instant, la mâchoire proéminente décrite par le Dr Natouche cessa sa mastication. La fille recroisa brusquement les jambes.

– ... un poids mort, répéta Alleyn, jusqu'au barrage. Son pyjama s'est accroché à une aubépine. Après avoir accompli votre besogne, vous avez rejoint votre compagne et vous êtes parti pour Carlisle, que vous avez atteint hier, juste à temps pour envoyer un télégramme au skipper du *Zodiac*. Ledit télégramme était signé « Hay Rickerby-Carrick », ce qui ne ressemble guère à Albert Bernard Smith. Votre mission terminée, vous avez pris la direction du sud et avez été cueillis par la police à Pontefract.

Le jeune homme bâilla, la bouche grande ouverte, exhibant la boulette de chewing-gum sur sa langue. Puis il s'étira. La fille ricana nerveusement et plaqua la main sur sa bouche.

– Vous étiez si occupés, poursuivit Alleyn, que vous n'avez pas dû entendre les dernières nouvelles. Le corps a été retrouvé. Cette femme a été assassinée. Je vais maintenant répéter l'avertissement usuel que le superintendant Tillottson vous a déjà donné. Pour le moment, vous êtes placés en détention préventive pour vol.

Le jeune homme, blême, écouta l'avertissement usuel avec un rictus qui semblait être collé sur ses lèvres. Son amie l'observait.

– Avez-vous quelque chose à dire ?

Le jeune homme parla, pour la première fois, avec un fort accent cockney :

– Vous pouvez contacter maître C.D.E. Struthers. Moi, je n'ai rien à dire.

Maître C.D.E. Struthers était un avocat londonien extrêmement habile, spécialisé, avantageusement, dans les dossiers des malfaiteurs de haut vol.

– Ah oui ? répliqua Alleyn. Et qui va le payer ?

– Donnez-lui mon nom.

– Très volontiers, à condition que je le sache. Bonsoir.

Quand les deux motards s'en furent en traînant les pieds dans leurs cellules. Tillottson déclara :

– Smith, mon œil !

– C'est vrai, acquiesça Fox. Sans quoi, ils nous auraient déjà fait le coup de l'indignation vertueuse.

– En tout cas, Smith ou Montmorency, fit Alleyn, il va falloir que nous les mettions en contact avec maître C.D.E. Struthers. Soit il les confiera à l'un de ses confrères du Nord, soit il se dérangera pour venir ici en personne. C'est une question de prestige.

– Comment ça, prestige ? s'enquit Tillottson.

– Appelons-le Foljambe, si vous préférez. Demandez à votre brigadier de se renseigner sur ce permis de conduire, Bert. Qu'il regarde aussi du côté du fichier et des empreintes digitales.

– O.K. Je m'en occupe.

Mais, à cet instant, le brigadier lui-même fit son apparition, l'air soucieux.

– Un appel pour vous, monsieur, dit-il à Alleyn. L'agent Cape de l'écluse de Ramsdyke. Très urgent.

– Que diable se passe-t-il encore ? lança Alleyn.

Mais, quand il entendit la voix de l'agent Cape, il comprit.

– J'ai voulu vous prévenir aussitôt, monsieur, bredouilla celui-ci. Je m'excuse, monsieur, mais il y a eu un cafouillage. Dans le brouillard, monsieur.

– Qui ?

– La dame, monsieur. L'Américaine.

– Qu'entendez-vous par cafouillage ?

– Elle est partie, monsieur.

II

Six minutes plus tard, toutes sirènes hurlantes, ils arrivaient à Ramsdyke. En chemin, Tillottson ne cessa pas de pester contre l'agent Cape, appelant sur sa tête tous les malheurs du monde. Alleyn et Fox se taisaient, sachant qu'ils ne pouvaient lui offrir aucune consolation. Il n'y avait pas de brouillard sur la route principale, mais, quand ils tournèrent dans l'allée qui menait vers l'écluse, ils aperçurent une blancheur diaphane et uniforme, comme celle qui emplit les vallées dans les paysages japonais.

– Il ne nous manquait plus que ça, répétait Tillottson. Doux Jésus, il ne nous manquait plus que ça.

Il conduisait sa propre voiture, qui contenait en outre Alleyn et Fox. La voiture du Yard suivait avec le chauffeur, un policier local, et les brigadiers Bailey et Thompson, emmenés par mesure de sécurité.

On entendait des sirènes sans qu'il fût possible de localiser leur provenance. De Longminster à Norminster et Crossdyke, on dressait des barrages routiers et on dépêchait des patrouilles.

Avec une soudaineté spectaculaire due au brouillard, un agent armé d'une torche surgit sur leur chemin.

– Oui ? fit Tillottson, se penchant par la fenêtre.

– Vous ne pouvez pas continuer en voiture, monsieur.

– Où est Cape ?

– De l'autre côté, monsieur.

Ils descendirent. Sur leur gauche, le barrage tout proche faisait entendre son grondement. Ils suivirent l'agent sur le chemin de halage jusqu'aux marches qui menaient sur la digue.

– C'est bon, dit Tillottson. Retournez à votre poste.

Pendant qu'ils avançaient à tâtons, une voiture les dépassa tout doucement, remplie de fêtards qui braillaient une chanson plaintive.

L'agent de police se planta sur leur chemin et agita sa torche.

– Bonsoir, bonsoir, cria le conducteur. Un problème, m'sieu l'agent ?

– Un instant, je vous prie.

– *Notre souffle est comme le souffle du printemps*, chanta lugubrement quelqu'un sur le siège arrière.

– Votre permis, s'il vous plaît.

Une fois les formalités d'usage accomplies, Alleyn

et Tillottson prirent le relais. Auraient-ils, demanda Alleyn, aperçu une femme seule ? Ils rétorquèrent joyeusement qu'ils n'avaient pas eu cette chance et se mirent à siffler.

– Si nous n'étions pas aussi occupés, nous aurions deux mots à vous dire, déclara Alleyn. Reprenez-vous et poursuivez votre chemin imbécile. Si jamais vous voyez une femme seule, arrêtez-vous et interpellez-la poliment. Si elle a un fort accent américain, proposez-lui de monter et emmenez-la au poste de police le plus proche. Vous avez bien compris ?

– Euh... oui. Sûr. C'est une affaire qui marche, répondit le conducteur, décontenancé autant par l'attitude et la voix d'Alleyn que par ses propos.

Ses passagers s'étaient tus.

– Répétez tout, s'il vous plaît.

Il s'exécuta.

– Je vous remercie. Soyez prudent. Nous avons votre numéro d'immatriculation. Bonne nuit.

Ils s'éloignèrent à une allure d'escargot.

Bailey et Thompson les rejoignirent, et ils avancèrent avec précaution jusqu'aux marches qui descendaient de l'autre côté.

– Mais qu'est-ce qui lui a pris ? interrogea Fox pour la énième fois.

– La peur, répondit Alleyn. Elle était terrifiée. Elle a voulu se sauver et elle y est parvenue, que le diable l'emporte. Le skipper a dû retarder... ça y est, nous y sommes. Voici le toit de la maison de l'éclusier. Venez, mais pour l'amour du ciel, que personne ne tombe à l'eau. Allez-y doucement.

Ils atteignirent le chemin de halage au jugé.

– *Cape !* cria Tillottson d'une voix terrible.

– Je suis là, monsieur.

Il attendait misérablement là où on lui avait dit d'attendre : entre l'écluse et la maison. Le brouillard était si épais qu'ils tombèrent sur lui avant même de l'avoir vu. Il semblait se tenir au garde-à-vous, se préparant au pire.

– Savez-vous ce qui arrive à ceux qui enfreignent le règlement ? commença Tillottson, menaçant.

– Oui, monsieur.

– Le superintendant Alleyn a deux mots à vous dire.

– Oui, monsieur.

– Que s'est-il passé, Cape ? demanda Alleyn.

Il y avait eu, expliqua celui-ci, un remue-ménage à bord du *Zodiac*. Il ne pouvait rien voir à cause du Rampant, mais il entendit le skipper demander ce qui n'allait pas et une voix féminine hurler : « Lâchez-moi. Lâchez-moi. » Se rapprochant du bord, il cria : « Qu'est-ce que c'est ? » mais, apparemment, ça se passait à l'autre bout du bateau. Finalement, un gentleman vint prier Cape de monter à bord afin de rétablir l'ordre. Il n'y voyait rien, sauf la distance entre le bateau et la berge. Le gentleman, il ne l'avait pas vu non plus, mais il déclara que ce dernier avait une voix très forte.

– Continuez.

L'homme à la voix forte dit à Cape qu'il pouvait sauter. Celui-ci obtempéra et atterrit lourdement sur le pont, manquant de perdre son casque. Puis, dans la confusion générale, il avança à tâtons, les bras tendus, en direction du tribord, se cognant à l'un ou à l'autre et demandant à tout le monde de se calmer. A un moment, il se rendit compte qu'il n'entendait plus la voix féminine. Il avait rejoint le skipper : ensemble, ils réussirent à parquer les passagers au salon, et, après avoir compté et recompté les têtes, force fut de constater que Miss Hewson n'était pas là.

Alerté, le policier en faction du côté du pub s'engagea entre-temps sur la digue.

Cape et le skipper fouillèrent le bateau, allumant toutes les lumières ; ce qui ne leur fut pas d'un grand secours car le brouillard qui avait envahi le pont était du genre purée de pois.

Caley Bard et le Dr Natouche les aidèrent dans

leurs recherches. Quand il fut évident que Miss Hewson ne se trouvait pas à bord du *Zodiac*, Cape redescendit à terre et donna un coup de sifflet. Son collègue arriva et, après avoir tâtonné en vain dans le brouillard, ils convinrent que Cape allait téléphoner à Tollardwark, pendant que son camarade alertait les autres hommes au moyen de son talkie-walkie.

– Bien, dit Alleyn. Où est le *Zodiac* ?

– *Le bateau*, monsieur ? s'écria Cape. Je vous demande pardon, monsieur ?

– Où est cette écluse de malheur, pour l'amour de Dieu ?

– L'écluse, monsieur ?

– Allez m'attendre à la maison de l'éclusier, tout le monde.

Alleyn avança prudemment sur le chemin de halage. Une fenêtre éclairée apparut à sa gauche. C'était la maison de l'éclusier. Il se tourna vers la droite et, s'immobilisant, scruta la blancheur opaque.

– Ohé ! Le *Zodiac* ! fit-il doucement.

– Ohé, répondit une voix étouffée sous ses pieds.

– Skipper ?

– C'est moi.

– Pourriez-vous allumer, s'il vous plaît ?

Un globe jaunâtre surgit tout en bas.

– Vous y êtes parvenus, alors ? Vous et Tom ?

– Et l'écluse elle-même. Mieux vaut tard que jamais ! Ça a été un sacré boulot dans cette brouillasse, mais enfin, nous y sommes.

– Tout le monde est là ?

– Sauf elle.

– Vous ignorez, évidemment, par où elle a pu partir ?

– Aucune idée.

– Et Mme Tretheway, elle dort dans la maison de l'éclusier ?

– Oui.

– Parfait. C'est bien calme, par ici.

– Ils sont tous au lit. J'ai attendu qu'ils soient couchés.

– Savent-ils où ils sont ?

– Quand je les ai vus, ils ne le savaient pas. Mais ils finiront bien par s'en apercevoir.

– On peut très bien grimper d'ici et déguerpir.

– Ils sont dans leurs cabines d'où ils ne peuvent pas descendre à terre. Pour ça, il faudrait qu'ils sortent sur le pont. Tom et moi, on monte la garde.

– Bien. Restez où vous êtes jusqu'à notre retour.

– Ne soyez pas trop longs, murmura le skipper.

– Nous ferons de notre mieux. Bonne nuit.

Alleyn revint à la maison de l'éclusier. Celui-ci le fit entrer, et tout le monde se massa dans le vestibule.

– Bon, déclara Alleyn, on va fouiller les environs. Croyez-vous que ça va se dissiper ?

– Pas avant l'aube, répliqua l'éclusier. Sauf si le vent se lève.

– C'est un brouillard essentiellement fluvial, n'est-ce pas ? dit Alleyn. Miss Hewson peut très bien tourner en rond quelque part dans les parages, à moins qu'elle ne se soit planquée. Mais si elle a réussi à dépasser la zone de brouillard, elle doit être déjà sur la route. Il ne nous reste plus qu'à suivre la procédure habituelle.

Il regarda l'agent de police de Tollardwark.

– Ne vous éloignez pas trop de M. Tillottson, M. Fox et moi. Vous avez un radar, et pas nous. Nous allons nous rendre dans la cuvette de Wapentake. Compère Fox, vous restez à ma droite. Vous, Bert, vous continuerez, au-delà. Emmenez le chauffeur avec vous. Bailey et Thompson, vous prendrez sur la gauche. Vers la haie qui borde la route, si vous arrivez à la voir. Miss Hewson pourrait être n'importe où : dans la cuvette de Wapentake ou à cinq cents mètres d'ici. Dans la mesure du possible, évitez de parler ou de faire du bruit. La suite de ce terrain innommable, nous la laisserons aux hommes des patrouilles.

Il contempla l'infortuné Cape.

– Ah oui, vous. Vous marcherez à ma gauche. Quant à vous, dit-il aux deux hommes qui restaient, vous surveillerez le *Zodiac*. Il est à l'intérieur de l'écluse, où le niveau d'eau est au plus bas. Personne ne peut sauter à terre en quelques secondes, mais ça ne signifie pas que toute fuite soit impossible.

– Le *Zodiac* ? fit Tillottson. A l'intérieur de l'écluse ?

– Oui.

Alleyn regarda l'éclusier qui arborait un large sourire.

– C'était convenu ainsi. Avec un peu de chance, et une bonne surveillance, tout le monde sera là quand nous aurons besoin d'eux. Venez, on y va.

III

Sept heures plus tôt, Fox et lui avaient gravi cette montée avant que Troy ne vînt les retrouver dans la cuvette de Wapentake. C'était ici que les passagers du *Zodiac* s'étaient rassemblés voilà quatre jours, ici que Troy avait discuté avec le Dr Natouche.

Alleyn essaya de se remémorer la topographie du lieu. Au bout de cette première pente herbeuse, il y avait le talus accidenté donnant sur la cuvette. Il pensait déjà qu'ils avaient dévié de leur chemin et avançaient le long du talus quand celui-ci se dressa à ses pieds. Il l'escalada. Il entendait la respiration de ses compagnons et le bruit mat de leurs pas. Ils allumèrent leurs torches pour se repérer. Les dérisoires cercles jaunes flottaient et vacillaient, laissant entrevoir une jambe par ici, un pardessus ou quelques centimètres d'herbe et de terre par là.

A progresser ainsi à l'aveuglette, la pente semblait encore plus abrupte qu'elle ne l'avait été dans l'après-midi. Mais à peine avaient-ils grimpé quelques mètres que le brouillard se dissipa tout d'un coup. Au milieu des écharpes qui s'effilochaient autour d'eux, ils se firent l'effet de fantômes familiers.

– Ça se lève, murmura Fox.

Alleyn renifla.

– Bizarre, dit-il. J'ai l'impression de sentir une odeur de poussière.

La colline sous leurs pas paraissait animée d'une vie propre. Une vague obscurité annonçait la cuvette de Wapentake. Alleyn dirigea sa torche légèrement vers la droite et étouffa une exclamation.

– Venez par là, tout le monde.

Leurs lampes convergèrent vers un amas de terre, de gravier et de bois à demi enseveli.

– C'est cette vieille excavation ! s'exclama Fox. J'avais bien dit que c'était dangereux. Elle s'est effondrée.

– Allons-y.

Les hommes s'attroupèrent autour d'Alleyn. L'absurde installation s'était en effet affaissée. Un bout de bois émergeait des décombres, et la vieille porte qui avait servi de toit était enfouie sous un tas de terre et de gravier.

– Ça sent encore la poussière, dit Alleyn. Ne vous rapprochez pas. Éclairez-moi du mieux que vous le pouvez. Là.

La lumière de toutes les torches se concentra sur le sol à ses pieds.

– Bailey !

Alleyn et Bailey s'agenouillèrent, la tête pieusement penchée sur les marques dans l'herbe aplatie.

– En voici une bonne. Regardez-moi ça.

Bailey examina longuement le sol.

– C'est juste, répondit-il. Elle portait les mêmes, et il y en a une autre paire dans sa cabine.

– Des chaussures de marche américaines, à talon plat.

– Seigneur Dieu ! s'écria Tillottson. Elle a voulu se cacher là-dedans et... Seigneur Dieu !

Mais Alleyn et Bailey ne lui prêtèrent aucune attention, et Fox dit :

– Un instant, Bert.

La lune montante illuminait à présent la cuvette de Wapentake. Le brouillard s'était retiré vers les berges, où il ondulait comme un serpent laineux. Le paysage s'était éclairci.

S'étant débarrassé de son pardessus, Alleyn s'était attaqué aux décombres avec ses mains gantées.

– Aidez-moi, fit-il. Nous arrivons trop tard, mais tant pis.

Les autres se joignirent à lui, posant leurs torches sur le tas de débris.

– Très laborieux, grommela Alleyn. Mais en même temps, pas suffisamment. On a traîné quelque chose par terre – une pierre, un bout de bois –, laissant juste les traces des chaussures de femme. Toutes mènent vers l'excavation. Mais le reste du terrain a été labouré. Pour nous faire croire exactement ce que vous avez cru, Bert.

Le superintendant Tillottson jeta un coup d'œil oblique sur l'agent Cape, comme pour mieux le voir.

– Vous avez entendu ? demanda-t-il. Vous avez compris ce qu'on vient de dire ? Vous savez ce qui s'est produit à cause de vous, dégoûtant personnage que vous êtes ?

– Eh bien, Cape, fit Alleyn, il va falloir accepter ce qui vient.

Il s'assit sur ses talons.

– C'est inutile.

Et, se tournant vers les deux agents :

– Allez chercher des pelles chez l'éclusier. Il n'y a plus aucun espoir, mais nous devrions agir comme s'il y en avait. Apportez aussi quelque chose, du bois ou de la tôle, pour recouvrir ces empreintes. Allez, faites vite. Thompson, avez-vous un flash ? Très bien. A vous.

Le brigadier Thompson s'avança avec un appareil

photo de poche qu'il utilisait en cas d'urgence. Son flash crépita à plusieurs reprises. L'infortuné Cape et son collègue redescendirent bruyamment au pied de la colline.

– Continuons comme si de rien n'était, dit Alleyn. Si mes souvenirs sont bons, il y avait là deux pieux. Il a pu en arracher un pour abattre l'autre. Il avait une ou deux secondes pour reculer. Ou alors, il s'est servi d'un gros morceau de bois.

– Comment procède-t-on, monsieur ? interrogea Fox. Par rapport à la bande là-bas, dans l'écluse. Il ne manque personne ? Sauf elle, évidemment.

Il désigna du menton le tas de gravats.

– D'après le skipper, non, mais il faut qu'on les voie. Dites, Bert, voulez-vous aller téléphoner à votre médecin légiste ? Transmettez-lui mes compliments. Nous aurons à nouveau besoin de lui, ainsi que de l'ambulance et de l'équipement habituel. Expliquez-lui qu'il s'agit d'un meurtre présumé. Puis débrouillez-vous pour vous rendre sur le *Zodiac*. Nous ne le remonterons pas avant d'avoir resserré la surveillance. Car il y a une sacrée bande de canailles à bord, avec, en tête, le grand manitou en personne.

– Entendu, j'y vais. Et s'ils y sont tous ?

– Faites cesser les recherches et rappelez vos hommes à Ramsdyke.

– A tout à l'heure, dit Tillottson.

Bailey et Thompson retournèrent à la voiture chercher tout leur matériel, et Alleyn et Fox restèrent seuls : deux silhouettes, l'une grande et élégante, l'autre massive et trapue, grattant comme des chiens un tas de gravats.

– On peut dire que c'est une grosse affaire, remarqua Fox.

– Vous êtes le roi de la litote. Prenez un triple assassin connu dans le monde entier, avec un meurtre tout frais sur les bras, et enfermez-le avec ses comparses dans un bateau de plaisance au fond d'une écluse. Agrémentez avec au moins trois innocents, et attendez que ça explose. Et vous dites que c'est une grosse affaire !

– Serait-ce un coup monté, d'après vous ? s'enquit Fox, ignorant ses commentaires.

– Au cours de notre dernier entretien, elle m'a semblé aller au-devant des ennuis. Peut-être a-t-elle menacé de les balancer. Peut-être, voyant l'état dans lequel elle était, Jampot a-t-il proposé de se débarrasser d'elle. Ou alors, pantela Alleyn en soulevant une grosse pierre, elle a simplement pris la poudre d'escampette. Quoi qu'il en soit, elle a piqué une crise... hurlements et tout le reste. Quand cet imbécile de Cape a sauté sur le bateau, elle a filé dans le brouillard, poursuivie, j'en donnerais ma main à couper, par Jampot. En quelques minutes, ils ont gravi la pente et se sont retrouvés ici. Et voilà l'histoire.

– C'est déjà mieux.

– Vous pensez reconnaître la griffe de Foljambe ?

– Et si, demanda Fox, si elle n'était pas là-dedans ? Supposons qu'elle et l'autre zigomar soient venus ici dans l'après-midi. Elle a très bien pu se planquer ici, puis ressortir, et ça s'est effondré après.

– Il n'y a pas de traces dans l'autre sens. Et pourquoi le zigomar en question aurait-il tenté d'effacer ses traces à lui ?

– Évidemment. Selon vous, pendant le branle-bas sur le *Zodiac*, il est revenu sur ses pas. Il a été donc présent, en tout bien tout honneur, au moment où cette andouille de Cape et le skipper ont battu le rappel.

– Absolument.

Ils travaillèrent quelque temps en silence.

– Je ne sais pas, dit Fox finalement. Je ne suis pas vraiment convaincu qu'elle soit là.

– Ah oui ? fit Alleyn d'une voix changée.

Fox poussa un juron et retira sa main.

Sous la couverture de terre, repoussée comme par une main endormie, pointait un pied rigide, chaussé d'un solide soulier de marche de fabrication américaine.

Les deux agents reparurent, armés d'une lanterne et de pelles. Bailey et Thompson revinrent avec leur matériel. En quelques instants, ils déterrèrent Miss Hewson. Sa robe imprimée remontait jusqu'à son cou, lui enserrant les bras. Son corps, affublé de ses dessous fonctionnels, apparut, tristement dévoilé, à tous les regards. Ses yeux ouverts et sa bouche étaient emplis de sable. Ses pommettes avaient été éraflées par le gravier.

– Elle n'a pas le visage congestionné, dit Fox.

Et il ajouta à voix haute :

– Elle n'a pas la tête de quelqu'un qu'on a étouffé, hein ?

– Oh non ! répondit Alleyn. Pourquoi, vous y attendiez-vous, Fox ? C'est sans espoir, mais essayons quand même la respiration artificielle.

Un des policiers ôta son casque et s'agenouilla.

– Le vieux coup de la carotide ? questionna Fox.

– Je pense que oui. Nous verrons ce que va dire le docteur.

Fox pointa le menton en direction de l'invisible *Zodiac*.

– Pas lui, tout de même ?

– Non, non. Quoique... Après tout, pourquoi pas ?

Alleyn réfléchit quelques secondes.

– Non, tout compte fait, il vaut mieux pas.

Il se tourna vers Bailey et Thompson.

– Le grand jeu, dit-il. Allez-y.

Lui et Fox s'éloignèrent vers l'endroit qui avait à l'origine surplombé l'excavation. Le sol s'effritait sous leurs pas. Ils ne trouvèrent là aucune trace.

– Je crois que je vais vous laisser continuer ici, Fox. Attendez l'arrivée du médecin et, quand il aura fini, emmenez-le à l'écluse.

Pendant qu'il redescendait, le flash de Thompson clignota à maintes reprises.

Le Fleuve était encore brumeux, mais, regardant à l'intérieur de l'écluse, Alleyn aperçut le toit de la timonerie du *Zodiac*, le pont recouvert en partie d'une bâche et le sommet d'un casque.

La lumière du salon se reflétait sur les murs humides de l'écluse. Il entendit un bruit de voix.

– Hello, fit-il.

Le policier leva les yeux et le salua.

– L'éclusier a une échelle, monsieur.

– Merci, je vais sauter.

Il y parvint et, pour la dernière fois, alla retrouver les passagers du *Zodiac* dans le salon.

IV

Ils étaient dans cette tenue que Fox aimait à qualifier de *déshabillé* [1], ce qui ne les arrangeait guère, à l'exception du Dr Natouche : ce dernier portait une magnifique robe de chambre de couleur sombre, des pantoufles rouge vif et une écharpe qui témoignait à elle seule de son goût de l'exotisme. Lui-même offrait du reste un spectacle exotique, assis à l'écart dans un coin, noir, droit, l'air impénétrable. Troy aurait aimé le peindre ainsi, pensa Alleyn. Quel dommage qu'elle ne pût pas le faire !

Le skipper se tenait à part, lui aussi, le visage attentif. M. Tillottson s'était installé à sa table attitrée, et les passagers occupaient la banquette sous les fenêtres. Hewson se mit aussitôt à protester avec véhémence. Sa sœur ! Où était sa sœur ? Que signifiait tout ceci ? Alleyn se rendait-il compte que sa sœur et lui étaient citoyens des États-Unis et, par conséquent, qu'ils pouvaient se plaindre auprès de l'ambassadeur américain à Londres ? S'imaginait-il...

Alleyn le laissa parler une minute, puis il l'interrompit au milieu de sa tirade.

1. En français dans le texte. *(N.d.T.)*

– Je crois que nous avons en gros une idée de la situation, monsieur Hewson. Nous nous sommes mis en relation avec le F.B.I. qui nous a beaucoup aidés.

Hewson changea de couleur, ouvrit la bouche et la referma sans rien dire.

– Vous ne savez vraiment pas où est votre sœur ? demanda Alleyn.

– Je sais que vous lui avez flanqué la frousse de sa vie, vous autres. Vous...

Il s'arrêta net et, se levant, regarda tour à tour Tillottson et Alleyn.

– Dites donc, que se passe-t-il ? Qu'avez-vous, les gars ? Qu'est-il arrivé à ma sœur ?

Il rajusta à tâtons sa prothèse auditive et tendit son oreille sourde vers Alleyn.

– Allez, fit-il. Accouchez, quoi.

– Quelque chose de très grave, je le crains, répondit Alleyn distinctement.

– C'est-à-dire ? Nom d'un chien, ne pourriez-vous pas parler clairement ? Que s'est-il passé ?

Puis, incrédule :

– Vous ne voulez pas dire qu'elle est morte, hein ? Ma sœur est morte ? C'est bien ça ?

S'approchant de Hewson, Lazenby posa les mains sur ses épaules.

– Tenez bon, vieux, murmura-t-il. Accrochez-vous. Tout doux. Tout doux.

Hewson lui lança un regard noir.

– Vous me donnez envie de vomir, vous.

Il se tourna vers Alleyn.

– Où est-elle ? Qu'est-il arrivé ?

Alleyn le lui expliqua. Il écouta, la tête penchée, en grimaçant comme s'il avait encore du mal à entendre.

– Étouffée, dit-il. Étouffée, hein ?

Alleyn ne répondit pas.

Un silence de mort régnait dans la pièce, comme si tout le monde s'attendait à une explosion.

– Pourquoi personne ne dit rien ? interrogea soudain Hewson. Vous êtes tous là, assis comme des souches. Dites quelque chose, bon sang !

– Que pouvons-nous dire ? murmura Caley Bard. Il n'y a rien à dire.

– *Vous*, lâcha Hewson.

Ayant visiblement trouvé en la personne de Caley Bard un exutoire à sa misère et à sa rancœur inexprimées, il se pencha en avant et le menaça du doigt.

– Vous êtes planté là comme si de rien n'était, balbutia-t-il. Seigneur Dieu, quel genre de monstre êtes-vous donc ?

– Je suis désolé, fit Caley Bard.

– Pardon ? cria Hewson, courroucé, portant une main à son oreille. Vous dites ? Pardon ?

– Je suis désolé, cria Caley en retour.

– Désolé ? Diantre, il est *désolé* !

– Et voilà, intervint Pollock. Voilà ce qui arrive. Voilà la façon dont opère notre merveilleuse police. On terrifie une pauvre femme, qui se sauve et meurt étouffée sous un tas de gravier. Tout ça en un jour.

– A notre avis, fit Alleyn, Miss Hewson n'a pas été étouffée par un tas de gravier. On l'y a enterrée.

– Qu'entendez-vous par là, mon cher ? s'exclama Lazenby. Je trouve cette déclaration choquante.

– Nous pensons qu'elle a été assassinée de la même manière que Miss Rickerby-Carrick, et qu'un dénommé Andropoulos, tué samedi dernier. Et, d'après nous, il est hautement probable que l'un de vous soit responsable de ces meurtres.

– Figurez-vous, déclara Caley, que je pressentais que vous alliez dire ça. Mais *pourquoi* ? Pourquoi soupçonner l'un de nous... ? Voyons, nous sommes des individus des classes moyennes, venant de quatre pays différents, et nous ne nous sommes jamais rencontrés auparavant. Aucun de nous ne connaissait cette malheureuse excentrique, avant que, à franchement parler, elle ne nous fasse tartir à bord du *Zodiac*. A l'exception de son frère, aucun de nous n'avait jamais vu Miss Hewson. Ce soir, Alleyn, vous avez semblé suggérer une sorte de conspiration entre nous. Et toutes ces histoires de gens qui complotent dans les ruelles sombres de Tollardwark ! Puis vous vous êtes attaqué au colifichet de Fabergé qu'on aurait volé à Miss Rickerby-Carrick. Je vous demande pardon, ajouta Caley en changeant de ton. Je n'avais pas l'intention de prononcer un discours, mais honnêtement, Alleyn, quand vous annoncez froidement que l'un d'entre nous est un assassin, cela m'effraye et, pour ma part, j'aimerais bien savoir le fin mot de l'affaire.

– Oui, bien sûr, répliqua Alleyn après une pause. Je n'en doute pas. En principe, je ne devrais pas vous fournir d'explications ; mais, comme la situation est loin d'être banale, je me propose de me montrer bien plus franc que ma fonction ne m'y autorise.

– Je suis ravi de l'apprendre, remarqua Caley, ironique.

– Allons-y, dit Alleyn. Une conspiration ? Oui. Nous pensons qu'il y a une conspiration à bord du *Zodiac* et que tous les passagers, sauf un, y sont impliqués. Un meurtre ? Oui. Nous pensons que l'un de vous est un assassin et nous espérons pouvoir le prouver. Son nom ? Foljambe, alias Jampot. Pour le moment, toutefois, il figure sous le nom d'une autre personne. Son casier ? Trafic international avec au moins cinq meurtres à son actif.

Ce fut Pollock qui rompit le silence.

– Vous êtes complètement maboul, déclara-t-il.

– Cette conspiration, poursuivit Alleyn, présuppose tout d'abord que vous, monsieur Pollock, peigniez de faux Constable extrêmement soignés. L'idée générale doit être la suivante. Vous fabriquez ces faux. Vos petits camarades à moto, travaillant pour le compte de Foljambe, les disséminent partout dans cette région, où Constable avait peint autrefois. Histoire de « farcir » un filon inexistant. La première découverte que

M. et Miss Hewson (si tel est leur nom) effectuent dans la cour des Bagg est éventée à bon escient. S'il le faut, les circonstances de cette heureuse trouvaille seront authentifiées par Bagg lui-même, ma femme, Miss Rickerby-Carrick et le seul passager non impliqué dans cette affaire. Commence alors une chasse aux trésors bidon dans la campagne environnante, menée par : a) M. Lazenby, plus connu aux antipodes sous le nom de Dinky Dickson ; b) M. et Miss Hewson ou Ed et Sally-Lou Moran et, c) toupet indicible, vous-même, monsieur Pollock, lancé sur la piste de vos propres tableaux.

– Vous débloquez, dit M. Pollock.

– Le résultat de cette chasse devait être – ô surprise ! – un bon paquet de « Constable », que les conspirateurs, dispersés aux quatre coins du pays, allaient vendre au prix fort. Toute l'opération était manifestement un coup d'essai, suivi par les gros bonnets : à long terme, revue et corrigée, elle devait être menée à l'échelle mondiale.

– Tout ça est faux, décréta Lazenby, hors d'haleine. Insupportablement, scandaleusement faux.

– Entre-temps, le terrain aurait été minutieusement étudié pour recevoir dans le futur (ou nous connaissons mal notre ami Jampot) des livraisons de drogues dures, au moyen de ce qu'on appelle par dérision dans le milieu un arrosage en surface. Les réceptionnaires seraient disséminés parmi la foule des amateurs de Constable et acceptés, en tant que tels, par les autochtones exaspérés.

– Que dites-vous de ce type ? questionna Hewson à la cantonade. Faut-il que nous restions là à écouter ses sornettes ?

– Vous n'avez pas vraiment le choix, il me semble, rétorqua Caley Bard.

Et il ajouta à l'intention d'Alleyn :

– Je vous en prie, continuez.

– Les choses se sont compliquées pratiquement

depuis le début. J'attire à nouveau votre attention sur M. K. G. Z. Andropoulos, qui avait réservé la cabine numéro 7. C'était une sorte d'épave d'origine grecque qui possédait une boutique de tableaux dans Soho et qui devait sans doute servir de receleur pour un certain nombre de faux. Or il se trouve qu'il s'est disputé avec Foljambe. Il a tenté de le faire chanter et il a été assassiné exactement de la même manière que les deux femmes. Par Jampot en personne, environ trente-huit heures avant qu'il n'embarque sur le *Zodiac*.

Les trois hommes s'exclamèrent à l'unisson. Alleyn leva la main.

– Nous allons en venir aux alibis. Ils ont été vérifiés.

– Dieu merci, fit Caley Bard. Mais je parle trop vite, peut-être.

– Et comment, bigre, explosa Pollock. Vous vous croyez malin, hein ? Comment pouvons-nous savoir...

– Vous, vous ne pouvez pas, répliqua Caley. Alors, fermez-la.

Et, se tournant vers Alleyn :

– Mais à propos de cette... à propos de Miss Hewson. Tout d'abord, pourquoi êtes-vous aussi sûr qu'il s'agit d'un meurtre ?

– Nous attendons le rapport officiel du médecin, répondit Alleyn. Mais entre-temps, puisque nous avons un médecin parmi nous, je vais lui demander de nous décrire les symptômes apparents d'une suffocation due à la terre et au gravier. Comparativement à ceux d'une agression par-derrière, consistant à exercer une pression brutale et violente sur les artères carotides.

– Ah non ! se récria Caley. Voyons, Alleyn... franchement !

Il regarda Hewson qui, appuyé sur la table, avait enfoui son visage dans ses mains.

– Franchement, répéta-t-il. Restons dans les limites de la décence.

– Jusqu'à présent, rétorqua Alleyn, nous nous sommes efforcés de les respecter. M. Hewson sera appelé à identifier le corps. Il préfère peut-être savoir, à moins qu'il ne le sache déjà, ce qui l'attend.

– *Savoir!* sanglota Hewson entre ses doigts. Mon Dieu, comment le saurais-je !

– Vous *tous*, j'imagine, tenez à connaître les raisons qui nous poussent à conclure à l'homicide. Notre conviction repose en grande partie sur l'apparence extérieure de la victime. Docteur Natouche ?

Voilà bien longtemps qu'ils n'avaient pas entendu le son de sa voix. Il était assis à l'écart dans sa magnifique robe de chambre et ses pantoufles rouges. De temps à autre, un regard gêné, curieux ou rancunier l'effleurait, mais personne ne lui avait adressé la parole, et lui-même n'avait pas ouvert la bouche.

– Vous avez fait appel à votre médecin légiste, répondit-il. Je suis mal placé pour vous donner mon opinion.

– Même dans l'intérêt de la justice ?

– Je ne vois pas très bien en quoi mon avis pourrait intéresser la justice.

– Réfléchissez deux minutes, et vous comprendrez.

– J'en doute, monsieur le superintendant.

– Dites-nous au moins si l'apparence varie en fonction de la cause du décès.

Il y eut un long silence.

– C'est possible, répliqua finalement le Dr Natouche.

– En cas de pression sur les carotides, ne devrait-on pas relever des marques sur les régions concernées ?

– Monsieur le superintendant, je vous ai déjà dit que je préfère ne pas intervenir. Les signes extérieurs d'une suffocation peuvent être très différents. Je n'ai...

Il s'interrompit un instant, puis reprit avec force :

– Je n'ai jamais rencontré un cas de décès dû à une pression meurtrière sur les carotides. Par conséquent, mon opinion n'aura aucune valeur.

– Mais vous sauriez vous y prendre, vous ! s'écria Pollock d'une voix stridente. Vous sauriez y faire !

Hewson baissa les mains et dévisagea Natouche.

– N'importe qui, dans la profession, serait capable de décrire en théorie les symptômes de ce type de mort. Je ne tiens pas à poursuivre cette discussion.

– Je n'aime pas ça, dit Lazenby, braquant ses lunettes noires sur le Dr Natouche. Je n'aime pas ça du tout. Ce n'est pas un jeu. On vous a posé une question directe, docteur, et vous refusez de donner une réponse directe.

– Au contraire.

– Bien, trancha Alleyn, examinons la situation de plus près. Avant de quitter le *Zodiac*, Miss Hewson était très énervée. L'agent posté à l'écluse l'a entendue crier, piquer une crise de nerfs et répéter : « Lâchez-moi. Lâchez-moi. » Est-ce exact ?

– Évidemment ! fit Hewson. Elle était hystérique. Elle voulait s'échapper. Et il y avait de quoi ! La police lui tombant dessus à bras raccourcis pour une sombre histoire de tableaux. Un macchabée repêché dans le Fleuve, et toutes ces discussions à propos de meurtre. Évidemment qu'elle avait peur. Une peur bleue. Elle était à bout de nerfs. Je ne voulais pas la laisser ici, mais elle m'a envoyé sur les roses. Alors je suis allé me coucher.

– Vous avez été donc le dernier à partir ?

– Ben... le révérend, Stan et moi sommes sortis ensemble.

– Et le Dr Natouche ? Est-il descendu également ?

– Non, monsieur. Il est remonté sur le pont. Dès que ma sœur a commencé à piquer sa crise. J'ai trouvé ça louche de sortir dans ce satané brouillard ; mais enfin, c'est ce qu'il a fait.

– J'aimerais avoir une vision claire, si je puis dire, de ce qui est arrivé après qu'elle est restée ici, au salon.

Tout le monde se mit à parler en même temps et

s'arrêta aussi brusquement. Alleyn regarda Caley Bard.

– Si nous entendions votre version ?

– Ma foi, je vous souhaite bonne chance, répondit Caley. Je peux toujours essayer. Je suis allé me coucher : du moins, je suis allé dans ma cabine, je me suis déshabillé et j'ai entrepris d'examiner les papillons que j'avais attrapés au cours de la croisière. J'ai entendu...

Il jeta un coup d'œil sur Lazenby, Hewson et Pollock.

– ... ces trois-là descendre, aller aux W.-C., puis dans leurs cabines. Ils sont tous passés devant ma porte, puisque j'occupe la cabine numéro 1. Je me souviens, ils ont discuté dans le couloir.

– Oui ?

– Soudain, il y a eu un vacarme d'enfer tout en haut. Désolé, Hewson, j'aurais dû m'exprimer autrement. En fait, Miss Hewson a hurlé : « Lâchez-moi. » Deux ou trois fois, je crois. J'ai ensuite entendu un bruit sourd ici, au salon, au-dessus de ma tête. Puis ça a été la réaction générale.

– Quel genre de réaction ?

– Les portes qui claquaient. Hewson qui appelait sa sœur, Lazenby et Pollock qui criaient quelque chose l'un à l'autre. Et la ruée dans l'escalier. J'avoue, fit Caley, une lueur malicieuse dans son regard singulier, que je ne me suis pas précipité pour me joindre au reste de la troupe. Pas tout de suite. Voyez-vous, Alleyn, nous avons eu notre content d'horreurs et, pour être tout à fait franc, ma première réaction a été : « Oh non ! Encore ! » Dans l'absolu, j'entends.

– Eh bien... qu'avez-vous fait ?

– Après avoir écouté le ramdam qui semblait croître, j'ai eu un débat avec ce qui me sert de conscience, et finalement, à contrecœur, je le crains, je suis monté à mon tour.

– Et qu'avez-vous vu ?

– Tout ce qu'on pouvait distinguer dans cette fichue brouillasse. Tout le monde tournait en rond, demandant ce qui se passait et où était Miss Hewson.

– Pourriez-vous me dire combien de personnes vous avez aperçues ?

Il réfléchit un instant.

– Oui... en gros. Mais surtout, ne vous y fiez pas. J'ai entendu... à nouveau, ces trois-là qui s'interpellaient. Le skipper qui avertissait les gens de prendre garde de ne pas passer par-dessus bord. Je me souviens, Lazenby a déclaré qu'il valait mieux laisser Miss Hewson seule et qu'elle allait s'en sortir par ses propres moyens. A quoi Hewson a répliqué qu'il ne pouvait pas la laisser. Vous, Pollock, vous vous cogniez à tout le monde, demandant ce que fabriquait la police. J'ai donc appelé la police – c'était, apparemment, la solution la plus raisonnable – et un énorme flic a atterri sur le pont comme une baleine.

Personne ne regardait à présent la silhouette immobile assise dans son coin.

– Dois-je en conclure, fit Alleyn, qu'à aucun moment vous n'avez entendu la voix du Dr Natouche ? Pas plus que vous ne l'avez entendu descendre dans sa cabine ?

Caley garda le silence.

– Moi, je l'ai entendu, dit Pollock. Juste avant qu'elle crie : « Lâchez-moi. » Il était avec elle. Il lui a parlé. Je suis prêt à le jurer. Dieu sait ce qu'il lui a dit.

– Quelqu'un a-t-il entendu le Dr Natouche après avoir entendu Miss Hewson pour la dernière fois ?

Comme répondant à quelque litanie de mauvais augure, Pollock, Hewson et Lazenby firent à l'unisson :

– Non.

– Et vous, skipper ?

Le skipper posa ses mains de travailleur sur ses genoux et les contempla en fronçant les sourcils.

– Pas vraiment. J'étais dans ma cabine, au lit,

quand ça a commencé. Alors j'ai enfilé ces hardes et je suis monté. Ils étaient sur le pont, et quelqu'un était en train d'appeler la police. Pas Miss Hewson. Un homme. M. Bard, puisqu'il le dit. Elle était partie. A aucun moment, je n'ai entendu le docteur, et je ne me suis pas cogné à lui comme ça a été le cas avec les autres.

– Ouais, et savez-vous pourquoi, camarade ? dit Pollock. Parce qu'il n'était pas là. Parce qu'il l'avait suivie pour lui régler son compte dans les collines. Parce que ce n'est pas une saloperie de docteur, mais une saloperie d'assassin !

Alleyn fit face au Dr Natouche. Tillottson, qui était en train de prendre des notes, alla se poster au pied de l'escalier. En haut des marches, on pouvait apercevoir un agent à travers le portillon.

Le Dr Natouche s'était levé.

– Désirez-vous faire une déposition ? demanda Alleyn.

Il savait que tout le monde attendait la suite. Mais déjà l'énorme voix emplit la pièce.

– Je suis seul et je dois me défendre. Quand ces hommes, qui m'accusent, ont regagné leurs cabines, je me trouvais, comme l'a indiqué M. Hewson, sur le pont. Le brouillard y était épais, et j'apercevais à peine les fenêtres de la maison de l'éclusier. La nuit était moite et étouffante. Je m'apprêtais à redescendre, quand Miss Hewson a gravi rapidement l'escalier, pleurant et criant, dans un état d'hystérie avancé. Elle est entrée en collision avec moi, perdant son équilibre. Je l'ai prise par les bras et j'ai essayé de la calmer. Elle s'est débattue en hurlant : « Lâchez-moi. » Comme je lui faisais peur – je pense qu'elle était allergique aux gens de couleur – je l'ai relâchée, et elle s'est éloignée en titubant dans le brouillard. Je me suis dit qu'elle risquait de se blesser. Je me suis approché, mais elle a crié à nouveau. Ces gentlemen sont arrivés à ce moment-là, l'appelant et tâtonnant dans le brouillard. J'ai attendu, inaperçu, jusqu'à ce que j'entende la voix du capitaine et puisque, visiblement, il n'y avait plus rien à faire, je suis allé me coucher. Je suis resté dans ma cabine jusqu'à la venue de vos collègues.

Il fit une brève pause.

– C'est tout.

Et il se rassit.

Alleyn eut la vision, obscène et grotesque, de Lazenby, Pollock et Hewson se rejoignant pour former une masse informe et visqueuse. De fait, ils se rapprochèrent. Debout, côte à côte, ils dévisageaient Natouche.

– Désolé, dit Caley Bard. Je suis terriblement navré, mais je ne puis accepter ça. Ce n'est pas vrai. Ce n'est tout simplement pas vrai.

Le trio remua légèrement. Pollock siffla de satisfaction.

– Ah ! fit Lazenby.

Et Hewson ajouta, comme si Caley était un ennemi juré :

– Même *lui* s'en rend compte.

Caley s'approcha de Natouche et le regarda posément.

– Pas un instant, dit-il, je n'ai quitté l'escalier. Je me suis tenu en haut des marches, écoutant le remue-ménage et ne sachant pas quoi faire. J'y suis resté jusqu'à l'arrivée du skipper et l'apparition de l'agent. Lui...

Il désigna Natouche de la tête.

– Enfin, regardez-le. Regardez sa taille. A aucun moment, il n'est passé devant moi pour descendre. Non. Il n'était pas là.

Les bras nus de Natouche se dressèrent hors des manches de sa robe de chambre. Ses doigts s'incurvèrent. Ses lèvres retroussées découvraient ses dents. Il ressemblait à une effigie sculptée dans de l'ébène. Mais avant qu'il pût passer à l'action, Alleyn et Tillottson s'emparèrent de lui. Ils trébuchèrent contre le bar. Les signes du zodiaque de Troy churent de leur firmament.

– Attrapez-le ! Attrapez-le ! hurla Hewson.

Au milieu de ce tintamarre, des voix retentirent sur le pont. Il y eut un branle-bas parallèle et, pendant qu'Alleyn et Tillottson tordaient les bras du colosse pour les ramener derrière son dos massif, quelqu'un dégringola l'escalier, suivi de l'inspecteur Fox et de deux agents complètement désorientés.

C'était un petit homme semblable en tout point à un personnage de Dickens : chauve, myope et exaspéré. Il contempla l'étrange scène avec dégoût et s'écria d'une voix aiguë :

– Une fois pour toutes, j'exige qu'on m'explique ce que signifie cette mascarade.

Fox le rejoignit et, voyant son patron en difficulté, vint lui prêter main-forte. Natouche avait cessé de lutter et regardait les hommes qui l'avaient maîtrisé comme s'ils étaient ses subordonnés.

S'écartant de lui, Alleyn s'approcha du petit homme.

– Puis-je savoir votre nom, monsieur ?

– Mon nom ! s'exclama le petit homme. *Mon nom !* Évidemment que vous allez le savoir, monsieur. Mon nom, monsieur, est Caley Bard.

10.

LE DOSSIER EST CLOS

– Telle a été, dit Alleyn en reposant son dossier, la fin de Jampot. A l'heure qu'il est, lui et ses petits camarades sont en train de purger la peine maximale, et ça m'étonnerait fort qu'il soit relâché un jour, même pour bonne conduite. Apparemment, il est particulièrement fâché de ne plus pouvoir chasser les papillons dans le Dartmoor, où, d'après Sir Arthur Conan Doyle, on les trouve en abondance. Mais peut-être aucun d'entre vous n'a-t-il lu *Le Chien des Baskerville*. Très bien, Carmichael, vous l'avez lu.

« Peu avant que Foljambe ne débarque en Angleterre, le véritable Caley Bard, amateur éclairé de lépidoptères, a passé une annonce dans le *Times* à la recherche d'un confrère qui partagerait les frais d'une chasse aux papillons en Amérique du Sud. Les agents anglais de Foljambe – MM. Dinky Dickson, alias le révérend Lazenby, et Stanley Pollock – ont pris note de cette circonstance. Plus tard, une enquête discrète leur a appris que M. Bard était effectivement parti pour l'Amérique du Sud, qu'il menait une vie de reclus et possédait une fortune personnelle, complétée à l'occasion par ses activités de répétiteur de mathématiques. Il a donc été décidé que Jampot endosserait le manteau de l'entomologiste. Cela avait été son hobby de collégien, et il en savait suffisamment pour ne pas se compromettre aux yeux d'un enthousiaste occasionnel. Si toutefois, par le plus singulier des hasards, il devait rencontrer un spécialiste ou bien une connaissance de son homonyme, il se serait récrié : « Moi ? Oh, non, je ne suis pas ce Caley Bard-là. A mon grand regret ! » ou quelque chose de ce genre. Le seul détail qu'ils n'avaient pas prévu est que le véritable Caley Bard allait rentrer deux mois plus tôt, ayant attrapé un vilain microbe dans la région de La Paz.

« Ainsi donc, quand, sur ma suggestion, un de nos hommes est passé à son adresse, il est tombé sur un petit homme irascible qui a été aussitôt transporté par hélicoptère à Tollardwark, pour ce que je suis obligé d'appeler une confrontation.

« Il n'y avait, naturellement, plus aucun doute sur l'identité et la culpabilité de Foljambe, une fois que nous avons vérifié les alibis de tout le monde dans l'affaire Andropoulos. Néanmoins, il avait commis une erreur. Il avait mentionné le Fabergé de Miss Rickerby-Carrick alors qu'il n'était pas censé connaître son existence. Il ne lui arrive pourtant pas souvent de commettre des gaffes. C'est une canaille très brillante.

« Il est apparu à ma femme sous le jour destiné à provoquer une réaction indulgente et amusée. Elle ne risquait guère, comme il a pu le constater, de succomber à son charme bien connu, quoique incompréhensible pour un homme. Mais elle l'a trouvé divertissant et d'agréable compagnie. Beaucoup de gens, paraît-il, considèrent le strabisme dans un œil comme un signe de sex-appeal. Celui de Jampot est dû à une bagarre avec une bande rivale à Santa Cruz. Par la suite, il a subi avec succès une opération de chirurgie esthétique. Au fait, Lazenby – Dickson pour vous – a perdu *son* œil pendant la Seconde Guerre mondiale : il a été aumônier dans l'armée australienne jusqu'à ce qu'il soit découvert. Il est né aux Antilles où il a fréquenté une école religieuse européenne. Il a effectivement été ordonné, avant de défroquer. Il n'a eu aucun mal à berner l'évêque de Norminster, qui a été très vexé, *a posteriori*.

« Voilà à peu près tout. Je serai heureux de répondre à vos questions.

Les souliers de Carmichael commençaient déjà à racler le plancher quand Alleyn croisa le regard d'un garçon d'apparence tranquille assis au fond de la salle.

– Oui ? Vous voulez demander quelque chose ?

– Je voudrais savoir, monsieur, si les pages manquantes du journal ont fini par vous tomber entre les mains.

– Non. Nous les avons cherchées, bien sûr, mais c'était sans espoir. Lazenby a dû les réduire en bouillie et les jeter aux W.-C. Avant le procès, il a vendu la mèche, espérant raccourcir sa peine. Il vivra donc le restant de ses jours dans la terreur de Jampot. Il nous a dit que les pages manquantes contenaient le compte rendu de la conversation que Miss Rickerby-Carrick avait entendue à Tollardwark. Entre...

Les souliers de Carmichael furent pris de frénésie.

– ... entre Foljambe, Lazenby et Pollock, poursuivit Alleyn en haussant la voix. A propos de... C'est bon, Carmichael. Nous vous écoutons.

– A propos de votre femme sans doute, monsieur, dit Carmichael. Peut-être qu'ils ont mentionné aussi la toile planquée. De même que leur liaison avec les motards, et ainsi de suite.

– Peut-être. Mais selon l'innommable Lazenby, ça avait surtout tourné autour d'Andropoulos. Lorsque Miss Rickerby-Carrick a voulu se confier à ma femme, elle était très agitée et a répété à plusieurs reprises : « Et... et... oh, mon Dieu... attendez... » Je pense – mais nous ne le saurons jamais, bien sûr – qu'elle essayait de se rappeler son nom. Lazenby est intervenu, tout comme Jampot, quand Pollock s'est mis à s'intéresser de trop près au travail de ma femme et qu'il s'est empressé de lui proposer ses services. Jampot a laissé entendre qu'il ne supportait pas l'attitude familière de Pollock. C'était bien le cas, mais pas pour des raisons chevaleresques.

Carmichael reprit sa place.

– D'autres questions ? Oui ?

C'était le même garçon au fond de la salle.

– Je me demandais, monsieur, ce qui s'est passé exactement au cours de cette fameuse nuit. A Crossdyke, monsieur.

– L'autopsie a montré que Miss Rickerby-Carrick avait absorbé une dose massive de barbituriques. Les cachets de Miss Hewson, sans doute. Elle dormait sur le pont arrière, derrière une pile de chaises longues recouvertes d'une bâche. La cabine de Foljambe, la numéro 1, se trouvait au pied de l'escalier. Quand tout le monde s'est endormi, il a traversé le salon, est monté sur le pont et l'a tuée parce qu'elle en savait trop. Ensuite il a pris le bijou de Fabergé et l'a remis, ainsi que le corps, au motocycliste – qui par parenthèse s'appelle bel et bien Smith – et qui attendait sur la berge, ayant reçu des instructions. Ma femme s'est souvenue avoir entendu une moto au milieu de la nuit. Oui ?

– Tout le monde était-il au courant, monsieur? s'enquit un garçon au troisième rang. Du meurtre, j'entends. A l'exception du docteur.

– Selon Lazenby (je continuerai à l'appeler ainsi), pas au préalable. Quand il a parlé à Foljambe du journal, celui-ci lui a simplement répondu qu'il allait s'en occuper et lui a ordonné de tenir sa langue. Ce que Lazenby a fait. Par la suite, ils ont tous certainement compris ou deviné. Mais Jampot n'était pas du genre à se confier, pas même à ses associés les plus proches.

– Et... la façon dont ils se chamaillaient, monsieur ? Les uns avec les autres. Était-ce de la comédie ?

– Ah, fit Alleyn. C'est justement la question que ma femme m'a posée le lendemain soir à Norminster.

I

– Mais alors, tout ça était de la comédie ? demanda Troy. La manière dont Caley... dans ma tête il le reste... la manière dont il s'en prenait à Pollock, la façon dont ces trois-là semblaient le détester et l'éviter... enfin, leurs relations telles qu'elles nous apparaissaient ? tout ça du cinéma ?

– Oui, mon amour.

– Mais le chagrin de Hewson, quand il a su pour sa sœur...

Elle se tourna vers le Dr Natouche.

– Vous m'avez bien dit qu'il a eu du chagrin, n'est-ce pas ?

– J'en ai eu l'impression, absolument.

– Il avait du chagrin, mais il était surtout mort de peur, grommela Alleyn. Tu étais entourée de faussaires, ajouta-t-il après un silence, et pas n'importe lesquels. Resservez-vous donc à boire, Natouche.

– Merci. Je suppose, dit le Dr Natouche, qu'ils ont dû voir en moi une sorte de deus ex machina. Ils se sont tous arrangés pour jeter les soupçons sur moi. Bard s'est montré particulièrement habile. A propos, toutes mes excuses pour avoir perdu mon sang-froid. Il savait parfaitement que j'étais descendu pendant la mêlée générale. Nous sommes entrés en collision en haut de l'escalier. Alors, quand il a menti, j'ai réagi comme le sauvage pour lequel ils me prenaient tous. Je suis heureux que vous n'ayez pas assisté à ça, fit-il à l'adresse de Troy.

Alleyn se souvint de ses bras d'ébène tendus en avant et de la fureur qui avait embrasé ses traits : Troy aurait vu dans la rage du Dr Natouche un élément dont il était à mille lieues de se douter.

Faisant écho, comme ça lui arrivait souvent, aux pensées d'Alleyn, elle dit au docteur :

– Arrêtez-moi si ma proposition vous indispose –

vous le ferez, n'est-ce pas ? – mais un jour, quand vous aurez le temps, m'autoriserez-vous à vous peindre ?

– Si vous regardez de près, répondit-il, l'air stupéfait, vous me verrez rougir.

Après avoir fini de dîner, ils discutèrent un certain temps ; puis Troy et Alleyn raccompagnèrent le Dr Natouche jusqu'au garage où il avait laissé sa voiture. L'enquête était terminée, et il allait rentrer à Liverpool dans la nuit. Par un accord tacite, ils n'avaient pas parlé de la suite des événements.

La nuit était immobile et oppressante, avec un soupçon d'orage dans l'air. Mais il n'y avait pas de brouillard. Parvenus en haut de la rue du Port, ils contemplèrent le Fleuve. Le *Zodiac* était là, se balançant doucement sur l'eau ; ses rideaux rouge cerise brillaient d'une lueur accueillante. Sur la droite se dressaient les bureaux de la Compagnie riveraine de navigation de plaisance. Troy crut remarquer un bout de papier collé sur la vitre et traversa la ruelle pour s'en assurer.

– Ils ont oublié de l'enlever, dit-elle.

Et les deux hommes lurent :

Le *Zodiac*. Annulation de dernière minute.
Cabine individuelle disponible.
Départ aujourd'hui. S'inscrire à l'intérieur.

Cet ouvrage a été réalisé par la
SOCIÉTÉ NOUVELLE FIRMIN-DIDOT
Mesnil-sur-l'Estrée
pour le compte des Éditions U.G.E. 10/18
en novembre 1996

Imprimé en France
Dépôt légal : septembre 1996
N° d'édition : 2685 - N° d'impression : 36524
Nouveau tirage : novembre 1996